腹黒御曹司の独占欲から逃げられません

～極上の一夜は溺愛のはじまり～

プロローグ

ファーストキスはレモンの味がする――そう聞いたのは、いつのことだっただろう。

生まれて初めてのキスはやわらかくて、少し湿っていて、アルコールの香りがした。そして何よりも甘く、じんわりと心に染み込んでいくようだった。

合わさった唇から伝わる甘い痺れに、何もかもを委《ゆだ》ねてしまいたくなった刹那、あたたかな感触が離れ、少しだけ唇が冷たくなる。ゆっくりとまぶたを開くと、吸い込まれそうなコントラストの強い黒い瞳が麦沢《むぎさわ》明日香《あすか》の視界を占領した。

滝嶋《たきしま》誠司《せいじ》のそのはっきりとした二重の瞳と、彫りの深い顔立ちはまるで外国の映画俳優を見ているかのようだ。すっと通った鼻筋は高く、わずかに開いた薄い唇からは真っ白な歯が見えている。

スーツの上からでもわかるしなやかな筋肉質の体つきをした彼の姿は男らしく、それでいて艶《なま》めかしくて色気がある。頼りがいがありそうな凛々しい眉と同じ色をした黒髪は短く切り揃えられていて、それがまた爽やかさを醸し出している。

その背後に見えるスイートルームの豪奢なシャンデリアが、明日香を一気に現実へと引き戻していく。

「どう？」

「……っ」

夜を飼い慣らしたような、彼の漆黒の瞳からじっと見つめられていることに羞恥を覚え、明日香は顔を背《そむ》けた。頬から耳にかけて熱を帯びていくのを感じる。きっと今、自分の顔は赤く染まっているに違いない。そんな恥ずかしさを隠すように、明日香は腰掛けたソファの隅に逃げながら声を絞り出した。

「ど、どうって言われても……」

「嫌じゃなかった？　気持ち悪かったとか」

正直なところ、嫌ではなかったし、気持ち悪いとも思わなかった。むしろ心地よいと思ったくらいだ。けれど、それを素直に伝えることは憚《はばか》られた。

男性経験がない。そもそも恋愛経験がないのだと——酔った勢いで目の前の彼にこぼしてしまったのに、初めてのキスを心地よいと感じてしまうだなんて、破廉恥だと思われないだろうか。

「……わからない、そんなこと」

「そっか……じゃあ、もう一度してもいいかな？」

身体の奥まで響くような低く甘い声色が鼓膜を揺らす。明日香はその問いに答えられなかった。それが肯定を意味する沈黙なのか、それとも否定を意味している沈黙なのか、自分でもよくわからなかった。

再び明日香の顔に影が落ちてくる。今度は目を閉じようと意識する前に、やわらかなものが押し当てられ、先ほどよりも強く唇を食《は》まれる。思わず漏れそうになる吐息を呑《の》み込みながら、明日香はぎゅうと目を閉じた。

触れ合った場所から伝わる熱に思考が奪われる。まるで溶け合ってしまうかのように全身が熱い。心臓の音が、うるさいくらいに大きく響いている気がした。

後頭部でやわらかなシニヨンスタイルに仕上げてもらった黒髪が、一房ふわりと解《ほど》けた。緩いカールのついた横髪が白い肌を撫で、少しばかりくすぐったく感じてしまう。

「っ……ぅ、んっ……！」

やがて呼吸の仕方がわからなくなり、明日香が酸素を求めて薄く唇を開くと、その隙間からぬるりとした熱い舌先が侵入してくる。咥内《こうない》を探るように動くそれが、自らのものと絡み合い、くちゅりと湿った音を立てた瞬間、背中をぞくりとしたものが駆け上がった。息継ぎの合間に漏れる吐息や声さえも飲み込むようにして繰り返されるそれに、次第に身体から力が抜けていく。

どれくらいの間、口づけを交わしていたのか——永遠のような一瞬ののち、ようやく唇が解放される。名残を惜しむかのように銀糸が伸び、ふつりと切れた。ぼんやりとした思考のまま視線を上げると、そこには悪戯《いたずら》っぽく微笑む誠司の姿があった。

「……あ」

「ね、わかったでしょ？」

何が、とは聞けない。言葉の意味を理解できないふりをする余裕もない。胸の奥に潜む心臓は、相変わらず激しく脈打っている。

どうして自分は、これほどまでに動揺しているのだろう。

初めて出会ったときからずっと、兄のように慕っていた相手だからだろうか。こうして予期せぬ再会をして、思いがけない展開になってしまったことに戸惑っているだけなのだろうか。

けれど、もっと別の理由があるのだとしたら――その答えを知りたいと思う反面、知ってしまったら戻れないのではないかという不安もある。

「……わからない、よ」

混乱のままに小さく呟いた明日香の言葉は、彼の耳に届いていたらしい。誠司は困ったように笑うと、そっと耳元で囁きかけた。

「じゃぁ、もう一回しよっか」

「……っ！」

耳にかかる吐息がくすぐったい。思わず首を竦《すく》めると、クスクスと笑い声が聞こえてきた。

後頭部へと回された手によって、再び顔を寄せられる。明日香が反射的に目を瞑《つむ》ると、すぐにやわらかいものが唇に押し付けられた。

「ん、……ふ、っ……」

角度を変えながら何度も繰り返される口づけに、明日香は次第に呼吸を忘れていった。苦しさに喘ぐように口を開けば、その隙間からすかさず舌が入り込んでくる。歯列をなぞるように動いたかと思えば、上顎を擦《こす》られて、びくりと身体が小さく跳ねる。そのまま舌を絡め取られ、吸い上げられると、頭の芯がじんわりと痺れていくようだった。

身体の奥底から湧き上がるような熱に浮かされていくのは、きっとアルコールのせいだ。

「……っ、あ……」

もうこれ以上はないと思っていた距離なのに、さらに縮まっていくような感覚に陥ってしまう。

お互いの唾液が混ざり合う水音が響き、明日香の耳を犯していく。

酸欠と快楽に翻弄され、意識が飛びそうになったところで、ようやく唇が解放された。荒くなった呼吸のまままぶたを開けると、苛烈とも呼べるほどの熱を帯びた黒い瞳と視線が絡み合った。

その瞬間、ずくんと胸の奥が大きく疼《うず》いた気がした。けれど、明日香はなぜか、誠司から目を逸らすことはできなかった。

「明日香ちゃん」

名前を呼ばれただけで、身体中を電流のような刺激が駆け抜ける。今度こそはっきりと身体の奥で感じ取った甘い痛みに、明日香は自分の心が囚われていく音を確かに聴いてしまう。

「な、何……？」

絞り出した声は掠《かす》れて、震えているのが自分でもわかる。誠司は再び顔を寄せると、明日香の耳元に口づけを落とした。

「俺のこと、好きになって。明日の朝まで……いや、今だけでいいから」

甘やかに注がれる言葉に、得体の知れない何かがぞくぞくと背筋を這い上がっていく。

「……っ、ど、どうして……？」

「だって、このままだと、俺はきっと後悔するから。今だけ……俺のものになってよ、明日香ちゃん。そうしたら——明日香ちゃんも『恋』がどんなものか、わかるかもしれないよ？」

「そんなこと……」

わからない、と言いかけて、明日香は言葉を止めた。

本当にわからないのだろうか。

彼に抱いている感情が、あの日から変わることなく『恋心』であること。わからないふりをしているだけで、本当はわかっているのではないか。

たった数時間前に、十数年ぶりの再会を果たして秘めやかに歓喜したことも。

今、彼に求められて嬉しいと感じている自分がいることも。

「ねぇ、お願い。今夜だけでいい。俺を見て。明日香ちゃん……」

縋《すが》るような誠司の声色に、明日香はごくりと喉を鳴らした。

ああ、恋に堕ちるというのはこういうことなのかもしれない——

第一章　花曇りの夢

「ただ〜いま……」

久方ぶりの玄関に足を踏み入れた途端、リビングの方から年末特番と思しきテレビ番組の音楽が耳朶《じだ》を打つ。腕時計に視線を落とすと、耳にかけていた髪がさらりと落ちた。明日香が目を落としたガラス製の盤面は、夕方の五時を指している。

今年大ヒットした失恋ソングの聴き慣れたサビ部分が聞こえた。きっとリビングでは毎年恒例のカウントダウンコンサートの中継番組が流れているのだろう。

「あら〜、明日香ちゃん、早かったねぇ」

扉越しに聞こえてくる変わらないあたたかな美知代の声に、明日香はトランクケースを上がり框《かまち》に持ち上げながら声を張り上げる。

「去年みたいに混むかなぁと思って少し早めに家を出たら、思いのほか早く帰って来れたの〜」

昨年は社会人となり初めての年末年始で、帰省ラッシュを甘く見ていたこともあり、ひどく往生してしまった。同じ轍を踏むまいと、念入りに電車とバスの時間を調べて臨んだ今回の帰省。ここ一ヵ月の努力は無事に功を奏したらしい。明日香はほっと胸を撫でおろす。

トランクケースを一旦その場に置いた明日香がリビングの扉を開けると、リビングから繋がるダイニングのテーブルの上には、カセットコンロと土鍋が設置してあり、今夜の夕食のメニューが容易に想像できた。

「やっぱり、今夜はすき焼きなんだね」

大晦日の夜はすき焼きを食べる——それが、明日香が育った麦沢家の恒例行事だった。

「ふふ、明日香ちゃんが帰ってくるなら今日の夕食はすき焼きしかないだろうと思ったのよ」

カウンターキッチンで野菜をトントンと軽快に切りながら穏やかに微笑む養母・美知代《みちよ》の表情に、改めて明日香は『帰ってきたのだ』と実感する。なんとも言えない感情を押し込めるように「ただいま」と再び声を上げながらキャメル色のウールコートを脱いだ。

「おかえりなさい。もうすぐ良和《よしかず》さんも帰ってくるから、荷解《ほど》きしておいで」

「は〜い」

明日香は美知代の言葉に従い、洗面台で布巾《ふきん》を濡らしてトランクケースのキャスターを軽く拭《ぬぐ》い、玄関から近い自室の扉を開いた。

ほとんどの収納棚を東京の自宅に持っていったので、ベッドしか置かれていないがらんとした空間になっているが、久方ぶりに訪れた自室は、窓から見える隣の住宅と目隠しになっている赤い実が鮮やかなレッドロビンが以前と同じように明日香の目を引く。

——レッドロビンの花言葉は「にぎやか」だって、大学生になってから知ったんだっけ。

今思えば、幼くして何度となく傷ついてきた明日香の心を癒やせるようにという良和の配慮だったのだろう。仕事の合間を縫って、良和が植栽に励んでいたのを昨日のことのように思い出せる。

そして、この家を離れて二年が経とうとしているが、レッドロビンは変わらず丁寧に手入れされているし、明日香の自室も相変わらず綺麗に整えられていた。

「……ありがたい、よねぇ。血は繋がっているとはいえ、私は遠い遠い親戚の子どもなのに……」

良和と美知代の確かな愛情を感じ取れるような気がして、明日香は口元を綻《ほころ》ばせながら荷解《ほど》きを始める。

化粧品と洋服を分け終えたところで、ふとすき焼きの甘い香りがふわりと鼻腔をくすぐっていく。砂糖が焦げる独特の香りが、明日香の胸にほのかな哀愁を連れて来る。

——お父さま……お母さまが作るすき焼き、大好きだったもんね……

まだ明日香の両親が健在だった頃、母が作るすき焼きが父の一番の好物だった。一年の締めくくりである大晦日の夕食にすき焼きを食べるという習慣を作ったのも、母が日々社長業で忙しくしていた父に向ける愛情の一つだったのだろうと思っている。

両親と過ごした鮮やかな追憶が脳裏を過《よぎ》り、明日香はかすかな息苦しさを覚えた。ふうと小さく息を吐き出して息苦しさを誤魔化し、胸元に寝間着を引き寄せゆっくりと自室から廊下へと足を踏み出す。

美知代の夫で、明日香の育ての父である良和は、明日香の母親である有紀子《ゆきこ》の従兄弟にあたる。明日香の両親は不慮の事故で帰らぬ人となり、様々な出来事を経て、明日香は中部地方に居を構えるこの檀原《だんはら》家に引き取られた。まだ十歳にもならないときのことだ。

それ以来、明日香の生活は穏やかで平安なものだった。転入した地元の小学校、繰り上がりで入学した中学校を卒業したあとは、郊外の女子大附属の高等部を受験して見事合格。そのまま内部進学で大学の英文科に入学。大きな出来事もなく無事に卒業し、就職に伴い上京。現状、大学で学んだ英語力を活かせてはいないものの、平凡で、平坦な——平均的な人生。明日香はそれが何よりもありがたいのだと、身をもって知っていた。

「よしっ。美知代さんのお手伝いをしよう」

　これから九連休なのだ。せっかくの長期休暇期間、感傷に浸るのはもったいない。そう心に決めた明日香は自室を出て、寝間着を置こうとして脱衣所の扉を開けた。腰まで伸ばした髪を手首に着けていたヘアゴムで一つに纏《まと》め、自宅から持ってきたエプロンを着つつバタバタとキッチンに向かった。

「美知代さん、手伝うことある？」

　腕まくりをすると、カウンターキッチンのシンクで洗い物をする美知代と視線がかち合った。目尻にしわが増えたような気がするものの、とても五十代とは思えないほどの美貌をもつ彼女は、時折ミセス向けのファッション雑誌のモデルをしている。

「じゃあ、お皿と卵をテーブルに出してくれるかしら」

「は〜い」

　明日香は冷蔵庫に歩み寄り、そこから卵を手に取った。そして隣の食器棚から小鉢を取って卵を入れ、ついでに深めのお皿も引っ張り出してダイニングテーブルに配膳していく。そのとき、テレビの音声がリビングからダイニングにも流れ込んで来た。

『さて、実力派シンガーであるセレナさんは、一週間前のクリスマスに共同作曲者の方と電撃婚をされましたね。これからますますご活躍されていくことを一ファンとしてとても楽しみにしています！　それでは、次のアーティストに参りましょう……』

ディスプレイに映し出されているのは、先ほどまで失恋ソングを熱唱していたシンガーソングライターだった。彼女はＳＮＳをまったくしないアーティストのため、デビューから十年以上私生活が表に出てこなかったのだが、つい数日前に突然結婚を発表した。かくいう明日香もＳＮＳの類は登録していないものの、仕事納めだった昨日の職場では人気アーティストのこの話題で持ちきりだった。

「あらやだ、この歌手さん結婚したのね？」

洗い物をしていた美知代がテレビを眺めながらぽつりと呟いた。明日香は思わず手が止まりそうになるが、平静を装って配膳を続けていく。

「結構年齢差があるみたい。五歳差ってワイドショーで言ってたかなぁ」

「この年になると、五つだなんて誤差の範囲だって思うのだけれど、若い子たちにとっては大きいものよね」

「そうだね、会社の先輩でも五歳年上だと随分ジェネレーションギャップがあるなって思うよ」

「あら、そうなの？」

何気ない会話の流れに、明日香は目の前のテーブルにそっと視線を落とした。

明日香はある事件をきっかけに零落《れいらく》した元社長令嬢という身の上のため、学生の頃から無意識のうちに恋愛というものをとことん避けてきた。明日香自身が借金等の負債を抱えているわけではないものの、少し調べれば白日の下に晒される親戚事情があるので、こんなワケありな女と好き好んで結婚しようと思う珍妙な男性はそういないだろうと考えている。そもそも、相手の男も願い下げと思うに違いない。

　そうした明日香の考えを良和も美知代も承知しているので、こうした帰省のたびに明日香へ直接「誰かいい人いないの？」などと聞いて来ることはない。それでも、明日香は二人がこうしたおめでたいニュースに反応するたび、なんとも言えない申し訳なさとやるせなさが胸の中に広がってしまう。昔から将来に関することは一切言ってこなかった二人だから、おそらく明日香がこの先も一生結婚はしないと決めたとしてもそれを受け入れてくれるだろう。

けれど――それでいいのか、と煩悶《はんもん》する感情が明日香の心の奥に燻《くすぶ》っていることも、紛れもない事実だった。

「ああ、そうそう。小西さんから明日香ちゃん宛てにお手紙が届いているのよ」

ある程度温まったらしい土鍋をキッチンから運んでくる美知代が、思い出したと言わんばかりにダイニングテーブルの前で足を止めた。養母から飛び出した思わぬ旧友の名前に、明日香は今度こそ準備を進める手が止まってしまう。

「えっ……小西さんから？」

「お鍋置いたらすぐ持ってくるから、ちょっと待っててね」

美知代はその言葉の通り、手にした土鍋をカセットコンロの上に置き、淡いグリーンのミトンを取ると、リビングの壁にかかっているウォールポケットから空色の封筒を持ち出した。明日香は美知代から差し出された封筒にゆっくりと視線を落とす。

封筒に記された差出人は『小西桃子《こにしももこ》』となっている。紛れもなく、明日香が通っていた都心の小学校で巡り会った同い年の友人の名前だ。

——近況の報告、かしら……

彼女は明日香が都心を離れ、檀原家に引き取られてからも、時折こうして手紙でやり取りをしている唯一の人物。前回やり取りしたときは、お互いに大学を卒業するタイミングだった。珍しいな、何だろうと思いながら明日香が受け取った手紙を開封すると、手触りの良い便箋が指先に触れる。綺麗に三つ折りにされたそれを広げると、『前略』から始まる文章が流麗な字で丁寧に綴られていた。

『街のあちこちでポインセチアが目につく季節となりました。麦沢さんも変わりないかな？　私は相変わらず仕事に追われる日々を送っているけれど、受付は一日中座っていることが多いから最近は運動不足が気になって、スポーツジムに通い始めました。身体を動かしていると、麦沢さんと体育の授業で一緒にフラフープやジャングルジムをしていた頃を思い出して、とっても懐かしく思っているよ』

「ふふ、懐かしいなぁ……」

綺麗な筆跡ながらもどことなく可愛らしさもある字を懐かしい気持ちで眺めつつしばらく読み進めていくと、とある一文で明日香の視線がぴたりと止まる。

「お式に……招待？」

　結婚が決まったので結婚披露宴に出席してほしい――手紙の内容を要約すると、式の招待状を送付する前の確認の便りだったようだ。

　結婚は素直にめでたいと思う。彼女はプライム市場上場の大企業の受付嬢として内定をもらっていると言っていたので、そうした繋がりか、はたまた彼女の生家である小西家の閨閥《けいばつ》関連かのどちらかだろう。彼女は天然ガスの開発・採取を行っている大手の鉱業会社『小西《こにし》エナジーグループ』の社長令嬢だ。

　明日香は便箋を握り締める指先にわずかに力を入れる。

「あら、小西さん、ご結婚？」

「そうみたい。結婚式には……出たい、けど……」

　美知代の問いかけにそこまで言葉を返した明日香は、思わずその先を言い淀《よど》んでしまった。

　かつて逃げるように都心から離れた例の出来事は、明日香の記憶の中に確かなトラウマとして今も残っていた。けれど、あれからもう二十年が過ぎようとしている。桃子ともこうした手紙のやり取りだけで、実際に顔を合わせた機会はあれから一度もないのだ。友人に会いたいという物悲しさに心が沈むことも時折あった。

　手紙を持ったままの明日香の手を、美知代のあたたかな手がゆっくりと包み込んでいく。

「明日香ちゃんが悩んでいるのは叔父さんのことよね？」

　美知代のその言葉に明日香はギクリとする。かねてから懸念していたことをずばりと言い当てられたからだ。

あのような大きな事件の関係者である以上、そうした場に出るのはやめておいた方がいいと引き留められるだろうか。明日香は痛む胸を押さえながら、投げかけられた問いにコクリと首肯《しゅこう》して美知代の次の言葉を待った。

けれど、続けられた言葉は予想外のものだった。

「叔父さん、結局は最高裁まで争ったけど、執行猶予付きの判決になったのよね。私は財界とかゼネコン業界に詳しくないからわからないけれど、もう時効に近いと思うの」

明日香の父親は、当時ゼネコンの中でも大手と言われる『麦沢住建《むぎさわじゅうけん》株式会社』の社長を務めていた。明日香が八歳のときに有紀子とともに事故死したのち、社長の座と事業を叔父が引き継いだのだが、取引先に広告宣伝費を過大に支払う不正事件を起こして数年で倒産してしまったのだ。

この事件は当時、テレビや新聞をはじめとするマスメディアに大きく報道されたこともあり、両親の葬儀後に叔父に引き取られていた明日香自身の身の安全を考え、麦沢家の縁戚ではなく母方の檀原家に身を移すこととなった。

急な引っ越しだったこと、そして不正事件を起こした人物の親族という身の上だったので、明日香は今現在も当時の友人たちとの交友関係はほぼ断絶状態にある。

そんな明日香にとって、唯一無二の旧友と顔を合わせることができるまたとない機会だ。

「人の噂がうるさくてそうした繋がりのある場に出る気にはなれなかっただろうけれど、もう二十年になるのよ？　気にしなくていいんじゃないかしら、って私は思うわ。それに、あちらのお友達とも随分と会ってないじゃない。きっと同じテーブルになるだろうから、寂しいこともないと思うわよ？」

美知代の穏やかな声音に、明日香は改めて自分の心と向き合った。

桃子と直接会って、今までのことや現在の生活のことを聞きたい。お互いの現状を語り合いたい。結婚式といった大きな催しとなれば、初等部で一緒だったクラスメイトも出席しているかもしれない。彼女たちとも、久しぶりに会うことができるだろうか。

そんな想いが、過去に躊躇《ためら》う明日香の決意を後押しした。

「……せっかくだから……出席したい、ってお返事しようかな。でも結婚式って初めてだから、初売りで色々揃えたいの。美知代さん一緒についてきてくれる？」

明日香が顔を上げると、美知代は得意げにウィンクをする。

「ええ、もちろん。とびっきり可愛いのを選んであげる。私も明日香ちゃんと初売りセールに行きたいなと思ってたのよ」

「あはは、私も美知代さんと久しぶりにお買い物行きた〜い」

くすくすと笑いながら、明日香は手にした手紙をそっとリビングのテーブルの上に置いた。幼い頃から変わらずに愛情をたっぷり注いでくれている養母の存在は、明日香の心の奥にぽつんと広がった黒い斑点をゆっくりと掻き消してくれるようだった。

＊＊……★……＊＊

アコヤ貝を貼った優美な曲面を描く天井には豪華なシャンデリアが等間隔に吊るされており、『ヴァンセンヌホール』と名付けられた空間を煌々《こうこう》と照らし出していた。

その明かりを反射するように、整然と並べられたカトラリーがまばゆく輝いている。披露宴会場である大広間は、どこを見ても素晴らしいものだった。

今夜の披露宴は、都心の広範囲をカバーしているガス供給会社である『一宮《いちのみや》ガス』の御曹司と『小西エナジーグループ』の令嬢の結婚式ということもあり、正餐形式のレイアウトで四百名ほどが招待されて、盛大に開かれていた。

大広間の隅にはカメラマンや大勢の配膳スタッフがせわしなく働いていて、シャンデリアの光とともに、キャンドルのやわらかな明かりがゆらめいている。至るところに設置されたスピーカーから響くしっとりしたクラシックの音楽がとても心地よい。

特別な雰囲気に満ち、着飾った人々であふれ返る老舗高級ホテルの披露宴会場には、招待された人々の歓談の声がなごやかに響いていた。

「麦沢さん、みんなで一緒に記念写真を撮りに行きましょう？　せっかくこうして集まれたのだし」

「ええ、行きましょうか」

同じ円卓の名塚麻子《めいづかあさこ》に声をかけられ、明日香は笑顔で応える。麻子は東京で通っていた私立初等部の入学式で偶然隣の席だったので、それなりに親しい関係を築いていた人物だ。招待されていた桃子の友人たちは、美知代が口にした通り明日香の見知った顔ぶればかりだった。

当時通っていたのは初等部から大学院まで一貫教育を行う名門女子校だった。クラス替えなどはなかったため、卒業するまで顔を合わせる機会がない生徒もいたものの、エスカレーター式の学校なので中等部、高等部と顔ぶれはほとんど変わらない。大学は外部入学生がいるものの、その人数は半数ほど。そのため、初等部から十六年間をともに過ごした仲間たちは、大学卒業後も近況報告会という形で定期的に集まってはお茶をしているのだという。

明日香は数人の友人たちとともに、会場の中央にある高砂席に向かう。高砂席には真っ白なタキシード姿の新郎と、綺麗に結われた栗色の髪によく似合う、グリッターとビジューが煌《きら》めくウェディングドレスに身を包んだ桃子が笑顔で手を振っていた。二人の前にはたくさんの花々が咲き誇っている。

初等部時代からの親友である桃子は、昔から変わらない快活そうな可愛らしい面立ちに、少し大人っぽさが加わったように見える。それどころか、明日香が覚えていたよりもずっと美しくなっているようにさえ思えた。懐かしさと嬉しさが入り混じった気持ちで、明日香は桃子と微笑みを交わす。

「お久しぶり、小西さん」

「麦沢さん！　遠いのに来てくれてありがとう」

「ううん。私、こっちで就職して一人暮らししているから気にしないで。お招きいただいて嬉しいわ」

　明日香が挨拶の言葉を口にすると、桃子も親しげに明日香を呼んだ。明日香の記憶の中の桃子と目の前にいる彼女はやはり同一人物だった。けれど、明日香の知らないところで、彼女がこんなにも眩《まぶ》しい女性になっていたなんて。明日香は自分の記憶の中だけにあった幼かった桃子の姿と今の彼女を重ね合わせながら、胸がいっぱいになるような心地だった。

「小西さん、すごく綺麗になったね。びっくりしたよ」

「ふふ、ありがと。こんなに素敵なドレスを着せてもらって嬉しいんだけど、ちょっと歩きにくいのが難点かなぁ」

　桃子は照れた様子で頬を染めながらも、晴れやかな笑みを浮かべた。

　確かに、披露宴前にホテル内のチャペルで執り行われた挙式では、プリンセスラインのドレスを着た桃子の足元は、高いハイヒールを履いていることもあるのか覚束ない様子だった。けれど、そんな仕草さえもどこか愛らしく感じていたので、明日香は思わず頬を緩ませてしまう。

「麦沢さんも昔と変わらず綺麗だね。すっかり大人の女って感じ。羨ましいなあ」

「そうかな……？　自分ではよくわからないけど」

「ううん、前よりもっと美人になってるよ。そのドレスもすごく似合ってる」

　明日香は美知代と一緒に選んだ淡いグレーを基調としたフォーマルドレスに、真珠のネックレスを合わせていた。上半身はシンプルだが、スカート部分に施されたレースが華やかさを添えている。

髪型は美容室でアップにしてもらい、普段はあまり使わないアイシャドウもラメ入りのものを使ってしっかりとフォーマルな場に合ういでたちになるよう努めたのだ。

美知代と二人で選んで買ったお気に入りのシルバーのパンプスはヒールが高いので足元は少しふらつくけれど、慣れればそれほど苦にならない。

「それにしても、まさかこんな風にみんなで会える日が来るとは思ってなかったわ」

明日香は改めて目の前にいる桃子や麻子を見つめながら感慨深げに呟く。

この二十年余りの間、ずっと連絡を取っていなかったのだから無理もないが、それでも、かつて初等部時代に同じ教室で過ごした仲間たちとの再会にはやはり特別な思いがあった。

「そうだよね。麦沢さんが引っ越したって知ったときは驚いたもの」

明日香の転校は突然のことだったので、桃子たちはもちろんのこと、ほかのクラスメイトたちも別れの言葉を交わすことができなかったのを残念に思っていたらしい。桃子に賛同するように麻子をはじめとする旧友たちも口々に声を上げていく。

「本当、こうして麦沢さんとまた会えるようになってよかったよ。麦沢さんが引っ越す前はよく放課後に遊んでいたのに、急に初等部でも全然見かけなくなって、どうしてるかなって心配していたのよ」

「私も！　麦沢さん、連絡取れないまま引っ越しちゃったでしょ？　だから、今日は麦沢さんとまたお話しできてよかったと思ってるの」

「麦沢さんが引っ越してからも、私もずっと麦沢さんのことが気がかりで……」

友人たちの口から紡がれる言葉の数々。明日香は胸にじんわりと熱いものがこみ上げてくるのを感じた。

桃子や旧友と会って話をしたいと思っていたけれど、一方で当時の関係者と顔を合わせることに不安を感じていたことも事実だ。けれど、いざ会ってみるとすべての人たちが以前と変わらずに接してくれており、そんな懸念はいつの間にか吹き飛んでしまっている。

不適切会計による特別背任罪によって逮捕された叔父は起訴され、判決のたびに控訴と上告をし、最終的に最高裁判所まで争った。麦沢住建を倒産させた叔父自身が今はどのような生活を送っているのか、明日香自身もわからない。檀原家の尽力もあり、明日香は麦沢家の親類たちとは疎遠になっていて、彼らと明日香が顔を合わせる機会は皆無と言っていい。年に一度、両親のお墓参りに行くときも、彼らと鉢合わせしたこともない。

明日香はあの事件のことを思い出すたびに胸が痛むけれど、叔父一家と会う機会はもう二度とないだろうと思っているし、正直それが最適解だと思っている。

「私も……正直、同窓会とかってもう二度と参加できないかもって思っていたから、こうしてみんなに会えて本当に嬉しい」

明日香は、先ほどの友人との会話の中で、披露宴の席次表の中に自分の名前を見つけて旧友たちは少なからず驚いたと知った。そして、明日香がかつて通っていた初等部の同級生のほとんどが新婦側の友人としてこの場に集まっていることも。その事実が、明日香の心をほんのりとあたためてくれた。

あの事件以来、明日香はそれまで親しかった友人や親戚と一切の関わりを絶った。初等部に通っていた頃は、毎日のように顔を合わせていた友人たちと会うこともなくなった。

そんな明日香の身を案ずる声を耳にするのは、これが初めてのことだ。

「みんなのことを思い出さない日はなかった。だから……とても嬉しいの。みんな本当にありがとう」

明日香が涙を滲《にじ》ませた声で礼を告げると、彼女たちは顔を見合わせて嬉しそうに微笑んだ。

「あー、麦沢さん泣かないでよ～」

「ほらほら、写真撮らなきゃ！」

変わらないあたたかさを持った友人たちは口々にそう言って、明日香の背中をぽんと叩く。その優しい気遣いに感謝しながら、明日香は涙でぼやけた視界を拭《ぬぐ》って笑顔を見せた。

「うん、ごめんなさい。じゃあ、記念写真を撮りましょ」

明日香もつられて笑顔になると、ちょうど新郎新婦のそばにいたカメラマンに声をかけられた。

明日香を含めた五人は、みんなで一緒に立って肩を寄せ合った。

明日香はカメラマンに自らのスマートフォンを預け、桃子の隣に並んでカメラに向かって笑顔を向ける。

シャッターを切る軽快な音が落ち着いた歓談のＢＧＭに紛れて消えていく。

「次はこのスマホでお願いしま～す」

「はい、では視線をこちらに向けて……」

麻子がカメラマンに願い出ると、カメラマンはにこやかな表情でそれを快諾した。再び響くシャッター音とともに、明日香たちの笑顔の写真が画面に切り取られていく。

心の底から幸せな気分にさせてくれる、かけがえのない瞬間だった。

明日香がカメラマンに頭を下げると、麻子がカメラマンから戻されたスマートフォンを確認したのちに明日香の手の中のスマートフォンを指さした。

「あとでグループチャットの方に送るから、麦沢さんのＩＤを教えてほしいな」

「あっ、うん……ちょっと待ってね」

明日香が手に持ったスマートフォンのディスプレイをオンにすると同時に、高砂席の新郎側の席に一人の男性が姿を現した。

すらりと背が高く、目鼻立ちが整った端正な面差しをした男性。その瞬間、明日香の心臓が大きく跳ねる。

——せ……いじ、くん……？

明日香の視界に映ったのは一瞬だけだったが、それでも彼のことをすぐに思い出すことができた。

両親が健在だった頃、麦沢住建と親しいある資産家が開いたガーデンパーティーでよく一緒に遊んだ男の子。明日香よりも三つ年上で、年齢こそ幼くとも顔立ちは整っていたので、ひどく大人びた印象があったのを覚えている。

ガーデンパーティーには必ず彼と彼の両親が出席していたため、大人たちが難しい話をしているパーティーの間はお互いに良き遊び相手になっていた。

明日香は驚きで目を丸くしたまま、まじまじと彼の横顔を眺める。すると、彼は明日香の視線に気付いたのか、ゆっくりとこちらを振り向いた。

「あ……」

視線が絡み合った途端、思わず声が漏れてしまう。その瞬間、心臓がドクンと確かな鼓動を大きく刻んだ。

彼はあのときの面影を残したまま、大人の色気を感じさせるような笑みを浮かべて軽く会釈をする。まるで昔と変わらない、幼子に向けるようなやわらかなまなざしだった。

それは、明日香の記憶の中にあった彼とまったく同じもので、明日香はなぜだか胸の奥が小さく締め付けられるような錯覚を抱いた。

「……どうしたの、麦沢さん？」

隣に立つ麻子に小声で訊ねられ、明日香はハッと我に返り、慌てて首を横に振る。

「う、ううん！　何でもない」

明日香はそう答えながらも、どこか落ち着かなかった。

どうしてだろう。久しぶりに会ったというのに、彼に対しては懐かしさや嬉しさよりも先に、なぜか言い知れぬ感情がこみ上げてきた。

彼はなぜ、あんなにも親しげなまなざしで自分を見たのだろうか。

「本当に？　何だかぼうっとしているみたいだけれど……」

「大丈夫。ちょっと昔のことを思い出して懐かしくなっただけなの」

明日香は曖昧に笑って誤魔化すと、再び友人の輪の中に溶け込んでいった。

それから、明日香は桃子や友人たちと話を弾ませながら、ちらりと新郎側の席にも視線を向けてみるものの——すでに彼の姿は、高砂席から消えてしまっていた。

夜も更け、披露宴は無事にお開きを迎えた。二次会へと向かう人々がゆっくりとロビーからはけていく。今日の二次会はこのホテルの最上階にある『レア・ジャルダン』という名のフレンチレストランで開かれるらしい。

「じゃあ、私たちそろそろ行くね」

「今日は楽しかったわ。また近いうちに会いましょうね、麦沢さん」

「もちろん！　また連絡するわ」

麻子をはじめとする旧友たちは、名残惜しそうにしながらも二次会へと向かうため次々と別れの挨拶を交わしていく。

明日香は一人、落ち着いたラグジュアリーなロビーで、エレベーターに乗り込む友人たちの後ろ姿を見送った。

「……ふぅ」

小さく息を吐くと、明日香はロビー奥の小さなカフェに向かった。ロビーは高い吹き抜けの天井にオレンジ色の光が差し込んでいて、ピカピカに磨き上げられた床に天井から下がる大きなシャンデリアが反射している。

大理石の床と円柱のある高級感あふれるロビーの先にあるカフェにたどり着いた明日香は、店内に配置されているソファに腰を下ろした。

『本日のおすすめ』とメニュー表に書かれたエチオピア産のモカコーヒーを注文すると、コーヒー豆を砕く良い香りが鼻腔をくすぐった。そう時間を置かずしてウェイターの手によってマグカップが運ばれてきたので、明日香はそれにゆっくりと口づける。

――ちょっと……思ったよりも疲れちゃった。楽しかったのは、もちろんだけれど。

旧友たちとの再会にも心が弾んだし、披露宴は滞りなく進んだ。が、その間ずっと、明日香の脳裏には彼の存在が焼き付いて離れなかった。

披露宴の最中、明日香は何度か会場を見回してみたものの、四百名近い招待客の中から彼の姿を探し出すのは困難で、あのあとは結局彼を一度も見かけることができなかった。

そもそも明日香は、幼い頃に面識があった彼が「せいじ」という名前であることしか知らない。明日香は彼のことを「せいじくん」と呼んで慕っていただけだった。

あのガーデンパーティーに参加していたことから、きっと大きな会社の社長子息等ではあるのだろうと思う。あのとき一緒に遊んでいた子どもたちは複数名いたものの、ほぼ全員苗字は知らないし、名前の漢字もわからない。今日再会した彼だって、例外なく名前しか知らない人物だ。

受付で受け取った席次表を眺めてみるものの、「せいじ」という名前の人物が漢字違いで十名ほどいたので、明日香は彼を捜すことを諦めざるを得なかった。

明日香はふぅともう一度短くため息を落とし、両手の中に収まっている黒い水面に視線を落とす。

——あのガーデンパーティーで、せいじくんがローズマリーの花冠を作ってくれたのよね。

当時のことは今でも鮮明に覚えている。当時、明日香はまだ五歳で幼かったけれど、彼が作ってくれた花冠は特別なものだった。

明日香は、あのとき教えてもらった花言葉をしっかりと記憶しており、今も忘れていない。

——誠実、変わらぬ愛、思い出、追憶。それから……初恋。

きっと、あの頃の自分は、彼に初めての恋をしていたのだと思う。

優しくて、何でも知っていて、いつだって明日香の疑問に答えてくれた。空が青い理由、虹ができる仕組み、虫眼鏡で太陽の光を集めると熱くなって火を起こせること——彼は、どんなことも明日香にわかりやすく説明してくれた。

そのことが嬉しくて、楽しくて、彼といる時間が大好きだった。そんな彼のことを知りたくてたまらなかった。

けれど、その思いはもう過去のものにしなければならない。煌《きら》びやかな財界から距離を置く今の明日香は、彼のような人と一緒になることはできないからだ。

それに、あれから十年以上が経っていて、彼は今や立派な社会人となっているはずだ。彼の年齢を考えれば、結婚している可能性だったり、恋人がいる可能性の方が高い。

何年も会っていなかった彼への感情は、昔の思い出として昇華させなければ。

——まだ……ちゃんと諦めきれていないからなのかな。彼のことが気になるのは。

ぼんやりとそんなことを考えていると、カフェの入り口に初老の男性が立っていることを視認し、はっと我に返る。

「吉沢《よしざわ》……さん？」

明日香が思わず席を立って声をかけると、男性は驚いたように目を瞬かせたのち、にこりと微笑んで会釈した。記憶の中にある姿とは違う、白髪混じりの髪が二十年という歳月を物語っているようだった。

彼は日夏《ひなつ》銀行という新興勢力の銀行頭取補佐をしていたはず。事業拡大に伴って複数の店舗の建設の入札があり、結果的にすべての店舗の建設を麦沢住建が請け負ったことから父の誘いで何度か自宅で夕食をともにしたことがある。

「……ご無沙汰しています」

少しだけ戸惑いながらそう口にすると、彼はどこか懐かしそうな表情を見せながら、小さくうなずいてみせる。

「えぇ……お久しぶりです。あなたは、麦沢さんのお嬢さんですよね？」

「はい。麦沢明日香と申します」

明日香がぺこりと頭を下げると、吉沢は穏やかに微笑んだ。

「私は麦沢さんのお父さんとは親しくさせてもらっていましたから、ご両親の葬儀のときにも参列させていただいたんです。通夜で泣きじゃくっていたあのときの印象が強かったけれど、元気そうでよかった」

その言葉に、明日香ははっと目を見開いた。

確かに、父と母の葬式が行われた際、多くの弔問《ちょうもん》客が訪れていたので、その中にこの人もいたのかもしれない。あのときの記憶はぼんやりとしていて、はっきりとは思い出せないけれども。

「そうでしたか……父が生前は、本当にありがとうございました」

「いえ、こちらこそ。それにしても……本当に大きくなりましたねぇ。その後は大変だったでしょう。先ほどの披露宴でもしかしてと思ったのですが、こちらから声をかけるのは躊躇《ためら》われたので……」

「……はい」

明日香は顔を伏せ、俯《うつむ》きがちに答えた。叔父が引き起こした事件は全国中に知れ渡っているのだと改めて突きつけられるような気がして、明日香はずんと心が重くなる。

そんな明日香の心境を知ってか知らずか、吉沢は何かを思い出したかのようにスーツのポケットから一枚の名刺を取り出し、明日香に差し出した。その名刺には、「株式会社日夏銀行　頭取　吉沢康志《やすし》」と記されている。彼はこの二十年の間で、頭取補佐から頭取に昇進していたらしい。日夏銀行は順調に成長を続け、一昨年上場したと聞く。今や財界の要人となった吉沢とこんな風に話ができる機会など滅多にないことだろうと想像できた。

「もしよかったら、これ、私の携帯番号なのですけど……私で力になれることがあったら、何でも言ってくださいね。お父さんへのご恩もありますから」

「えっ……」

突然の申し出に、明日香は戸惑いを隠せない。過去の繋がりからの恩義で、ただの社交辞令にすぎないのかもしれないけれども、ここで彼の申し出を断ってしまうのは失礼にあたるような気がした。

明日香はぎこちない動作で名刺を受け取り、こくりとうなずく。

「……あ、ありがとうございます」

「では、また」

そう言い残した彼は颯爽とロビーを出て行った。しっかりとした足取りで、エントランスの回転ドアをくぐり抜けていく。

明日香は、彼から手渡された名刺にゆっくりと視線を落とした。そこには、携帯電話の番号に加えメールアドレスまで記載されていた。

「……私がお世話になること、あるのかなぁ」

今はもう、こうした上流階級の人物との接点はほぼ持ち合わせていない。この先の人生で、中堅の人材派遣会社に勤める一般庶民の明日香が、大銀行の頭取を頼るような何かがあることもなさそうだ。彼の好意はありがたいけれども、無用の長物となりそうな気がする。

明日香は小さく息を吐き出すと、受け取った名刺をしまおうとクラッチバッグから財布を取り出した。その流れでまだほんのりとあたたかいコーヒーを口に含むと、柑橘類を思わせる華やかな香りが鼻腔を抜けていく。

ほぅ、と息を吐くと、その吐息さえも煌《きら》びやかなカフェの喧騒に紛れて消えていった。

——そろそろ……帰ろうかしら。

腕時計に視線を落とすと、とうに二十時を回っている。確か、荷物を預けているクロークは二十時半で受け取り終了となっていたような気がする。

明日香はコーヒーを飲み干し席を立ち、ロビーの一角に設置されているクロークへと足を向けた。クラッチバッグから引き換えの番号札を取り出したところで、明日香はぴたりと足を止める。クロークの目の前には、一人の男性の姿があった。

高級感のあるブラックのスリーピースを纏《まと》った、さらりとした艶のある黒髪と綺麗な二重まぶたが目を引く彼の横顔。まるで時間が止まったかのように、明日香は一瞬、呼吸をするのを忘れてしまう。

まさか——披露宴中、ずっと捜し続けていた彼が今、目の前にいるなんて。想像もしていなかった展開に、明日香はその場に佇《たたず》んだまま動けずにいた。

数秒ののち、目の前の彼は明日香の気配に気が付いたのか、ゆっくりとこちらを振り返った。その瞬間、彼はパッと相好を崩す。

「久しぶり。覚えてる？　俺のこと」

彼は懐かしさを滲《にじ》ませた声音で言葉を紡ぐと、一歩ずつ明日香の方へ歩み寄ってくる。涼しげな双眼と視線が絡み合った途端、心臓がどくりと跳ね上がるのを感じた。明日香は思わず後ずさりしそうになるものの、なんとか堪《こら》えてその場で踏みとどまる。

「久しぶり、だね……せいじくん」

「うん。明日香ちゃんも、元気にしてた？」

「はい……」

明日香は緊張で身体を強張《こわば》らせながらも、なんとか返事を返した。

彼は、あの頃よりも大人っぽくなったように思う。顔つきも少しシャープになった彼は、どこか野性的で色っぽい雰囲気を纏《まと》っている。

クロークに番号札を差し出すと、黒のビジネスバッグと引き出物の紙袋を持った彼は不思議そうに首を傾げた。

「二次会、行かないんだ？」

彼のその仕草で、さらりとした艶のある黒髪が揺れる。なんとも匂い立つ色香を感じた明日香はぎこちなく微笑み、視線を逸らした。

「えぇ……披露宴までと決めていたから」

叔父の一件はほとぼりが冷めているとはいえ、マスメディアに大きく取り上げられた事件の身内ということで、あまり目立った行動は避けたいと思っていた。そのため、明日香は二次会への参加は控えることにしていたのだ。

「じゃあさ、ちょっとだけ付き合ってよ。久しぶりにこうして会えたのも何かの縁だろうから」

彼はそう言葉を紡ぐとにこりと微笑み、自然な動作で明日香の引き出物の袋に手を伸ばした。持つよ、という意思表示だろう。

「……っ」

思わぬ彼の提案に、明日香は反射的に身体を強張《こわば》らせてしまう。肩にかけたクラッチバッグのチェーンを握り締めるてのひらが汗ばむのを感じ、鼓動が速まっていく。

「……お願い。少しだけでいいから」

懇願するように囁いた彼の声音には、どこか切実なものが滲《にじ》んでいた。まっすぐに見つめてくる彼の黒い瞳に射抜かれ、胸の奥がほのかに熱くなる。

「……わかった。いいよ」

なぜだか明日香は、彼の誘いを断ることができなかった。せっかく会えたのだからもう少し話をしたいという気持ちもあった。

それに——彼がどうして自分のことを覚えていてくれたのか、知りたかった。明日香は誠司が初恋の相手だから、誠司のことを覚えていて当然だ。けれど、彼にとって自分は、たくさんいる知り合いのうちの一人にすぎないはずなのに。

ぽとりと心の中に落ちてきた何かの感触が、明日香の心をざわつかせる。

明日香が小さくうなずき了承すると、彼は満足げに微笑み返し、エントランスへと明日香を導いていく。

「どこ行きたい？　……どこがいいかなぁ」

エントランスを抜け、回転ドアを一緒にくぐり抜けると、彼は顎に手を当てながら思案しているようだった。

正直、明日香にはこのあたりの土地勘がない。明日香が住んでいるのはここから電車で五駅ほど離れている場所なので、このあたりの地理をまったくと言っていいほど把握していないからだ。

「せいじくんが……行きたいところでいいよ？」

明日香がそう答えると、彼は少しだけ驚いた表情を見せた。

「え……でも」

「私はどこでも大丈夫」

「ほんと？」

「うん」

明日香がこくりと首肯《しゅこう》すると、彼は少し考え込むようにして視線を宙に彷徨《さまよ》わせたあと、「じゃあ」と口を開いた。

「実は俺もこのあたりはよくわかってなくてね。明日から関西に出張だから、駅前の大通りのホテルに部屋をとってるんだ。ルームサービスとかもあるし、俺が泊まる部屋で飲もうか」

「え……？」

思いもしなかった彼の提案に、明日香は目を見開いた。

女性を部屋に誘う——それは、いわゆる「そういうお誘い」ではないのだろうか。

けれど、彼の口調はどこか軽やかで、下心のようなものは感じられない。明日香の表情を見遣《みや》った彼は苦笑いしながら小さく肩を竦《すく》めた。

「あ、そんなつもりはないよ。なんなら、近くのバーでもいいと思ってた。だけど、明日香ちゃん、靴擦れできてるよ？」

「え……あ」

指摘されて初めて気が付いたが、確かに右足の踵《かかと》が痛むような気がした。思わず身体を捻《ひね》って足元に視線を落とすと、足首の裏の部分が赤く腫れ上がっている。

明日香はそのことに驚き、思わず目を瞬かせた。

――美知代さんに選んでもらってから初めて履いたから……かしら……？

そんな様子に気付いてくれただけでも嬉しいと思う反面、そこまで見抜かれていたことへの恥ずかしさもこみ上げてくる。

「だから、靴を脱いでも大丈夫なところがいいかと思ってるんだけど」

彼の言葉を聞き、明日香は彼の優しさに触れたような気がした。思わず頬が緩んでいく。

昔から彼はこういう人だったと思い出し懐かしく感じると同時に、きっと特定の誰かではなく、誰にでも優しいのだろうと想像できて、少しだけ寂しく感じてしまう。

「俺の部屋に来るの、嫌？」

「い、嫌じゃない……けど」

明日香が慌てて否定しようとすると、彼はふっと優しく笑う。艶《あで》やかなその表情に、胸がどくりと大きく高鳴った。明日香は咄嗟に胸元を押さえる。

今まで経験したことのない感情が次々と湧き上がってくることに戸惑ってしまう。

――いい……のかな……？

今の自分が、彼のそばで同じ空間をともに過ごしてよいのだろうか。身なりからも、彼はやはり今でも上流階級に身を置いているのだろうと察せられる。

全身の血流が激しくなっているのがわかる。どうしようもなく息苦しくて仕方がなかった。こんなことは生まれて初めてのことだった。

――せっかく会えたんだから……ちょっとだけ、なら。

明日香は戸惑いながら彼を見上げると、視線が合った彼は再びにこりと微笑んだ。明日香は自分の心臓を落ち着かせようと小さく深呼吸をする。

「……うん。そうしてもらえたら助かる」

靴擦れの痛みを堪《こら》えながらお酒を飲むよりは、誰かの部屋でゆっくり休ませてもらった方が断然楽に決まっている。彼の申し出をありがたく受け入れることにした明日香はこくりとうなずくと、彼は嬉しそうに破顔した。

「じゃあ、決まりだ。ちょっと歩くから、タクシー呼ぼう」

明日香が控えめにうなずくと、彼はほっとした表情を見せ、目の前の道路に停車しているタクシーに声をかけた。

豪華で幻想的なシャンデリアに、優美な文様の毛足の長い絨毯。窓のカーテンを開けると、宝石箱をひっくり返したような夜景を見渡せる。

バルコニーはプライベート感を味わうことができるテラス式になっているようで、全体がライトアップされ、テーブルとチェアセットの幻想的な陰影を浮かび上がらせていた。

リビングルームとベッドルームに分かれた室内は、五十平米ほどのシックな内装が施されていて、ダブルベッドが置かれたセミスイートルームだ。翌日の出張に便利だからという理由でこのクラスの部屋を予約するなど、やはり彼は明日香の記憶の通り、どこかの大企業のご令息なのだろう。

「とりあえず座って。絆創膏、持ってる？」

「あ……うん、持ってるから大丈夫。お手洗い、借りていい？」

明日香の申し出に、壁掛けテレビの横のミニバーにある冷蔵庫からシャンパンを取り出そうとしている彼が手を止めた。手に持ったシャンパンの瓶を置き、明日香の背後にあるドアを指差す。

「お手洗いじゃなくてそっちのベッドルームでいいよ。絆創膏貼るならそっちの方が絶対にいいから。ベッドも使っていいよ」

「えっ、あ……うん、ありがとう……」

彼の気配りに明日香は小さく頭を下げた。お手洗いで脱ぎ着するよりは、ベッドルームを借りる方が衛生的だろう。泊まるわけでもないのに申し訳ないという感情を抱きながらも、明日香はクロークに預けていた普段使いのバックからポーチを取り出して、隣のベッドルームに向かう。

ベッドに浅く腰掛けてストッキングを脱ぐと、靴擦れは見た目よりも軽いもので、今のところ水ぶくれはできていないことがわかった。ほっと胸を撫でおろした明日香は傷口を絆創膏で覆い、彼が待つリビングルームへと戻る。

「お帰り。ひとまずシャンパンを入れてるけど……明日香ちゃん、まだお酒いけそう？」

リビングルームでは、ガラス天板のローテーブルにワイングラスが置かれていて、シャンパンの泡がゆらゆらと立ちのぼっていた。

ルームサービス用のメニューもしっかりと広げられており、彼の手際の良さに明日香は感嘆のため息を落とす。

「うん、大丈夫。何から何までありがとう」

彼に促されるままにソファに沈み込むと、彼も同じソファに腰を下ろした。

グラスを持ち上げた彼が、それを明日香に差し出していく。チン、と軽やかな音をさせながら乾杯のシャンパンを口に含むと、爽やかな炭酸が口内を満たしていく。

甘すぎず辛くない、絶妙なバランスのアルコール度数。我知らず「美味しい」と小さく呟いた声が思いのほか弾んでいて、明日香は自分が思った以上に緊張していたことに気が付いた。

「あの。今更こんなこと聞くのもあれだけど……せいじくんって、名前の漢字、どう書くの……？」

おずおずとした明日香の問いかけに、彼は一瞬目を丸くして、それからくすりと笑みをこぼした。

「あぁ、そっか。ごめん。そういや、昔、教えてなかったな」

グラスを置いた彼は、人差し指を立てて天井を指し示す。男性にしてはしなやかで長いその指先が、くるりと宙を描いていく。

「新選組の大旗に描かれてる誠。それから、司る、で……誠司。誠実であるように、って由来があるらしい」

そう言ってやわらかく微笑んだ彼の表情はひどく穏やかだ。けれどどこか艶めいていて、明日香は心臓が大きく跳ね上がるのを感じた。見惚れてしまった自分を誤魔化すようにそっと視線を落とす。

「そっか。昔からいい名前だなって思ってたけど、由来を聞くとますますそう思っちゃう」

誠司の顔を見ないまま息継ぎさえせず、一気に言葉を吐き出した。気恥ずかしさを覚えていたせいもあるが、それ以上に彼を直視できなかったのだ。

心の奥にじわりと広がっていくなんとも言えない感情に視線を彷徨《さまよ》わせると、テーブルに広げられたルームサービスのメニュー表が視界に飛び込んでくる。そこに記された『ローズマリーフィズ』というカクテルの名前に、明日香は思わず目を奪われてしまった。

「ローズマリーのお酒なんて、あるんだ」

ぽつりとこぼれ落ちた独り言のような明日香の声に、誠司は「あぁ」と小さく声を落とす。

「昔、ローズマリーで明日香ちゃんに花冠作ったのを覚えてる。懐かしいな」

「えっ、覚えてくれていたの？」

まさかそんな昔のことを、しかも十年以上前の小さな出来事を彼がここまで鮮明に記憶しているとは想像すらしておらず、明日香は驚きのあまりグラスを滑らせてしまいそうになり、慌てて指先に力を入れた。

「もちろん。だって、すごく綺麗だったからね」

誠司は優しい声で言葉を紡ぎ、深くなった夜のような瞳をふっと細める。そのまなざしがあまりにも艶《あで》やかに思えて、明日香は鼓動がどくりと大きく脈打つのを自覚した。慌てて話題を切り替えようと、テーブルの上のメニューを手に取る。

「誠司くんは、今は何してるの？」

メニュー表を膝の上に置いて、明日香は努めて平静を装い誠司へ問いを投げかけた。誠司は少しだけ考え込むような仕草を見せたあと、ゆっくりと唇を開く。

「端的に言えば、父さんの助手……かな。大学を卒業してから、自社のグループ企業を回ってる父さんの手伝いをしてるよ」

「へぇ、そうなんだ。すごいなぁ」

彼は明日香の三つ年上だったと記憶している。社会人となってからずっと経営者の近くで仕事をしている彼は、創業一家の出身とはいえ優秀な人材なのだろうと察することができた。

明日香の相槌に、誠司は困ったように眉尻を下げて笑う。

「別に、すごくはないかなぁ。確かに一社の常務って立場を任されてるけど、今はまだ経営に大きく携わってるわけじゃないから」

彼が手に持っていたシャンパングラスの中身が、ちゃぷんと波紋を立てる。どこか寂しげな色を帯びた口調で紡がれる誠司の言葉は、謙遜なのか本音なのかわからない。それがなぜだか引っかかり、明日香は顔を上げて誠司を見つめた。

彼の父親の仕事を手伝うということは、将来を約束されたも同然だろう。それでも、明日香には彼の表情が、まるで行き場を失った子どものように思えた。

「俺からも……明日香ちゃんの今の生活のこととか聞いていていい？」

こちらの反応を伺うように問いかけてきた誠司に、明日香ははっと我に返りこくりと首肯《しゅこう》する。

「叔父の事件があってからは母方の親戚のところで暮らしていたけど、大学卒業後はこっちで一人暮らししてるの。今は……ノレーブっていう人材派遣会社の事務をやってるよ」

「あぁ！　この前、有名なストリートピアニストを起用してＣＭ打ってたあの会社？」

「えっ、あ、……うん、そう」

誠司が明日香の勤め先の企業を知っていることに驚きつつも、明日香は再度うなずいた。

明日香が勤めている会社は、中堅の総合人材派遣会社で、明日香は登録者たちの社会保険やそのほかの手続きのフォローを行う総務系を担当している。法律と隣り合わせの業務ではあるけれど、仕事内容自体はそれほど難しいものではなく、上司や同僚にも恵まれていると感じていた。

「私はただの事務職だから、現場の仕事はよくわからないんだけど……それでも毎日忙しくって」

「そっか。大変そうだね」

「うん。でも、やりがいはあるし、職場の雰囲気も悪くないし……だから、今の暮らしに不満はないよ」

両親が生きていたら、そして叔父が事件を起こさなければ。もっと違う未来が待っていたのかもしれない。

そう思うことは、これまでにも何度もあった。けれど、過去は変えられない。

だからこそ、明日香は今の自分を受け入れて、前向きに生きていくことに決めたのだ。

明日香の言葉に、誠司は安堵の表情を浮かべたのち、少しだけ寂しそうに微笑んだ。

「そっか。私生活も……きっと、恋愛とか、そういう方面でも充実してるんだ」

「……へっ？」

唐突な質問に明日香の口から間の抜けた疑問符がこぼれ落ちる。

彼の言う通り、明日香はかつてないほどに充実した日々を送っている。それは事実だ。

けれど、それが今の会話の流れに関係してくる理由にまったく理解が及ばない。明日香はただただ、パチパチと瞬きを繰り返す。

戸惑う明日香の様子に誠司は小さく肩を竦《すく》め、歯切れ悪く言葉を続けた。

「いや、ほら。あんなことがあって……たぶん、そういう風に吹っ切れるまでに……恋愛も含めて色んな経験をしたんだろうなって思ったから」

「えっ、あ……まあ……えぇと……うん……」

明日香は混乱のあまり視線を彷徨《さまよ》わせながら語尾を濁す。

「まぁ……充実してはいる……かな。ビジネス法務検定っていう資格も取らせてもらったし……いい人生経験をさせてもらっているとは思う、よ」

仕事の面では充実している。けれど、プライベートはなんとも言えない。

彼氏などいたことはないし、こうして男性と二人でお酒を飲んだこともない。そんな自分は彼の目にはどう映っているのだろう。

「だけど、あの、私。その……まだ、恋愛って……よくわからなくて」

明日香は咄嗟に取り繕った理由を吐き出すと、膝の上でぎゅっと両手を握り締める。

幼い頃、明日香が誠司に対して抱いていた感情が『恋』だったことは理解している。だからこそ、明日香はこれまで誰かに恋愛感情を抱くことを避けてきた。

小学六年生のとき、明日香は同級生の男の子から手紙をもらった。内容は、明日香のことを好きだというものだったけれど、明日香はその気持ちに応えることができなかった。

中学でも高校でも、大学でも、そして今も。結局は異性を遠ざけて過ごしている。けれど、それを初恋の相手である誠司へ、まっすぐに伝えることは憚《はばか》られた。それに——明日香自身、自分の家庭環境に負い目を感じていて、誰かと恋仲となることに臆病になっていたことも、大きな要因の一つだった。

「……え？」

誠司はひどく驚いた様子で目を丸くした。その反応を見る限り、彼は今までに何人かの女性と交際経験があるのだろうと察せられた。

「じゃあ、明日香ちゃんは今まで一度も恋人がいたことが……？」

「……ない、よ」

明日香は俯《うつむ》いたまま消え入りそうな声で言葉を返す。

誠司が驚くのも無理はない。今年で二十五歳、同年代の女子たちと比べて恋愛経験値が格段に低い——いや、ゼロだということは、明日香自身が一番わかっている。

「本当に？」

「……本当だよ。こんなワケありの……叔父の件で没落したっていう家庭事情もあるから。ファーストキスだってまだだし……セックスだって……」

そこまで口にした瞬間、自分が何を口走ってしまったのかを自覚して、思わず息を止めてしまう。

——わ、たし……今、なんで。なんで、こんなことを……彼に。

心臓が激しく脈打ち、全身の血流が速くなっていく。頬だけでなく耳まで熱くなり、頭の中もぐるぐるとして思考回路がショートしてしまいそうだ。

誠司の顔を見ていられなくなって再び視線を落とせば、グラスの中で氷がカランと音を立てた。

自分が自分ではないように感じてしまうのは、きっと誠司が注いでくれたシャンパンのせいだ。お酒に酔ってしまったのだと、明日香は心の中で言い訳を並べていく。

「え、と……」

誠司は一体今の言葉を聞いてどう感じたのだろうか。何かを言わなければならないのに、上手く言葉が出てこない。焦燥感ばかりが募っていく。

自分の中に渦巻く感情の正体が何なのか、自分でもよくわからない。

ただ一つわかるのは、これ以上誠司の前で無様な姿を見せたくないということだけだった。

「その、だから。私はまだ……その……全然ダメというか、誠司くんが思ってるような女じゃない、っていうか」

絞り出した精一杯の虚勢を張って顔を上げ自嘲気味に肩を竦《すく》めてみせ、明日香は視線を膝の上のメニュー表に落とした。

久しぶりに会った人物からこんなセンシティブな告白をされたところで、誠司は困るだけだろう。理性ではわかっていても、明日香は堰《せき》を切ったように言葉を続けてしまった。

「叔父のことがあるから、人と深く関わることが怖くて。お付き合いしたあとで、てのひらを返したように犯罪者の姪って後ろ指指されるのが怖いの。だから……その、この年齢まで恋をしたことがないせいで、自分に自信がないのよね、私」

　ぽつりと呟いた明日香の言葉が、しんとした室内に溶けていく。

　確かに異性を遠ざけて日々を過ごしてきたのは間違いない。犯罪者の身内という家庭事情もあり、それを引け目に感じてしまって、周囲に迷惑をかけないよう、目立たないようひっそりと生きることを自ら選んできた。

　顔立ちは、どちらかというとはっきりしているフェミニン系ではあると思う。会社に来社するプリンター修理の人や、登録者が派遣された会社の従業員から、個人的に連絡先を教えてほしいと声をかけられることもあったけれど、明日香はいつも曖昧に笑って誤魔化してきた。

　複雑な過去があるからこそ、誰とも深く関わらずに日々を過ごしていた。それでも、公にできない過去を持つ自分と、好き好んで隣を歩いてくれる男性がいるのだろうかと不安に思う気持ちがあることも、また確かな事実だった。

「じゃあ……提案。俺と恋の練習、してみる？」

「……え？」

　ふいに響いた誠司の声に、明日香は思わず視線を上げた。誠司の手が、膝の上の手に重ねられる。明日香はぴくりと身体を震わせた。

　彼の手はあたたかくて、骨ばっていて、大きかった。

　男性にしては長く、手入れの行き届いている爪の感触がなぜか妙に艶《なま》めかしくてどきりとする。

　誠司の双眼がまっすぐに明日香を見つめていて、まるで金縛りにあっているかのようで目を逸らすことができない。

「あ……その……」

明日香は小さく唇を開いたまま、固まってしまう。

これは何だろう。この状況は一体、どういうことなのだろうか。

明日香は混乱のあまりぐるぐると思考を巡らせる。誠司の言動の意図がつかめない。理解ができない。

「……冗談、だよね？」

長らく呆然としていた明日香からようやく出てきた言葉に、誠司の瞳が一瞬揺らめいた。けれど次の瞬間、誠司は変わらずやわらかく微笑んで首を横に振る。

「ううん。俺は、最初から……いや。ずっと昔から、本気」

ひどく落ち着いたその声音はとても優しいものだが、どこか悲しげな響きを帯びていた。

明日香が言葉を返せない間にも、誠司は顔をゆっくりと近づけてくる。吐息が頬に触れ、明日香はびくりと肩を跳ねさせた。心臓の音が、ひどくうるさい。顔に熱が集まっていくのを感じる。

「あ、あの……誠司くん」

「何？」

至近距離に迫った誠司の瞳の奥には、確かな熱が宿っているようだった。

「これって、その……どういう、ことなの？　からかって、る……の？」

明日香は緊張に掠《かす》れた声で途切れ途切れに言葉を紡ぐ。誠司は苦し気に眉を寄せ吐息を落としたのちに、ゆるりと首を振る。

「からかってなんかいないよ。だけど——やっぱりダメだ。どうしても諦めきれない。俺は、明日香ちゃんのために今日までずっと頑張ってきて……やっと胸を張って会えるようになったんだから」

膝の上で重ねられた誠司の手が、明日香の指先に絡んでいく。『ずっと頑張ってきた』という言葉の意味を理解できず、明日香はただただ自分の鼓動が速くなっていくのを感じていた。

「明日香ちゃんはさっき言ったじゃないか。『恋愛がどんなものかわからない』って。それなら、今から始めればいい」

少しだけ身を乗り出して、囁くような小さな声でそっと告げられたその言葉に、明日香は息を呑むことしかできない。誠司の視線はあまりにもまっすぐで、射抜かれてしまいそうで怖かった。

この場から逃げ出そうと思えばいくらでも逃げることができるはずなのに、身動きが取れない。

それはきっと——心の奥底で期待している自分がいるからだ。どんどん鼓動が激しくなる一方で、頭がくらくらと酩酊していくようだった。

「明日香ちゃんは……俺と『恋の練習』、するの……嫌？」

誠司の指先がそっと明日香のおとがいを持ち上げる。視線が絡み合い、彼の端整な面差しがどんどん近づいてくる。

「……わ、からない」

逃げ場のない状況に、明日香はそう答えるので精一杯だった。明日香はそんな自分の反応に驚きながら、一方でこの行為を受け入れる自分自身にも戸惑っていた。

――どう、して……？

誠司が自分を欲してくれている。それだけで心が満たされていくような気がする。

こんなことは生まれて初めての経験で、自分でもよくわからない感情に支配されていく恐怖を覚えた。それでも、明日香の心の中にはこの先に続く確かな期待が生まれていて、もう自分を誤魔化しきれるものでもない。

そんな心情とは裏腹に、ふっと吐息を落とし小さく微笑んだ誠司が身体の重心を移動させる。

ギシリとソファが鳴り、明日香が反射的にぎゅうと目を閉じると、唇にやわらかなものが触れた。

――あ……

ほんの数秒、重なっただけの口づけは、それでも確かに彼の体温を伝えてきた。

「俺のこと、好きになって。明日の朝まで……いや、今だけでいいから」

耳元で囁かれた、低く甘い言葉。どうしてこうなったのか、何が起こったのか。頭の中では理解していても、それを上手く処理することができず、明日香の脳内はただただ混迷を極めた。

「ねぇ、お願い。明日香ちゃん……」

誠司は明日香の返事を待たず、再び唇を重ねてくる。先ほどよりも深く舌が差し込まれ、反射的に身体を強張《こわば》らせてしまう。

「んっ……ぅ」

逃げようとした明日香を咎めるように、誠司は明日香を抱き竦《すく》めた。

挟まれたてのひらでしなやかな胸板を押し抵抗するも、彼は離れてくれない。それどころか、ますます強く抱き締められ、呼吸すらままならなくなっていく。

明日香は助けを求めるように誠司の真っ白なワイシャツをギュッと掴んだ。すると、誠司は明日香を落ち着けるように髪を撫で、角度を変えて何度も何度も唇を啄《ついば》んでくる。

「っ、ん……はぁっ」

酸素を求めて開いた唇の隙間を縫って、誠司の熱い吐息が注ぎ込まれる。頭の中がじんわりと痺れて、何も考えられなくなっていく。

「……ん……っ」

誠司の両手が背中を滑り、フォーマルドレスのファスナーを下ろしていった。パチーン、と、ブラジャーのホックを外され、つぅ、と背筋を長い指でなぞられて明日香は思わず仰け反ってしまう。

「あっ、ぅんっ……！」

その拍子にするりとドレスを下げられ、袖を抜かれていく。慌てて腕で胸元を隠そうとするも、それよりも早く誠司が明日香の手首を捕らえた。

「ベッド……行こっか」

耳元で小さく、囁くように吹き込まれた言葉に、明日香は眩暈《めまい》を覚えた。誠司は明日香を軽々と横抱きにし、隣のベッドルームへと足を向ける。

誠司の言動は相変わらず優しく、それでいて、有無を言わせない強さがあった。

ベッドルームの照明は貝の形をしていて、ゆったりとくつろげる空間が広がっていた。明るい光の中、ダブルサイズの広いベッドの上に明日香の身体が横たえられる。

スプリングの軋《きし》む音が、妙に大きく聞こえた。

「っ……」

覆いかぶさってきた誠司の重みに明日香は息を詰める。頬を撫でる誠司の指先からは、愛しむような、慈しむような、そんな感情が伝わってくる。

「大丈夫だよ」

明日香の怯えを感じ取ったのだろう。誠司は安心させるように明日香の額に軽く唇を落としていく。

「……怖い？」

訊ねられた問いに声を返すことができず、明日香は視線を逸らした。

「……少しだけ」

震える声音で明日香は正直に答えると、ギュッと目を閉じた。すると、誠司は小さく笑みをこぼしていく。

「うん。初めてなんだから、怖くて当たり前だね」

誠司は宥《なだ》めるように明日香の頭をそっと撫でた。サイドテーブルに置いてあったリモコンに手を伸ばした誠司が部屋の電気を落としていく。

「あ……」

オレンジ色のぼんやりとした明かりの中、明日香は思わず声を漏らす。急に恥ずかしさがこみ上げてきて、両手で顔を覆うと、誠司が小さく笑う気配がした。

「ごめん。明るい方がよかった？」

「……」

明日香は無言でぶんぶんと首を横に振った。室内が明るければ羞恥心に駆られてしまうのは明白だった。けれど、こんな風に照明を落としたところで見えなくなるわけでもない。むしろ中途半端な明るさのせいで、これからいやらしいことをするのだという実感が湧き、興奮が高まってしまう気がした。

誠司はクスリと笑って、明日香の手首をやんわりと握ると、シーツに優しく押し付ける。

「明日香ちゃんの顔、よく見せて」

誠司の声音はどこまでも優しかった。けれど、明日香を見つめるまなざしはひどく熱っぽく、どこか妖しい光を帯びている。

ゆっくりと近づいてきた誠司の唇が、ちゅっと音を立てて明日香の唇を塞いだ。触れるだけのキスを何度も繰り返され、次第に明日香の緊張が解《ほぐ》れていく。

「あ……」

誠司の舌先がちょんと明日香の唇に触れた。促されるまま口を開けば、舌を差し込まれ、歯列を割って深く深く口づけられていく。

「んっ……ふ、ぅ……んんっ」

堪《こら》えきれない声があふれて止まらない。ざらついた舌が絡み合い、ぴちゃ、くちゅ、という淫靡な水音が鼓膜を震わせる。身体の奥に得体の知れない熱が生まれては蓄積されていった。

気持ちがいい。キスなんてただ唇を触れ合わせるだけだと思っていたのに、誠司の舌遣いは想像以上に巧みで、身体中が甘く痺れて全身から力が抜けてしまう。

「……ん……っ」

息継ぎのために唇が離れれば、二人の間を銀糸が伝う。誠司はそれを親指で拭《ぬぐ》って舐めとっていく。濡れた赤い舌先を見ているだけでどうしようもなく胸が高鳴ってしまい、明日香はぎゅっと両目を瞑《つむ》った。

「明日香ちゃん……」

誠司は首筋に顔を埋め、耳の付け根から鎖骨にかけて首筋をねっとりと舐め下ろしていく。

ざらついた熱い感触とぬるつく唾液の感覚が生々しく感じられ、明日香はふるりと身体を震わせた。

「ぁっ……ぅ……」

耳の裏に口づけられ、かぷ、と耳朶《じだ》を甘噛みされると、それだけで明日香の下腹部が切なく疼《うず》いた。

誠司はそのまま首筋に舌を這わせながら、ソファで中途半端に脱がされたドレスのスカートをたくし上げていく。袖を抜かれたまま、ブラジャーは中途半端に外されてお腹の部分にくしゃりと布地が溜まっている。

「や……ぁっ……」

誠司の髪が素肌に触れるたび、ぞくりとする感覚に襲われる。同時に下腹部の疼《うず》きが強くなり、明日香は戸惑いがちに膝をすり合わせてしまう。

——どうしよう……私……

誠司に触れられると期待が高まってしまう自分がいることに気が付き、明日香は内心で狼狽してしまう。

身体の奥に火を灯され、その勢いは留まるところを知らない。まるで、燃え盛る炎に全身を呑み込まれるようだった。

誠司の唇が肌を掠《かす》めるたび、身体がびくりと跳ねては切なげな吐息をこぼしてしまう。

「……あ、ぁ……んっ」

誠司の大きなてのひらがブラジャーを押し上げ、明日香のふっくらとした双丘を包み込む。

熱を持ったその手つきはどこかいやらしくて、明日香は身体をよじって逃れようとするが、誠司はそれを許してはくれなかった。

「んっ……！　あっ……あぁっ」

揉みしだくようにやわやわと動かされると、たちまち甘い声がこぼれてしまう。指先で尖った先端を転がされたり摘《つま》まれたりするうちに、そこはすぐに芯を持って硬くなっていく。

それを愛しむように指の腹で優しく撫で上げられ、じんわりとした快楽が身体の奥深くへ染みこんでくる。

恥ずかしさに顔を背《そむ》けると、誠司の唇が再び右の耳朶《じだ》を食《は》んでいく。

「可愛い……これ、好きだよね？」

ツンと主張する頂を指の腹でこりこりと転がされたのち、爪で引っ掻かれ、弾かれる。

「んぁ！　っ……ぁ、あ……んっ」

左右の胸を同時に弄《もてあそ》ばれ、明日香はシーツをギュッと握り締めて背中を仰け反らせたまま身悶えることしかできない。

「ここも、すぐ勃《た》っちゃって……エッチだね」

「あぁっ……！」

今度は左右の蕾を人差し指と中指できゅっと挟まれる。わずかな痛みと強い快感に襲われ、明日香は喉を反らした。

「ちょっと痛いのも感じるんだね。ほら、指で擦《こす》られるのも好きでしょ」

「んっ……んんっ……！　あ、あっ……！」

親指と中指で尖った芯を挟み込んだまま、人差し指でぐりぐりと捏《こ》ね回され、その度に明日香の口からは甲高い声が漏れた。

「ひゃあっ！」

ふいに左の蕾に吸い付かれ、明日香は悲鳴じみた嬌声を上げる。そのまま強く吸われ、軽く歯を立てられると、頭の中が真っ白になった。

「あっ……ん、あ……ああっ……！」

明日香の反応を楽しむように、誠司は執拗に双乳を攻め立ててくる。片方は激しく攻められ、もう片方は焦らすように周囲をなぞられたあと、尖ったそこを舌で嬲《なぶ》られ、歯で優しく甘噛みされていく。

「んっ、あああっ……」

身体が芯から震えるほどの悦楽に、明日香は無意識のうちに腰を浮かせ、もっとしてほしいと言わんばかりに胸を突き出すような格好になってしまう。そんなはしたない自分の姿を自覚しながらも、理性ではもはやどうすることもできなかった。

「や、ああ……あんっ……」

ざらついた舌先で転がされていたかと思うと、ちゅう、ときつく吸い上げられる。歯を立てられたあと優しく労るように舐められると、そこからまたじくじくと鈍い痺れが広がっていく。

あまりの快感に両手でシーツを握り締めてしまう。

「あ、ぁ……や、だ……」

全身にじっとりと汗が滲《にじ》み、下半身に熱が集まっていることに気付く。明日香は困惑し、太ももをすり合わせてどうにかそれを抑え込もうとした。

「や、だ……変……わたし……」

「変じゃないよ」

誠司は片手で明日香の脇腹に触れ、そのまますするりと下腹を撫でていく。ドレスをたくし上げられ露《あら》わになった太ももを、熱を持った指先がなぞり始める。

その感触だけで、ぞくりと鳥肌が立ち、明日香の下腹の奥が切なさに収縮を繰り返した。

「あ、あ……っ」

「すごくすべすべしてる」

熱いてのひらが下肢《かし》を覆うストッキングを這い上がってくる。際どい部分を避けながら内股のやわらかい箇所を揉むようにして撫でられ、明日香はぴくぴくと肩を震わせた。

「ふ……ぅ……んっ……」

恥ずかしい。でも、それ以上に気持ちいい。

明日香は生理的に滲《にじ》んだ涙を散らすようにぎゅうと視界を遮断する。

「脚、開いて」

「……っ！」

耳元で甘く囁かれた言葉に、明日香は躊躇《ためら》いがちに顔を逸らした。けれど、誠司は優しく明日香の髪を撫でると、額にキスを落とす。

「いい子だから……」

甘美な響きを伴った声で鼓膜を揺るがされると、拒むことなどできるはずもなかった。

明日香は小さく吐息を漏らすと、おずおずと膝を立てて、そろりと両脚を開いていく。湿ったストッキングの感触が外気に晒され、余計に生々しく感じてしまう。

「濡れちゃってる」

「……やっ……」

からかうような言葉も、今は気分を高める小道具にほかならない。ストッキングとショーツ越しに秘裂を撫でられ、明日香はたまらずに甘い声を上げた。

すでにショーツまでぐっしょりと湿っていて、割れ目を撫でる誠司の指先がはっきりとわかってしまう。

「すごいな……下着の上からなのに、糸引いてるのわかる？」

「んんっ……！」

割れ目をなぞられ、ショーツのクロッチ部分を指で押し込まれる。下腹部の疼《うず》きは激しくなり、痺れに似た脱力感が全身を覆い尽くしていった。布が貼り付くほどにあふれた蜜がくちゃくちゃと淫靡な音を立てていき、足の指が反射的にシーツを掴んでしまう。

「ほら、こんなに……もう脱がせちゃうね」

「や……だめぇっ……」

ストッキングごと濡れたショーツを引き下ろされ、明日香は反射的に誠司の腕を掴んだ。けれど抵抗は形だけのもので、誠司の指先が秘所に触れると同時に、明日香は甘い吐息とともに掴んでいた腕を離してしまう。

舌なめずりをするようにぺろりと唇を舐めた誠司が、空いた片手でネクタイを緩める。

「明日香ちゃん、感じやすいんだね……ここもこんなにしてるし」

「ひゃうっ!?」

蜜を纏《まと》わせた指先で肉莢《にくさや》を弾かれ、明日香はびくんと背中を仰け反らせる。

今まで自分で触ったこともなかったのに、そこを触られているというだけで全身が蕩《とろ》けてしまいそうになるくらい気持ちよかった。

「ここ、気持ちいいでしょ」

「ぁ……あ、あ……ん……！」

小刻みに指先を動かされると、そのたびに腰が跳ね上がる。蜜口からは絶え間なく愛涎があふれ出し、誠司の指先を汚していくばかりだ。

まるで剥《む》き出しの神経を直接刺激されているようだった。頭がおかしくなりそうなほどの快楽を与えられ、明日香は無意識のうちに手を伸ばして恥裂をまさぐる誠司の手首をキュッと握り締めていた。

「……あ、ぁ……だめ……やだ……っ」

いやいやとかぶりを振りながらも、明日香は誠司の手首をしっかりと押さえ込んでしまっていて、むしろもっともっとと先を促しているようだった。

「ああ……あっ……！」

はしたないと思いつつも、一度あふれ出した快楽を止めることはできない。誠司の指先が花芽を嬲《なぶ》るたび、明日香は腰を揺らめかせながら甘い声を上げた。

恥ずかしいのに、もう逃げられないとわかっているからか、身体が思うように動いてくれない。むしろもっと触ってほしいと思ってしまう自分がいて戸惑ってしまう。

「明日香……可愛い……」

「あ、あぁ……っ」

耳朶《じだ》をじっとりと舐められ、熱い吐息を吹きかけられる。名前を呼び捨てにされ、ひどく心臓が高鳴った。

敏感になりすぎている突起を指の腹できゅっと摘《つま》まれ、明日香は背中を大きく仰け反らせた。身体中の熱が高まり、絶頂感がじわじわと押し寄せてくる。

「あっ……だめ……だめぇっ……」

誠司の指が、熱を持って熟れた花芯を擦《こす》り上げる。その瞬間、明日香は電流のような快感に襲われ、大きく身体を痙攣《けいれん》させた。

「や、ぁ……ああっ！」

肌の上を何かが走り抜けていく。一拍遅れて、隧道《ずいどう》が収縮を繰り返し、身体の奥深くで燻《くすぶ》っていたものが一気に押し上げられ、視界に星が散った。

「は……っ、は……あ……っ」

荒く呼吸を繰り返すたび、甘い余韻に下腹部がきゅうんと疼《うず》いていく。

もう限界だと首を振って訴えてみるものの、誠司は追い詰められていく明日香をどこか愉しげに見つめるだけ。

「明日香のここ、すごく熱くてぬるぬるになっちゃってるね。俺の指、簡単に入っちゃいそうだ……」

絶頂を迎えたばかりのそこを愛しむように優しく指の腹で撫でられ、明日香はびくりと肩を震わせる。

「やっ……だめ……」

明日香は弱々しい口調で拒絶するも、誠司の手を押しとどめることなどできなかった。彼の手が動くたび、そこは従順に反応してしまう。

「ほんと？　でも明日香のここは、ひくひくして欲しがってるみたいだけど」

「あっ……あぁ……っ」

蜜窟にくぷりと指が差し入れられ、明日香はその圧迫感に眉根を寄せた。痛いわけでも苦しいわけでもないが、違和感だけはどうしても拭《ぬぐ》えない。

「あ……ぅ、……っ」

「大丈夫だよ、力抜いて」

胎内で指をゆっくりと動かされると、ぞわぞわとした感覚が腰に響く。奥へ手前へと抜き差しを繰り返されると、その動きに合わせるように中がきゅうと蠢《うごめ》いた。そのたびに自らの意思とは裏腹に鼻にかかった嬌声が出てしまう。

「はぁ……ん……ふ、ぁ……」

初めて感じる、胎内で何かが動く感触。それでも何度か抽挿《ちゅうそう》を繰り返されているうちに徐々に指先が奥へ入り込み、やがて二本目の指も呑み込んだ。

「あ、あ……ぁ……んっ」

花壁を探るようにして動かされると、自然と腰が揺れてしまう。

痛みと紙一重の快感に、下腹が再びじくじくと熱を持ち始めていった。

「すごいよ……指でも食いちぎられそう」

「あ……ん、ん……！」

ゆっくりと抜き差しを繰り返され、浅い場所をじっくりとかき混ぜられる。たったそれだけのことなのに、頭の中が真っ白になるほど気持ちいい。

もっと欲しい、もっとたくさん触れてほしいと心が訴える。

もっと奥まで満たして、掻き回してほしい、と。

誠司が何かを探すような仕草で指を動かす。その度にぞくぞくと悪寒に似た震えが走るのに、同時にどうしようもないほど甘い痺れに襲われる。

――何……これ……

未知の感覚に、明日香は困惑するしかない。こんなの、知らない。

「あ……っ!?」

「……ここ？」

臍《へそ》側の浅瀬のある部分をぐり、ときつく押し込まれ、明日香は大きく目を見開いた。視界にチカチカと光が飛び交う。

「ひゃうっ……や、やだ……何っ……だめぇっ、あ、あ……っ」

「だめって言うわりには気持ちよさそうだけど？」

誠司は見つけたその場所を集中的に攻め立ててきた。指の腹で何度も押され、引っ掻かれるとたまらないほどの愉悦が襲ってくる。

「や、やだ……っ！　そこっ……やだぁ……！」

怖いくらいに感じてしまう。明日香は必死にシーツを握り締め、いやいやと首を振る。

「気持ちいい？」

「ん……あ、あ……なんかおなかの奥がじんじんして……変になるっ……」

明日香が乱れる姿をじっと見つめていた誠司は笑みを浮かべた。

「そっか、それならもう少し頑張ろうか」

「えっ、あっ……！」

明日香が顔を上げると、誠司は愉しげに口の端をつり上げ、同じ場所に指を押し当てた。

「やっ……あぁっ……あ、あ……！」

外側の芯と臍《へそ》側の浅い部分を指で挟み込むようにして擦《こす》り上げられると、あまりの気持ちよさに全身の力が抜けていく。

「あっ……ああ、あっ、やだ、やぁあ……！」

達したばかりなのに、また頂点を極めてしまいそうになる。明日香は必死に身体をよじって耐えようとするが、誠司はそれを許さなかった。

敏感な浅瀬を執拗に弄《いじ》られ、明日香は泣きじゃくるように喘いだ。

「あっ、あ、やっ、やぁっ……だめぇっ……いっ……あぁっ……！」

じわじわと迫りくるような快楽の荒波に抗うことができなくなり、ついに陥落した。

びくりと背中を仰け反らせ、明日香は二度目の絶頂を迎える。淫壁が激しく蠕動《ぜんどう》を繰り返し、誠司の指を強く締め付けた。

「あ……は……っ」

ガクガクと膝が震え、全身から汗が噴き出してくる。明日香は放心状態でぼんやりと誠司の顔を見上げた。

全身が熱を持ち、思考能力が低下する。下腹の奥が飢餓感を訴える。

身体が熱い。もう何も考えられない。

「……あ……」

「明日香、すごい可愛い」

誠司は身体を起こし、スーツを乱暴に脱ぎ捨てた。露《あら》わになった上半身には鍛え上げられた筋肉が浮かび上がり、男性の身体なのに思わずどきりとしてしまうほど色気があった。

ベルトを緩める音が聞こえ、続いてファスナーを引き下ろす音が耳朶《じだ》を打つ。ボクサーパンツをずらすと隆々とそそり立った怒張が現れる。

生々しくて、雄々しさを感じさせる物体に視線が釘付けになってしまう。これが自分の中に入るのだということが想像できない。

「明日香……」

熱い吐息とともに名を呼ばれ、明日香はごくりと喉を鳴らした。

誠司が自分を求めているのだと思うと、胸がひどく高鳴った。

十数年ぶりに再会した男に身体を許すなんてどうかしている。けれど、誠司に抱かれたいと思わないと言えば嘘になる。

「好きだよ、明日香……」

「あ……」

自分は――誠司に恋をしているのだろうか。

『俺のこと、好きになって。明日の朝まで……いや、今だけでいいから』

ソファの上で甘やかに囁かれた言葉が、明日香の脳裏を過《よぎ》る。

今は深いことを考えず、彼のその言葉に乗ればいいだけの話なのかもしれない。そう思った瞬間、ふっと力が抜けた。緊張で強張《こわば》っていた手足が解《ほぐ》れていく。

この感情が何かはわからない。きっと、朝になれば醒めてしまう夢のひとかけらのようなものなのだろう。

だから、せめて今夜だけは、この行為に溺れていたかった。

両脚を抱え上げられ、身体を折り曲げられたかと思うと、熱い楔《くさび》が明日香の秘裂に押し付けられる。先端が肉の狭間を割り開く感覚に、明日香は小さく悲鳴を上げた。

「ひゃ、うん……っ」

薄い被膜越しに熱く脈打つ欲望を感じ、身体が小刻みに震える。

もちろん、破瓜に対する恐怖もある。けれど、それ以上に早く欲しいと思ってしまう。

誠司はゆっくりと腰を進めながら、鋒《ほこさき》で蜜口を左右に揺らした。強引に押し広げられていく感覚が強烈で、鈍い痛みに明日香は反射的に息を止めてしまう。

「ゆっくり呼吸して」

誠司に言われるまま、明日香は大きく息を吸って吐き出す。少しだけ身体から緊張が解《ほど》けた瞬間を見逃さず、誠司は一気に明日香の身体を暴いていく。

「あ……ああっ……！」

指とは比べものにならない質量と痛みに喉が詰まる。引き裂かれるような痛みとともに、圧迫感が強くて苦しい。明日香は無意識のうちに眉根を寄せ、誠司の腕を掴んで爪を立てる。

「辛いならやめておこうか？」

額にキスを落としながら心配そうに訊ねてくる誠司に、明日香はぶんぶんと首を横に振った。ここまでお互いを煽り立てた状態でやめるなど、土台無理な話だ。

ここでやめたくはなかったし、ここまで来てやめられても困ってしまう。だから――

「……やめ、ないで……」

震える声で明日香がそう告げると、誠司は安堵したように口元を綻《ほころ》ばせた。

「大丈夫だよ、力抜いて」

額や頬に触れる唇に促されるようにして身体から力を抜くと、それを待っていたかのように誠司が腰を進めていく。

隘路《あいろ》を開かれ、蜜壁を擦《こす》り上げながら奥へ奥へと押し入ってくる熱杭に痛みがますます強くなっていき、明日香は唇を噛み締める。

「は……っ、あ……あ……」

明日香の表情を確認しながら誠司は慎重に進めていく。やがて一番太い部分が収まり下生えがぴたりと密着すると、誠司は一度動きを止めて大きく息を吐き出した。

「入ったよ……」

「あ……」

中がぎちぎちに満たされていて苦しいけれど、ちゃんとすべて入ったようだ。下腹が熱くて苦しくて、たまらない。それでも、待ち望んでいたものが与えられ、心が歓喜する。

誠司に満たされていること、ただそれだけが痛みを忘れさせるほどの充足感をもたらしてくれた。

誠司はそのままじっと明日香を抱き締めて動かないが、逆に明日香の淫肉は内部に埋め込まれた彼の重量と熱を強く感じ、応えるように身じろぎを始める。

「明日香……ほら、俺のがこんなところに挿入《はい》ってる。いやらしいね……すごく興奮する」

「や……言わない……で……」

愉悦交じりの言葉とともに繋がっている部分をゆっくりと指でなぞられ、明日香は顔を真っ赤にして身悶えた。その言葉に反応するように中の雄槍をきゅうっと締め付けてしまう。

恥ずかしくてたまらないはずなのに、もっと欲しいと心が訴える。

「動くよ」

ゆっくりと腰を引き、誠司は小さく息を吐き出した。暴かれたばかりの無垢な場所が、未知の快楽に悶えて蜜を垂らす。身体が裂けてしまいそうだ。無理だと首を振っても、滾《たぎ》る欲望は明日香の身体を容赦なく抉《えぐ》っていく。

「夢みたいだ……明日香を抱ける日が来るなんて」

譫言《うわごと》のように呟いた誠司が腰を引く。限界まで引き抜かれた誠司のものが再び緩慢な動作で深い行き止まりまで打ち込まれ、明日香は背中を仰け反らせる。

「あっ……んぁっ……あぁんっ……！」

ゆっくりと抜き差しを繰り返されるたびに、たまらず腰が揺れる。快感が電流のように駆け巡り、頭の中で火花が散っていく。身体の奥が疼《うず》いて仕方ない。

「う、ぁっ、んんんっ……！」

誠司は明日香の反応を見ながら、誠司は硬く尖った鋒《ほこさき》で的確に明日香の弱い浅瀬を擦《こす》り上げてくる。その度に蜜路がきゅうっと収縮し、誠司を締め付けてしまう。同時に花襞を張り出した肉傘で擦《こす》られ、快楽に思考能力を奪われる。

いつの間にか痛みはなくなって、明日香はだらしなく腰を揺らしながらただひたすら快楽を追うことに夢中になっていた。律動のたびに頭が真っ白になり、何も考えられなくなる。

どんどん下腹の奥に蓄積されていく熱の塊が明日香を苛《さいな》んでいく。足の爪先が強い快感にぎゅっと丸まった。

「あ……や……だめぇっ」

ひときわ感じる浅瀬部分を重点的に責められ、明日香は気が狂れそうになりながらも髪を乱して喘いだ。ぐぷぐぷと耳を塞ぎたくなるほどの淫らな粘着音が聴覚を支配し、脳髄が沸騰するような錯覚に陥ってしまう。

差し込まれた分、蜜があふれ、こぼしていく花洞がひくひくと収斂《しゅうれん》を繰り返し、誠司自身の形をはっきりと明日香に教え込んでいく。

「だめじゃないよね？　ここ、こうされると気持ちいいんだよね」

「やっ……あ、あ……！　だめぇっ……そこぉ……っ」

耳朶《じだ》を食《は》まれ、舌を差し入れられると背筋がぞくぞくと震えた。それと同時に腰を打ち付けられ、最奥を突き上げられる。花壁を抉《えぐ》るように強く擦《こす》られると、同時に硬く反り勃《た》った肉杭が壁裏から過敏になった肉芽をぐにぐにと刺激する。甘い痺れが全身を駆け巡り、明日香はいやいやとかぶりを振る。美容室で綺麗にセットしてもらった髪が乱れ、汗ばんだ明日香の頬にぴたりとくっついた。

「ひゃうっ……あ、あぁっ……！　あっ……あ……！」

「すごい。明日香の中、絡みついてくる」

「っ、あぅっ……！」

どこか嗜虐的なその視線にも煽られて恥ずかしさと快感が余計に募るが言葉にならず、明日香は目を潤ませて首を何度も横に振る。

羞恥で死にそうだ。こんな姿、見られたくない。

でも——やめてほしくはない。相反する感情がぐるぐると渦巻く。

「もっと気持ちよくなろうね」

「やぁっ……あ、あぁっ……！　あぁんっ……！」

抽挿《ちゅうそう》の合間で誠司はツンと尖った胸元の頂を優しく摘《つま》み上げた。途端、身体の奥がぞくりと震え、快感に身体が痙攣《けいれん》し始める。

下腹の奥で渦巻いていた熱が爆発寸前にまで高まる。もうすぐ、もうすぐだ。あともう少しで大きな波が来る。それが押し寄せたら、自分は一体どうなってしまうのだろう。

恐怖と期待が入り混じった感情が次々と湧き上がっては明日香の思考を乱す。怖いのに、知りたい。早く教えてほしい——そんな矛盾したことを思う。

「あっ、ああっ、ああっ」

明日香は髪を乱しながら首を左右に振る。全身に鳥肌が立ち、背筋を快感が駆け上がってくる。どちゅ、と淫らな水音をさせ最奥に押し込まれると、身体がビクビクと震え、目の前に閃光が見える。頭の中は真っ白に染まり、一瞬意識が飛びそうになる。

「あっ……ああっ……！」

けれど、誠司は律動を緩めてはくれず、すぐに現実に引き戻されてしまう。秘壺を満たしている淫柱が胎内で脈打っているような気がしてたまらない。

「あ……ぁ、すごいの……おなかのなかっ、びくびくして……」

中心からじわじわと身体全体に広がっていくような快感に支配され、明日香が譫言《うわごと》のように呟くと、額に汗を浮かばせた誠司は愉しげに小さく笑った。

「明日香が気持ちいいから、でしょ？」

「んんっ、ぅあっ、そ、んなの……」

否定しようと口を開くと誠司が再び深い場所まで押し入ってきたので、明日香は思わず悲鳴を上げてしまう。激しさを増す律動に明日香も昂《たか》ぶってしまい、誠司の腰に脚を巻き付ける。

「あ……あぁっ……それぇっ、ふか、ふかいっ……」

「明日香の中、ぐちゃぐちゃになってる……」

誠司は明日香の足を持ち上げると、結合部を密着させた。今までとは違った角度から中を穿《うが》たれると、全身がざわめく感覚に陥ってしまう。

誠司が身体を揺するたびに途方もない快感が蓄積されていく。先ほどよりもずっと奥深くに彼の存在を感じているのに痛みはまったくなく、逆に気持ちが良い。

最深部のさらにその先を抉《えぐ》り込むように突き上げられ、明日香は声を上げる。

「やぁっ……だめぇっ！」

けれど、明日香の身体は正直だった。秘泉からは絶えず蜜があふれ出し、卑猥な音楽を奏でている。

「だめって言いながら、こっちは俺のを離そうとしないよ？」

「あっ……あぁっ……！」

腰を回す動きとともに敏感な胎内を掻き回され、最奥を貫かれると、明日香は悲鳴を上げて身体を震わせた。

「あっ、だめぇっ……いっ、あぁぁっ！」

「イきそう？」

熱に浮かされたような誠司の呟きが鼓膜を揺らし、明日香はこくこくと首を縦に振る。

誠司はふっと吐息を落とし、明日香の身体を抱き竦《すく》めた。明日香もそれに応えるように誠司の背中に腕を回し、必死にしがみつく。

「じゃあ、……一緒にイこう」

「あ……ああっ……ひ、あああっ……！」

誠司は最奥めがけて力強いリズムを刻む。ひときわ強い一撃が襲うと同時に、明日香の頭の中は真っ白に弾けた。最奥を穿《うが》たれ、明日香は身体を弓なりに仰け反らせ頂点を極めていく。

「あっ……ああっ……――ッ！」

「くっ……！」

そこから一拍置いて誠司の鋼のような欲望がぶるっと身を震わせ、熱いものが中で迸《ほとばし》る感覚に襲われる。誠司が低く呻《うめ》くと同時に、避妊具越しに熱い飛沫が叩きつけられるのを感じ――快楽の階を上りきった明日香は、その感覚にただただ酔いしれた。

達した直後の脱力した身体の奥で、剛直がびくびくと跳ねる。

そのたびに先端から吐き出される残滓《ざんし》にさえ感じ入り、明日香はたまらずに背中を仰け反らせた。

絶頂を迎えながらも身体の最奥では貪欲に肉棒に吸い付き続け、花壁はひっきりなしに収縮を繰り返していた。本能が未だ収まらぬ悦楽を伝えてくるような気がして、明日香は喉を鳴らす。

被膜越しとはいえ、身体の奥深くで誠司の欲望を受け止めていると思うと、それだけでまた感じてしまいそうになる。

「は……あ……」

荒い息を繰り返しながら見つめ合うと、どちらからともなく唇を重ねた。啄《ついば》むような軽いキスののちに誠司が上体を起こすと、ずるりと楔《くさび》が引き抜かれていく。

「う、あ……」

喪失感に襲われ、明日香は小さく声を漏らす。高みへのぼったあとの失墜感はすさまじく、シーツの海に腕を投げ出すことしかできない。

白濁の溜まったゴムの口を手早く縛った誠司はそれをティッシュに包んでゴミ箱に捨てると、明日香の隣に身体を横たえた。そのまま彼の胸に頭を預ける形で抱き寄せられる。

「大丈夫？」

労るような言葉をかけられて、明日香は曖昧に微笑んだ。まだ絶頂の余韻が抜けず、頭がぼんやりしている。

こくりとうなずいて答えを返すと、誠司は安堵のため息を吐いて、明日香の首筋に顔を埋めた。

「……気持ちよかった？」

「っ……！」

蕩《とろ》けるような声音で耳元に囁かれ、明日香は思わず身じろぎをした。

恥ずかしくて言葉では答えられない。代わりに首を何度も上下に振ると、誠司は満足げに笑う気配が伝わってきた。

「良かった。しんどくないかなって思ったけど」

そう口にした誠司は労わるような手つきで髪を撫でてくれる。優しい感触が心地よくて、明日香はつい目を細めた。

「そんなことない……」

消え入るような小さな声で答えを返すと、誠司は嬉しそうに吐息を落とした。

ゆったりとした動作で髪を撫でられ、耳朶《じだ》を食《は》まれる。甘噛みされると、それさえも快感に変わるのか、腰のあたりがじんわりと疼《うず》いた。

「あ……」

恥ずかしいけれど、気持ちいい。それでも――この時間がもっと続いてほしい。相反する思いが交錯する。

首筋を舐められ、明日香は甘いため息を吐いた。

「今日は泊まっていける？」

乱れた髪を優しく指先で弄《もてあそ》ばれながら投げかけられた問いに明日香はわずかに息を止めた。

そんなことを聞かれても困ってしまう。だって、誠司は明日も朝早くから仕事があるはずだ。それ故に駅に近いこのホテルを取っていたのだろうから。

それに明日香は下着の替えも持ってきてないし、お風呂に入らなくてはいけない。化粧も落とさないといけないし、普段着だって持ってきていない。

色々と考えれば考えるほど、今すぐ帰った方がいいという結論に達してしまう。けれど、このまま帰りたくないのも事実だ。

「……泊まるのは……ダメ。誠司くん、一人分の宿泊料しか払ってないんじゃないの？」

明日香がここに来ることになったのは偶然の出来事なので、誠司は桃子の披露宴前にチェックインした際、一人分の宿泊代しか払っていないはずだ。

明日香分の追加料金を払うにしても、一庶民である明日香の給料でぽんと払えそうな金額ではないことは簡単に想像がつく。だからこそ、泊まれと言われても明日香には応じることができない。

「だから、私はもう少ししたら帰るね。明日の朝も早くからお仕事なんだろうから、送ってくれなくて大丈夫だよ」

「待って、明日香」

慌てるように誠司が身体を起こし、明日香の肩に触れた。

どう返事したらいいかわからずに黙っていると、誠司は優しく笑って明日香の髪を一房掬《すく》った。そのままそこに口づけられると、身体の奥がぞくりと震える。

「もう少しだけここにいて。ダメ？」

誠司にわずかばかり苦し気な表情で懇願するように言葉を落とされると、胸の奥がきゅうと痛くなった。

こんな風に言われてしまうと弱いのだ。明日香は顔を赤くして視線を逸らす。

「……誠司くんは……ずるい、よ」

「うん……ごめん」

誠司は謝りつつも明日香の身体を抱き締めた。まるで離れがたいと言っているかのようだ。明日香もそれがわかっているからこそ強く拒絶することができない。

「あとちょっとだけ……一緒にいてほしい。せっかく明日香を見つけられたんだから。俺はずっと……明日香に焦がれていたんだ」

誠司の腕の中で明日香は小さく息を吐く。まるで恋人へ向けるようなピロートークの嵐も、きっと『恋の練習』をしようと言ってくれた彼なりの心配りだ。

——ずるいなぁ。本当に、ずるい。

明日香は心の中だけでそう呟くと、誠司の身体に腕を回した。

「もうちょっとだけだからね」

誠司の頬にぴとりと顔を寄せると、誠司は目に見えて破顔し、明日香の額に口づけを落とした。

明日香は誠司の胸に頬を寄せながら、小さく息を吐く。

大人になった誠司は、余裕もあって、優しくて、何よりカッコいい。明日香にとっては理想の男性像そのものなのだ。

そんな彼とこうして肌を重ね、同じ時間を過ごせるなんて奇跡に近い出来事だと思う。

だからこそ、明日香は迷う。本当は帰らずにずっと一緒にいたいと、口にしてしまいそうになる。

けれど、それだけはご法度なのだ。

——誠司くんは……恋を知らない私に、『恋の練習』をしてくれただけなんだから……

そう言い聞かせないと自制できないくらい心が乱れていたとしても、それは決して口に出してはいけないことだ。明日香は、乱れた気持ちを悟られないように俯《うつむ》いた。

誠司は普段、ほかの女性ともこうやって肌を重ねているのだろうか。自分が初めての女でないことは、最初からわかっていたはずなのに。その事実が今更ながらに明日香の胸を痛めつける。

「明日香？」

急に動きを止めてしまった明日香を不思議に思ったのだろう。気が付けば、目の前の誠司は明日香の顔を覗き込むように訊ねていた。

「あ、えっと……その……」

考え事をしていたせいで、変に間を空けてしまい、明日香は慌てて言葉を探した。

「お、お風呂……借りてもいい、かな」

はぐらかすように首を傾げながら訊ね返すと、誠司はくすりと笑った。

「もちろん。バスタオルとか準備しておくから、入っておいで」

「あ、ありがと」

半身を起こすと、破瓜の痕《あと》がシーツにうっすらと残っていることを視認した。下腹部に妙な違和感があり、ほんの少し身じろぐだけでも気怠さを感じてしまうものの、歩けないほどではない。

明日香はベッドから降りると、誠司の導きで浴室へと向かう。立派な大理石で造られているであろう湯船に、あたたかな黄色の明かりが浴室をやわらかく照らしている。

すりガラスの扉を閉めて中に入ると、明日香はその場にしゃがみ込んだ。そのまま深いため息を吐いて項垂《うなだ》れる。

「やっちゃった……」

いくら何でも軽率だったと反省する。誠司があまりにも自然に接してくれていたのでつい調子に乗ってしまったが、冷静になってみると何という失態を犯したのだろうという後悔が襲ってくる。

顔見知りとはいえ、十数年ぶりに出会った男の誘いでのこのことホテルにまで来るなんて、どうかしているとしか思えない。

それに、何より——

「初めて……だったのに」

そう口にした途端に、先ほどまでの痴態に対する恥ずかしさがこみ上げてきて、明日香は両手で顔を覆った。

誠司が避妊具をつけてくれたから妊娠の可能性は低いが、それでもそういうことをしたという事実が恥ずかしくてたまらない。

けれど、それと同時にどこか喜んでいる自分もいる。誠司に自分の初めてをあげることができたのだと、喜んでしまっている。

彼に再会して、彼とこうして話をしているうちに、明日香の心の奥底に眠っていた感情が目を覚ました。それは大人になっても色あせることなく、胸の中で煌《きら》めいていたことに気が付けなかっただけで——心の奥底に仕舞い込んでいた想いは、一度自覚すれば、どんどんあふれ出てくる。

彼が優しくしてくれるのなら、恋人ごっこでも構わない。そう思うのは、わがままなのだろうか。

——だけど……やっぱり、少し……虚しい。

誠司が明日香を抱いたのは、恋を知らない明日香のためだ。それを理解しているからこそ、明日香は誠司に対して、これ以上何も求めることができない。

確かに誠司とは一夜をともにしたが、お互い愛し合ったわけじゃない。誠司にとって——自分は、性欲処理のための都合のよい存在なだけかもしれないのだ。

そう考えると、無性に泣きたくなってきた。

「……お風呂、入ろう」

再会を果たした彼は、明日香の記憶の中の彼よりも大人になっていて、知らない一面を知ってしまった。

薄く霞《かすみ》がかった花曇りの空と同じように、明日香の心も今はまだぼんやりとしたまま。お湯を浴び身体を綺麗にして自宅に帰れば、この気持ちにも整理がつくはずだ。

シャワーのコックを捻《ひね》りながら、手を髪に伸ばす。中途半端に乱れたアップスタイルのセットからヘアピンを取って髪を解《ほど》くと、ふと誠司の匂いがしたような気がした。

先ほどまで触れ合っていた温もりを思い出し、眦《まなじり》が熱くなる感覚に襲われる。

自分はなぜ、こんな気持ちになってしまうのだろうか。それは、きっと——

——誠司くんが……特別な相手、だから……

誠司の前で無様な姿を見せたくないと思ったことも、一夜限りの誘いに乗ってしまったことも。彼が明日香にとって初恋の相手で、今でもその感情が残っているからこそ、こんなにも感傷的になってしまうのだ。その事実が、明日香の視界をふるりと揺るがした。

——泣いちゃ……ダメ。こんな情けない顔、見られたくないもの……

明日香はかぶりを振って、ただただ涙を堪《こら》えるしかなかった。

浴室から出ると、脱衣所にはバスタオルとホテルガウンが綺麗に揃えてあった。軽くドライヤーをかけてガウンを羽織ると、リビングルームのソファにはスラックスとワイシャツを羽織った誠司が座っていた。

「お待た……せ？」

身じろぎ一つしない彼に疑問を覚え、明日香は思わず途中で言葉を止めてしまう。

その横顔からは規則的な寝息が聞こえてきている。誠司はすっかり眠りに落ちているようだった。

机の上のシャンパンの瓶やワイングラスは綺麗に片付けてあり、代わりに書類とノートパソコンが広げてあった。膝の上には緑色のクリアブックが乗っていて、中の書類には『実態損益計算書』や『有効求人倍率』の文字が並んでいる。

――これ、きっと見ちゃいけないやつ……

誠司は大きな企業の常務という立場らしいので、彼の会社に関する資料なのだろう。明日香は顔を背《そむ》けてそれらの資料から視線を外した。

周囲を見回すと、窓辺に置かれたドレッサーの上にクラッチバッグや普段使いの鞄とともに、着ていたドレスが綺麗に畳んで置かれていた。あのように身体を重ねた仲とはいえ、こうしてしっかりと下着を見られたということは非常に恥ずかしい。思わず全身が熱くなる感覚を跳ね除けるように、ドレッサーへと足を向ける。

一通り身支度を終えた明日香は、ソファに腰掛けたまま寝入っている彼の近くで、膝だけを床につけてそっと誠司の顔を覗き込む。

そのままゆっくりと手を伸ばして誠司の髪を撫でた。さらさらとした髪は指通りがよく、いつまでも触っていたい気持ちになる。

しばらく髪を撫でていると、誠司の唇がわずかに動いた。何か夢を見ているのだろうか。

「……」

こうして土曜日の夜も仕事の書類を広げているということは、毎日忙しくしているのだろう。特に今週末は年度末で、来週には四月に入り新年度を迎える。決算が近く、常務として日々走り回っている様子が容易に想像できた。

もしかすると、今日だって終業後に披露宴に参加したのかもしれない。

「お疲れさま……誠司くん」

明日香は囁くと、誠司の唇に自分のそれを重ねた。やわらかい感触は心地よく、明日香は無意識のうちに何度も口づけを落とす。

ほんの数秒の出来事だったが、名残惜しさを感じて誠司の顔を見つめる。けれどすぐに我に返ると、明日香は慌ててその場を離れた。

――私、何をしてるんだろう。

まるで恋人同士のようにキスしてしまった。いや、そもそも自分と彼は付き合っているわけではないのだから、そんなことを考えるのは間違っているのだけれど。

誠司が起きていたらと想像するとますます罪悪感がこみ上げ、顔を伏せた。

「おやすみ……なさい」

震える唇からそれだけを絞り出し、明日香は荷物を持って立ち上がった。

誠司は起きる気配がない。それを確認してから、明日香はスイートルームの扉に手をかけた。

それでも――なかなか足が進まない。

名残惜しい。もっとここにいたい。そんな想いが湧き上がってくる。

「ごめんね……」

明日香は小さく呟いてから、振り返って眠る誠司の姿をもう一度視界に入れ、意を決してドアノブを引いた。

「いい思い出を……ありがとう。誠司くん」

きっと、もう二度と会うことはないだろうけれど――そんな感情を堪《こら》え、精一杯の笑顔で呟いた明日香は、後ろ髪を引かれる想いで誠司の部屋を後にした。

第二章　運命の歯車

改札を抜けて頭上を見上げれば、目が眩《くら》むくらいの青空に太陽が燦々《さんさん》と輝いていた。七月も間近とはいえ、まだ梅雨も明けていない。さすがに暑すぎるような気がする。照りつける日差しが、明日香から容赦なく身体の水分を奪っていく。

殺人的な気温と茹《ゆだ》るような暑さにへとへとになりながらも、明日香は改札の前の交差点を通り過ぎて職場のあるオフィスビルへと足を向けた。

ビル内のエレベーターをのぼると、そのフロアは廊下からしっかりエアコンが効いているので、明日香は鞄から薄手のカーディガンを引っ張り出した。

「おはようございます」

社員証を翳《かざ》してドアを開き、挨拶をしながらフロアに入ると、先に来ていた同僚たちがこちらを一斉に振り返る。

「おはよう、麦沢さん」

手に持ったバインダーをひらひらと振る五十嵐の横で、営業部の沢渡《さわたり》が困ったように眉を顰《ひそ》めていた。

「麦沢さん。昨日話していた登録者のことなんだけどね、やっぱり派遣先の仕事が合わないから契約更新したくないって。もう五十歳になるから、体力がついていかないそうよ。それから、来月末でうちも辞めるって申し出があったの」

「えっ……そう、なんですね」

登録者の退職は、今月に入って四件目だ。派遣会社では珍しくないことだが、ここ最近は特に多い気がする。

「それで、住民税の徴収を最後の給与から一括でお願いしたいそうよ。可能かしら？」

「あ……六月に入ったので一括は難しいかと思います」

「そうなのね。伝えておくわ」

「お願いします。すみません」

明日香は自分のデスクに座り、ふと卓上カレンダーに視線を落とす。

今日は――六月三十日。誠司とのあの一夜から、ほぼ三ヵ月が過ぎ去ってしまった。

桜の季節を越え、もうすぐ梅雨が明ける――

誠司との関係はあれっきりだった。それはそうだろう、明日香は誠司に連絡先を教えなかったし、明日香も誠司の連絡先を知ろうともしなかった。

忘れようとしてみても、やはり気になるものだ。一度でも関係を持ってしまった相手というのは。

連絡先を知らない以上、こちらからはどうしようもない。逆に誠司だって身動きは取れない。

あんな風に女性をスマートに誘えるのだから、きっと自分なんかよりもっと素敵な女性を見つけているだろうし、大企業の子息たるもの、然るべき相手と婚約したりもするのだろう。

あの夜のことは——鮮やかな夢で終わらせてしまうべきなのだと、明日香はそう思っている。

——でも……

どうしてこんなにも、胸が苦しいのだろうか。誠司を忘れようとすればするほど、彼に会いたくなってしまう。

——こんな気持ち、早く消えればいいのに。

明日香はもやついた思考を消し去るようにかぶりを振り、デスクの足元に鞄を置いた。

定刻になると、総務部を主体とする管理部門での朝礼が始まった。

いつも通りの挨拶と仕事の打ち合わせ。いつも通りの朝だ、と、このときまだ明日香はそう思っていた。

「今日は皆さんと一人ひとり、夏の賞与に関する個別説明の面談をするので、そのつもりでいてください。特に順番は決めていないので、手が空いた人からと考えています。よろしくお願いいたします」

簡単な朝礼を締めくくる五十嵐総務部長の伝達事項に一同は解散し、各々がデスクについた。

いつも通りの日常——今日も何も変わらない、平坦な一日になるはずだった。けれど、五十嵐が面談のために席を外したのちに、隣の席の宮内《みやうち》が口にした言葉から、デスク周辺の空気が変わる。

「麦沢。あの噂、知ってる？」

「え？　何の……噂ですか？」

明日香は何の話か見当もつかず、マウスに手を置いたまま首を傾げた。

宮内は学部こそ違えど、明日香と同じ大学を卒業している一つ年上の先輩で、部署が同じこともあり親しくしているものの、こんな風に含みのある切り出し方をされたことはない。何か特別な出来事があっただろうかと記憶を探るが、思い当たる節はなかった。

宮内が明日香の席に身体を寄せ、声を潜める。彼女の両耳を飾る大ぶりのゴールドピアスがゆらりと揺らめいた。

「うちの会社、買収されるかもって」

「……本当、ですか？」

耳を疑うような話に、明日香は思わず眉根を寄せて聞き返す。すると、正面に座っている森《もり》が身を乗り出して口を開いた。彼は明日香よりも一回り年上で、総務部の係長を務めている。

「俺もさっき喫煙室で小耳に挟んだんだけど、なんか春先からそういう噂があったみたいだぞ。でも、社長がそれをまだ否定している状態らしい」

「ええ……？」

確かにここ数ヵ月、社内の雰囲気が変わったように感じていた。けれどそれは単に新たな決算期を迎えた季節柄のものだと思っていたし、明日香は気にも留めていなかった。

「えぇ……何でそんなことに……だって業績もそこそこだし、前期の決算報告も見ましたけど大きな借金もないじゃないですか」

宮内が困惑気味に呟きながら両手で頬を押さえる。明日香もまた驚きを隠しきれず、口を半開きにして固まってしまった。

「それがさ、相手企業、すごい資金力のあるところらしくてさ。国内にいくつもグループ企業を抱えてるホールディングカンパニーらしいんだ。詳しいことはわからないけど、今週中に内示が出るとか出ないとか……」

「そんな大きな会社が、うちみたいなそこそこの人材派遣会社を買収しても意味ないと思うけどなあ」

訝《いぶか》しげに腕組みをした宮内は天井を見上げ、吐息交じりにぼやく。明日香はその言葉を聞き流しながら、頭の中を整理しようと必死になっていた。

――まさか……そんなこと。

『ノレーブ』は、業界では中堅規模の人材派遣会社だ。都内に本社を置き、登録スタッフの数は五百人を超えている。クライアントからの問い合わせも多く、年明けにはＣＭを打って経営的には安定していたはずだ。

「確かに少子高齢化社会の中で労働人口が減っていってるんだから、利益率はここから右肩下がりになっていくって言われてるしな。同一労働同一賃金の問題もある。中長期的な経営目線でいくと、大きい会社の傘下に入るのが一番賢い選択なのかもしれん」

「そうよねぇ。それなら仕方ないのかぁ……」

納得した様子で森の言葉に大きくうなずいた宮内だったが、その表情はすぐに曇ってしまう。当然だろう、ノレーブが買収されてしまえば自分たちはどうなってしまうのか、それすら予測不能だからだ。

「吸収合併ならいいけど……リストラ対象になって職を失う人もいるかもしれないよね」

不安げに視線を落とした宮内が小さくため息を吐くと、いの一番で面談を終えたらしい課長の福《ふく》本《もと》がフロアに顔を出した。

「次、誰か面談行ける？」

福本がドアを開いたまま声をかけるものの誰も返事をせず、彼は困ったように小さく眉根を寄せた。明日香は思わず森、宮内とアイコンタクトを取る。

「……」

「……」

『偵察してきて』と言わんばかりの二人の視線に苦笑いしつつ、明日香は小さく手を挙げた。

明日香がミーティングルームに入ると、そこには五十嵐のほかにも見知らぬ男性が五十嵐の隣に座っていた。かっちりとした身なりに撫でつけたようなオールバックのその男性は、出で立ちこそ怖い印象だが、目元の表情はやわらかい。

「えっと……？」

戸惑いつつも五十嵐に促され席に着く。五十嵐から見知らぬ彼に対する何の説明もないまま、来月支給の賞与の説明が始まった。

「えっと、まずこれが各個人の賞与明細書です。三月期決算では増収減益だったけれど、皆さんの頑張りを評価して昨年と同じ倍率での支給がなされます」

五十嵐から例年通りの金額が書かれている用紙を受け取って眺めていると、目の前の五十嵐は歯切れ悪く言葉を続けた。

「それで、ですね……今回の面談は、君も察している通り、賞与の説明だけではないんです」

「……はい」

やはり、先ほど聞いた買収の噂は本当だったのかもしれない。明日香は思わず顔を上げ、次の言葉を待ったが、五十嵐の目線は宙を彷徨《さまよ》っている。そして、隣の男性にちらりと顔を向けてから、意を決したように口を開いた。

「単刀直入に言いましょう。このたび、我が社は買収されることになりました」

「……」

明日香は五十嵐の宣告に言葉を失った。予想はしていたが、あまりにも急すぎて実感が湧かないのだ。

「うちの会社は来年四月から神楽《かぐら》興産《こうさん》ホールディングスの傘下に入ることがほぼ決まりました。それに伴い、人員再編が行われる予定です。リストラは視野にないので、そこだけは安心してください」

思わぬ企業名に、明日香はひゅっと息を呑《の》んだ。神楽興産とは、現在も財界に大きな影響力を持つ中央財閥・滝嶋商会《たきしましょうかい》を基盤とした滝嶋グループに名を連ねる物流系企業だ。神楽興産自体は総合商社を主軸としていて、物流合理化の提案を行う物流コンサルティング会社や物流倉庫、運送会社を子会社としている。

「ど、どうしてそんな大きな企業に買収されることに……？」

明日香が恐る恐る訊ねると、五十嵐は隣に座る男性の方に視線を向ける。その男性は明日香に視線を合わせると、慣れた手つきで名刺を差し出した。彼の顔立ちに妙な既視感を感じるも、どうにも思い出せない。テレビ番組やドラマで見かけた芸能人と勘違いしているのかもしれない。

「私は神楽興産株式会社の社長をしております、滝嶋良昭《たきしまよしあき》と申します。よろしくお願いします」

明日香がおずおずと名刺を受け取ると、滝嶋は軽く会釈して手元の資料を差し出した。明日香はそれを手に取ると、ゆっくりと表紙をめくっていく。

『株式会社ノレーブ買収に伴う人事計画案』という見出しが目に飛び込んできて、思わず唾を飲み込んだ。書類をめくる手がかすかに震えてしまう。

頭の中で整理しているうちに段々と状況を理解していくものの、同時に強い焦燥に駆られていく。

――うちってそんなに大きな企業じゃなかったはずなのに……一体どういうことなの……？

疑問だらけのまま、明日香は滝嶋の顔を見上げた。すると、彼は穏やかな笑みを浮かべながら、淡々と言葉を続けていく。

「実はノレーブの業績が低迷していることはすでに把握していて、以前から調査をしていたんですよ。その結果、経営方針の見直しが必要だと考えまして……今回はこのような手段を取ることにしました。もちろん、ノレーブの社員全員が対象ではなく、希望者を募りつつ段階的に人員再編をしていこうと思っています」

滝嶋の言うことは理解できるが、それでも納得がいかなかった。確かにここ数年、売上額に対する最終利益が伸び悩んでいたのは確かだが、そこまで急激に利益率が悪化したわけでもない。

「買収……といっても、ノレーブの人材派遣事業は継承されます。神楽興産ホールディングス全体の人材派遣部門を担っていただく予定です。物流業界の有効求人倍率はここ数年、二倍を割ることがなく、常に人手不足の状態です。そこで、ノレーブの人材派遣のノウハウを活かしていただきたいと考えています」

「そ、そう……なんですか……」

明日香は口の中がカラカラに乾いて、それ以上何も言えなかった。明日香の混乱を知ってか知らずか、滝嶋は変わらない淡々とした口調で言葉を続けていく。

「ただ、弊社としても経営計画の一環で、既存事業の分社化を考えているところでして。国際物流に関する事業のため、白薔薇《しろばら》女子大の英文科を卒業されている麦沢さんの英語力を活かせると思います。業務量も多いため激務になるかとは思いますが、頑張ってみてもらえないでしょうか？」

「……え？」

突然の提案に、明日香は大きく目を開いた。確かに明日香は英文科を卒業したものの、その能力を今の仕事で活かせてはいない。それは明日香自身、ずっと感じていたことだった。

「……」

明日香は迷うように視線を手元に落とし、滝嶋から渡された資料をパラパラとめくって目を通す。

事業計画では、神楽興産ホールディングス傘下にある『白銀《しろがね》物流株式会社』を『白銀《しろがね》ロジサービス株式会社』と『星雲《せいうん》国際ロジスティクス株式会社』に再編し、国際物流事業を本格化させていく方針のようだった。確かに業務内容は充実しているし、やりがいもあるように見えた。

「もちろん、ノレーブからこうして神楽興産のグループ企業に転籍する方もいるし……その逆で、転籍せずに新たな子会社に残る人もいるでしょう。でもそのあたりは、私があなた方の上司として、個々の意思をしっかり尊重するつもりですよ」

明日香が返答に困っていると、五十嵐が横からやんわりと助け舟を出してくれる。再び視線を上げると、五十嵐も滝嶋もやわらかい表情で明日香のことを見つめていて、わずかばかり気持ちが落ち着くようだった。

正直なところ不安が拭《ぬぐ》えたわけではないが、今ここで自分の将来を決めることはできない。手元の事業計画書を見る限り、何せ分社化する新規事業は一ヵ月後の八月から立ち上がる予定だからだ。

「今……即決でお返事することはできません。それでも……前向きに検討させていただいてもいいですか？」

「そうしていただけると助かります。星雲国際ロジスティクスに移っていただけるなら、来週中に五十嵐さんを通してお返事をいただけましたら幸いです」

明日香の返答に、滝嶋は安堵した表情を見せると、その場で深々と礼をした。

第三章　仕組まれた再会

見知らぬオフィスに入ると、大学三年のときの、面接に走り回った就職活動を思い出す。あの頃は内定獲得のために必死で、とにかく事務系の求人にエントリーしていたなと思い返す。

明日香と同じく移籍の道を選んだ森とともに、コツコツとヒールの音をさせながら従業員専用の階段をのぼっていく。踊り場に設置されている鏡に映る自分の姿に、ふと後悔のような気持ちがこみ上げてきて明日香はため息をついた。

――まさか、こんな形でノレーブじゃない会社で働くことになるなんて……

数日前の面接で話した星雲国際ロジスティクス側の上司となる仁科《にしな》は、穏やかそうな男性だったものの、これからどんな未来が待っているのか、今の段階では予想すらつかなかった。不安や焦りといったマイナスの感情が渦巻いているが、それでも明日香は、不思議と高揚感のようなものも覚えていた。

明日香が星雲国際ロジスティクスへの移籍希望を五十嵐に伝えたのが、例の面談から一週間後。期日ぎりぎりのことだった。

あれやこれやと悩んだ末に養父に相談すると、『実質的に異動辞令のようなものなので結局は断れないのではないか？』と言われ、それもそうだなという考えに行き着いた。

そして、ノレーブで受け持っていた業務の引継ぎを終えたのが三日前。一昨日と昨日で移籍のためにオフィスで荷造りをして、明日香は今日から星雲国際ロジスティクスの社員となる。

仁科の説明では白銀物流株式会社の一部門であった貿易部が前身となっている分社なので、そちらの貿易部の人員のほとんどが移籍してきており、貿易業務の流れ自体はほぼ構築されているとのことだった。

貿易に関する知識がまったくないので不安だったが、白銀物流から移籍してくる社員に教わりながら少しずつ覚えていけばいいそうなので、なんとかなるだろうと思っている。

「麦沢、本当によかったのか？」

「……はい」

隣を歩く森が心配そうな面持ちで明日香に問いかける。それに答える声はかすかに震えてしまった。森も自分と同じ不安を抱えているに違いないと思うと少し心強く感じる。

「俺は麦沢と一緒にこうしてこっちに来られて嬉しく思ってるよ。一人じゃやっぱり不安だったしな。けど、ノレーブでやりたかった仕事とかあったんじゃないか？」

「いえ……もともと学生時代は翻訳をやりたいと思っていましたから」

明日香がぎこちなく微笑むと、森も安心したように笑顔を見せた。事実、学生の頃は英語が活かせる仕事をしたいと思っていた。けれど、理想と現実の壁が思ったよりも高くて、夢を諦めてしまっていたのだ。

「……そうか。俺も麦沢が来てくれて、とても心強いよ。一緒に頑張ろうな」

「こちらこそ……ありがとうございます」

しばらく進むと、廊下の突き当たりとその手前にドアが見えてくる。突き当たりのドアを開くとそこはオフィスフロアになっていて、すでに何人かの社員の姿があった。まだ始業前だというのに、活気があってざわついているのはやはり激務だという噂の貿易業界ならではなのだろうか。

緊張しつつゆっくりと足を踏み入れると、そこには見知らぬ顔が多く並んでいて明日香の緊張はさらに高まっていく。

フロアを見渡すと、二十代くらいの女性社員は明日香を含めて三人しかいなかった。そのうちの一人は明るい栗色の髪にオリーブ色のカラーコンタクトをした若い子だ。

「本日からお世話になります、森と申します。よろしくお願いします」

「初めまして。本日からこちらでお世話になります、麦沢明日香と申します。どうぞよろしくお願いします」

森と明日香が頭を下げると、室内にいるすべての人の視線がこちらに向けられた。一斉に注目を浴び、明日香は思わず身を固くしてしまう。

「よろしくお願いします、麦沢さん。私は通関士をしている高木《たかぎ》と言います。彼女は糸川《いとかわ》さん。女子三人、仲良くしましょうね」

黒髪のショートカットに赤い眼鏡をかけた女性が進み出て明日香に手を差し出す。明日香が戸惑いながら握手に応じると、高木はにっこりと微笑んだ。穏やかで優しげな雰囲気があり、話しやすそうな人だと感じる。

「私、最近結婚したばかりで、周りは私のことを『水野《みずの》』って呼ぶと思うけど、気にしないでね。あっ、そうそう、私、兄が上場企業で通関士をしているの。兄が勤めている会社に負けないくらいに、この星雲国際ロジスティクスを大きくしていけたらと思っているから、麦沢さんみたいな英語に強い人が来てくれて嬉しいわ」

「……はい。精一杯頑張ります」

明日香が高木と握手をすると、高木から紹介を受けた糸川が席を立った。

「初めまして、糸川です。一応、経理をしているので、わからないことがあったら何でも聞いてください」

「はい……ありがとうございます」

糸川は明日香より二歳年上だそうで、肩にかかるくらいの長さで切り揃えられた栗色の髪を揺らしながら人懐っこい笑みを浮かべている。社内にはほかに女子がいないこともあって、気兼ねなく話せそうな人だと思うと明日香の心が少し軽くなっていくようだった。

その後も一通り白銀物流からの社員と挨拶を交わし、ひとまず高木から簡単な業務の引継ぎを受けた。引き継ぎといっても、ほとんどはメールでファイルデータが送られてきているので、それをチェックして、必要に応じて資料を作成するという単純作業だ。

午前中はこのあと九時から新しく分社に就任した社長の訓示が予定されていて、午後になるといよいよ本格的に業務が開始されるらしい。白銀物流から移籍してきたメンバーは総勢十七名ほどで、ほとんどが男性。明日香と森を含めても二十人にもならない、小さな分社としてスタートするようだ。

「もともと白銀の貿易課は貿易営業と事務、経理しかやっている社員がいなかったから、総務経験者がいないんだ。森くんと麦沢さんには、ひとまず慣れている総務業務をやってもらいながら色々実務を覚えてもらってもいいかな」

仁科がにこやかな表情で明日香と森に語りかける。その様子に、森だけでなくほかの社員からも安堵したような空気が流れてくる。彼はいつもにこにことしていて頼りがいがあるように見えるが実は四十代半ばと意外に若く、その柔和な物腰に好感を覚える人が多いようだ。

——やっぱり不安なのは、みんな同じだったのかもしれない……

経営戦略の一環とはいえ、一つの部署がこうして独立会社となるなど、一体誰が想像していただろうか。

きっとこの場にいる全員も一抹の不安な気持ちを抱えつつ、それでも新しい仕事ができる喜びや期待感の方が勝っているから前向きなのだろうと思う。

「そろそろ……社長が来る時間かな。彼は神楽興産の常務もしてるから、あっちの定例会議に出てこっちに出社するって言ってたからね」

腕時計に視線を落とした高木が、デスクの上を形だけでも片付けるようにフロアの社員たちに促していく。てきぱきとした指示の様子から、彼女は貿易部の方でも管理職的立場にいたことが窺える。

「新しい社長って……どんな人なんですか？」

明日香の隣の席となった森が、興味津々といった風に高木へと疑問を投げかけた。

「そうだなぁ……一言で言うと、とってもやり手よ。まだ二十八歳と若いし、滝嶋商会の御曹司。でも侮るなかれ、経営の才覚は神楽興産の社長をしている父親を超すんじゃないかって言われてる。着眼点がすごいのよね、ノレーブの買収と星雲国際ロジスティクスの分社化も彼の発案だって噂よ」

「へぇ……敏腕社長、ってことですか」

森の返しに高木はどこか自慢げな表情を見せ、周りの社員たちも同調するようにうなずいていた。それだけ新社長が信頼されているのだろうと思いながら明日香は耳を傾ける。

それからそう間を置かずしてノックの音が響き渡り、明日香たちは席を立って姿勢を正した。

「おはようございます」

落ち着いた声が聞こえ、全員の視線がドアへと向けられる。聞き覚えのある声音に、明日香はわずかに息を止めた。

ドアの向こうから現れたのは、スーツを着こなし、端整な顔立ちをした青年。清潔感のある短髪は色つやが良くさらりとしている。

艶のあるまつげに縁取られた、切れ長のどことなく鋭い目元——見覚えしかない彼の姿に、明日香は世界中の時が止まったような錯覚を覚えた。きぃんと響く耳鳴りがひどく不快だ。

——どう、して？　どうして……誠司くんが、こんなところに？

想像もしていない展開に、くらりと眩暈《めまい》がしそうだった。指先からゆっくりと体温が消えていく。

動揺と困惑が渦巻く中で、明日香の心臓はばくばくと鼓動を打ち始める。

「本日、新体制でのスタートとなる『星雲国際ロジスティクス』の社長に就任いたしました、滝嶋誠司と申します。まだまだ若輩者ではありますが、みなさまのご指導ご鞭撻を賜りたく存じます。よろしくお願い申し上げます」

凛々しい口調でそう述べた彼は、すっと背筋を伸ばして深々と頭を下げる。拍手が沸き起こり、明日香も遅ればせながら手を叩こうと試みるも、思うように動かない腕がもどかしい。そんな自分の心とは裏腹に身体は緊張で強張《こわば》っていて、まるで操り人形のような感覚に陥ってしまう。

ああ——神様はなんと意地悪なのだろうか。

あの春の一夜の思い出は明日香だけのもので、誰にも明かすことはない。

明日香の中で、あの夜の出来事は記憶の奥底で眠らせておけるはずだった。

それなのに——

誠司が顔を上げると視線がぶつかるも、お互いに無言のまま視線を交わすのみで、何も言葉にできなかった。ただ、視線が絡み合うだけ。

明日香は必死に視線を逸らそうともがくが、それは叶わなかった。むしろ目が離せなくなっている自分がいて、顔がかあっと熱くなる。

けれど、その瞬間は永遠に続くことはなく、ふいっと逸らされてしまった視線に、明日香はひくりと喉を鳴らしてしまう。

どうして彼がここにいるのか——明日香は今でもさっぱり理解ができない。

「新しい事業を進めていくにあたり、私は皆さま一人ひとりと面談をさせていただきたいと思っています。これから一緒に働く皆さまの人となりを知ってともに歩んでいきたいのです」

このあとどうしたらいいのか。どうするのが最善なのか。頭が上手く働かない。

「えっ、じゃあ社長は僕らの顔と名前を覚えてくださるんですか？」

「もちろんです。私は皆さんと近い存在でありたいと思っていますので」

「わー、嬉しい！　俺、感激です！」

社員たちの顔が瞬く間に輝いていく。和気あいあいとした雰囲気の中、ただただにこやかな笑顔を浮かべる誠司とは対照的に、明日香はその場に立ち竦《すく》み続けることしかできなかった。

「麦沢さ～ん。次、お願いします」

面談から戻ってきた森が晴れやかな表情で手をひらひらさせながら呼びかけてくる。

「あ……わかり、ました」

明日香は手にしていた書類をデスクの上に置くと、椅子を引いて立ち上がった。緊張で強張《こわば》る身体に喝を入れ、一歩ずつ踏み出すように歩き出す。

――仕事に私情を持ち込むのはいけないことなんだから……

午前中の自分の精神状態を思い返し、明日香はかぶりを振る。誠司が社長ということが判明したそのあとのことを、あまりよく覚えていない。彼はこのフロアとは別室の社長室にて執務をしているようで、午後からはそちらで順次面談も進めていくようだった。

明日香は誠司のことはなるべく考えないようにして淡々と仕事をこなしたつもりだけれど、どうしても意識が向いてしまい、気が付けばぼんやりとしてしまったり、手が止まったりしてしまった。

これから、誠司との面談――それを思うと心臓が早鐘を打つ。

――誠司くんに会ったら……何を話せばいいの？　何を言われるの？

二度と会うことはないと思っていた彼と、一対一の面談。そのことが未だに現実として受け止めきれず、纏《まと》まらない思考がぐるぐると巡ってしまう。

けれど誠司は、今朝、明日香と視線が合ったときも動揺する素振りは見せなかった。社長として事前に明日香の移籍を知っていたのかもしれないが、そもそも、彼の中では明日香の存在はなかったことになっているのかもしれない。

であれば、明日香ももう忘れることにした過去の思い出を蒸し返すべきではない。

誠司の口から語られるであろう言葉の数々に、動揺せずに受け答えできるようにしておかなければ。

フロアの横に設けられた社長室。廊下に出た明日香は、『社長室』というプレートが貼られた扉の手前の廊下の壁に背中をつけ、大きく息を吐く。

「……」

この先の社長室に足を踏み入れることに、躊躇《ためら》いがないわけではなかった。このドアの向こうに、誠司がいるのだ。

深呼吸を繰り返して気を落ち着かせるものの、あの夜の出来事を思い出してしまいそうになる。

けれど、いつまでもこうしているわけにはいかない。

——大丈夫。冷静になれば何も問題はないわ。ただの……ビジネスの話なのだから。

意を決するように明日香は再び深呼吸をする。ベージュの七分袖ジャケットの襟を整え、シンプルなオフホワイトのカットソーの胸元をぎゅっと握り締めた。

明日香は目を閉じ、大きく息を吐いて、ゆっくりとまぶたを開いた。

「失礼します」

ノックのあとに静かにドアノブを回し、中へと足を踏み入れる。

社長室は落ち着いたブラウンで統一されていた。木目が活きたモダンで高級感のある両袖机の前に、シックな色合いの応接用のソファ。テーブルを挟んだ向かい側に——ゆったりとソファに腰を落ち着けて、テーブルに広げた資料に目を落としている誠司の姿があった。

朝とは違い、誠司はジャケットを脱いでワイシャツのみのラフな格好をしている。ダークカラーの細身のネクタイを少しだけ緩めていて、スーツよりもカジュアルに見えた。

そのせいか、彼の纏《まと》う雰囲気がいつもよりやわらかに感じられる。どこか甘い空気を漂わせながら、明日香を見つめる双眼に射貫かれるような感覚を覚えて、明日香はわずかに息を呑んだ。

「やぁ。待っていたよ。どうぞ座ってくれるかな」

立ち竦《すく》んだまま動かなかった明日香に、誠司がにこやかな笑顔を浮かべたまま、自分と向かい合わせになるように指で促してくる。

「……本日からこちらでお世話になります、麦沢明日香と申します。どうぞよろしくお願いします」

明日香は震えそうになる声を抑え、どうにか挨拶をする。誠司はただ黙したままじっと明日香を見つめるだけで、言葉を返してはこなかった。明日香は内心焦りつつ、ゆっくりとソファへと腰掛けた。

「……」

沈黙のまま数秒が過ぎる。ちらりと目線を誠司に向ければ、彼は変わらず笑みを浮かべたままじっと明日香を観察していた。何を考えているのかわからないけれど、とりあえず笑顔は崩さないでくれるらしい。明日香はそれにほっと安堵しつつも、誠司と視線を合わせられず、手元に視線を落とした。

「きっと、どうしてこうなっているのかわからないだろうから……面談の前に色々と説明させてもらってもいいかな」

ようやく口を開いてくれた誠司の口調は、相変わらず優しいものだった。

対する明日香は、何一つ言葉を返せずにいた。

「俺は、ずっと明日香を探していたんだ。彰吾さんの不正取引事件があって、麦沢住建が倒産したあと、ずっと」

「え……」

思わず顔を上げると、誠司のまっすぐな瞳とぶつかる。誠司は小さく息をつき、ソファの背もたれに背中を預ける。

「彰吾さんが逮捕されたあと、明日香の行方がわからなくなったからね。あのとき、明日香はまだ十歳だったから、おそらく親戚筋に引き取られたんだろうとは思ってた。マスコミの報道が過熱しないようにって配慮もあって箝口《かんこう》令的なものもあったのかな。中学に入りたての俺じゃ、まったく情報が掴めなかった」

　明日香は思わず膝の上に置いたてのひらを握り締める。誠司がなぜそこまでして明日香を捜してくれていたのか、その理由がわからなかった。

　確かに、幼かった頃はよく一緒に遊んでいた。けれど、通っていた学校も違い、不定期に開かれていたガーデンパーティーでしか接触はなかったはず。

　ましてや、両親が健在だった頃のことだ。明日香だって、あのときのことはぼんやりとしか覚えていないし、誠司にしても、明日香はきっと幼なじみの一人だろうと思っていたのに。

「俺は絶対に明日香を見つけ出すって決めていたんだよ。明日香と再会できた暁には、胸を張って会えるようにって、色々勉強してきた。就職したあと、明日香の居場所を調べようと興信所に依頼したんだけど、どうにも関係者の口が堅くてね。聞き込み調査が難航したんだ。四年経っても膠着状態は変わらなかったから、今年に入って優秀な私立探偵に依頼をしようと思っていたところで……一宮ガスの後継ぎの披露宴に明日香が招待されていることを聞いた。そのとき、俺がどれだけ喜んだと思う？」

「……！」

「彰吾さんのこともあるし、きっと明日香は二次会には行かないだろうと踏んで、俺も二次会は欠席で返信を入れてね。あのときはクロークの近くで明日香を待っていんだ」

誠司は懐かしむように目を細めた。どくん、と心臓が跳ねた気がした。

「あの部屋で一緒に飲んで、やっとわかった。情報がまったく出てこなかったのは、明日香自身も表に出ないようにしていたからだったんだね」

「……」

「明日香がどうしているかを知って、明日香をほかの男になんか渡すもんかと決めた。絶対に明日香を手に入れたくて……事業計画の一環としてノレーブの買収を思いついた。申し訳ないけど、あれからずっと、明日香の交友関係だけは張らせてもらってた」

淡々と紡がれる誠司の言葉に、明日香はくらりと眩暈《めまい》を覚えた。

それはまるで、愛の告白を受けているようで――

「まぁ、あの夜は逃げられちゃったけどね」

くす、と悪戯《いたずら》っぽく笑う誠司に、明日香は顔に熱が集まるのを感じて思わず俯《うつむ》いてしまう。

「あっ……その。に、逃げた、わけじゃ……」

消え入りそうな声で明日香が否定するも、誠司は笑って受け流していく。それはとても満足気な、けれど何かを企んでいるような微笑み。その表情になぜかぞくりと鳥肌が立ち、明日香は思わず身震いしそうになった。

「本当はゆっくり明日香を囲い込んでいくつもりだったんだよ。離れていた分、少しずつ距離を縮めていこうって考えてた。だけど、あんな風に逃げられちゃったから……俺もちょっと、『優しいお兄ちゃん』をやめることにした」

「……」

「それにね、人材派遣会社を買収して自社グループの人手不足を解消する、って案は前々から経営会議上で議題に上がっていたんだ。あとはどの会社にするかだけだったから。今回の件は神楽興産にとっても、ちょうどいい機会だと思ったからね。とにかく、俺は明日香をどうしても手に入れたかった……ってところまでは理解してくれる？」

　明日香は何も答えられなかった。そこまでして、誠司が自分に執着する理由がまったくわからなかったからだ。

「どうして……そこまで」

「明日香が俺の初恋だからだよ」

　さらりと告げられた言葉を、明日香は一瞬聞き流してしまいそうになった。思わず顔を上げ、ぽかんと口を開いたままぱちくりと瞬きを繰り返す。

「な、何、それ……」

「そのままの意味だけど。それに俺、あのとき『好きだ』って言ったよね？」

　明日香は呆然と誠司を見つめるしかなかった。落ち着いた様子の誠司は明日香を見つめ返し、ふわりと微笑んでみせる。

――私が……誠司くんの、初恋？

　信じられない。混乱する思考を必死に落ち着かせようと、大きく深呼吸を繰り返した。

誠司とはただの幼なじみにすぎないはずだった。あのガーデンパーティーでは大人たちはビジネスの話をしていて、暇を持て余した同じ年頃の子ども同士で遊んでいただけに過ぎない。

確かな恋心を抱いていたのは、明日香の方だけだと思っていたのに。

「そ、そんなの……信じられないよ」

明日香はふるふると首を振る。誠司の言うことを信じたくても、信じるだけの材料がなかったのだ。あの春の夜から、自分たちは延々とすれ違っては、不毛に拗《こじ》らせているだけだなんて――

「まぁ、そうだろうね。小さい頃にちょっと会っただけの相手だし。でもね、明日香は覚えていなかったかもしれないけど、俺にとって、明日香は大切な女の子なんだ」

「そ、そんな……わ、私なんかを」

「『私なんか』じゃないよ。明日香は昔から可愛らしくて優しくて、とても魅力的な女の子だった」

とんでもない台詞を恥ずかしげもなく言ってのける誠司に、胸の奥からじわじわと熱いものがこみ上げてくる。誠司のそばにいたいと願う気持ちが、今まで以上に膨れ上がっていく。けれど、その感情を言葉にすることはできずに、明日香は唇を噛み締めて俯《うつむ》くしかなかった。

誠司が自分に恋愛対象としての好意を抱いていると知って嬉しい反面、戸惑いもある。今の自分には彼を受け入れる資格がないのだと、そう思ってしまう。

「わ、私は……何も、ありません……」

事実、明日香にはもう何もない。ゼネコンの中でも大手だった麦沢住建の社長令嬢という肩書もなく、今はどこにでもいる一介の事務職でしかないのだ。その事実が、明日香の胸を深く突き刺す。

「何かあるから、ちょっと強引だけどこんな手段を取ったんだけどな。明日香のことが忘れられなくて、ずっと捜し続けていたんだ。それが、ようやく叶ったんだから、逃がすつもりはないよ。それに――」

こちらを見つめる誠司の双眸《そうぼう》にじっとりとした熱を感じて、明日香は思わず息を止めた。

「明日香はあの夜に、俺のことを好きになってくれていたはずだ。違うかい？」

確信めいた物言いで迫られてしまい、明日香は言葉を失ってしまう。

どうしてこの人は、こうやって簡単にこの心を暴いていくのだろうか。明日香は視線を彷徨《さまよ》わせながら、どう答えるべきか迷ってしまう。

「……」

「まぁ、もし違ったとしても、これから惚れさせるだけだから問題ないしね」

にっこり笑顔で宣言されてしまえば、明日香は黙るほかない。優しいと思っていた誠司の本性は、明日香が思っていたよりも強引なようだ。

どう答えを返していいのかわからず、明日香は俯《うつむ》いてスカートの裾を握り締める。すると、誠司はふっと表情を和《やわ》らげ、目の前の机から一枚の書類を拾い上げた。

「さて、と。面談を始めようかな。明日香は白薔薇女子大の英文科を出てるんだよね」

誠司は肘掛けから手を離し、身を乗り出して書類を眺めながら確認するように問うてきた。その瞳はどこか冷徹で、先ほどまでの甘い雰囲気は微塵も感じられないものになっていて、明日香はこくりと喉を鳴らす。

「はい」

「すごいな、ＴＯＥＩＣ９０５点か。ネイティブレベルなんだね」

「……ええ、まあ」

明日香は面談の際に仁科に手渡した履歴書を脳裏に思い浮かべた。留学経験もあるという家庭教師に教えてもらい、努力の末に得たものだ。誠司はふむ、と口元に拳を当てて考え込む。何か履歴書の項目で良くないことがあっただろうかと思いつつ次の言葉を待っていると、ふいに彼が視線を上げてこちらを見据えた。

「英語力が高いなら俺の通訳をしてもらうのが理想だな。うちが目指すところは国際化だから、これからそういう場にどんどん出ていこうと思っていたんだ。ついでに俺の秘書をしてもらうって方向でいこうか」

「へっ……？」

突拍子もない展開に、思わず変な声が出てしまう。

確かに英語力を活かせるのではと考えて、ノレーブからの移籍を決めた。けれど、通訳に加えて秘書の仕事まで任されるなんて思ってもみなかった。

「いや、でも、いきなりそんなの無理です！」

「明日香の英語の能力を買っているからこその人事素案なんだけどな」

誠司は至極真面目な表情で明日香を見つめる。明日香は思わず言葉に詰まり、目を泳がせた。

確かに、翻訳や通訳を生業としている人間にとっては、誠司のような実業家の専属秘書になるのは願ってもないことだろう。けれど、明日香には秘書の経験などなかったし、何より総務業務だけの経験しかない自分に経営者の秘書が務まるとは思えない。そもそも、自分に秘書として必要なスキルや教養が備わっているのかも甚《はなは》だ疑問だ。

「とりあえず、しばらくは森くんとペアで総務業務を進めて。明日香は俺のスケジュール管理や頼んだ資料の準備をしてくれるだけでいい。そのうち慣れたら通訳の仕事も割り振っていくから」

戸惑う明日香とは対照的に、誠司はあっさりと告げてくる。秘書の業務に慣れるまでしばらく時間がかかるだろうと見越しての采配だろうということはわかった。

「秘書なら仕事中も俺のそばにいてもらえるし、ね」

「っ……」

急に甘くなった声色に、明日香はびくりと肩を震わせた。まるで獲物を狙うような鋭いまなざしに、身体が強張《こわば》ってしまう。

「もちろん、仕事とプライベートはわけるつもりだよ。だけど、少しくらいは一緒にいられる時間があった方がいいと思って」

「……」

明日香は返す言葉が見つからなかった。誠司の言う通り、秘書になれば仕事上での接点は増えるだろう。そうすれば、自然と誠司のそばにいる時間は長くなる。

何も声を返さない明日香に焦れたのか、誠司はふいに身を乗り出してきた。ふわりと頬を撫でられ、心臓がどくんと大きく跳ね上がる。

「明日香」

「ッ……」

吐息混じりの声は熱を帯びていて――何だかひどく落ち着かない。顔が熱い気がして俯《うつむ》くと、誠司はくすりと笑って耳元で囁いた。

「愛してる。絶対にその気にさせてみせるから」

ぞくりと背筋を走る何かに戸惑いながら、明日香は顔に集まる熱を堪《こら》えるようにギュッと唇を噛み締めた。

第四章　夏の煌《きら》めきとともに

ざわざわとざわめくフロアで、高木が受話器を肩に挟んだまま明日香へと問いかけた。

「麦沢さーん。社長って今夜戻ってくるんだよね？」

高木の言葉に、明日香は自らのパソコンを操作しながら小さく首肯《しゅこう》する。

「はい。今日、東京駅に十九時着の新幹線で帰っていらっしゃるはずですよ」

「あ、じゃあ明日には請求書の決裁下りるかな。了解、ありがと！　……お待たせしました。明日にはＦＡＸにてお届けできるかと思います」

高木は受話器を持ち直し、手元に視線を落とした。

星雲国際ロジスティクスの発足から十日。お盆休みを目前とし、明日香たちは慌ただしい日々を送っていた。もともとこちらの人数が少ないうえに、新規顧客の獲得と事業の拡大を図るために営業活動に勤しんでいるからだ。

誠司は社長として営業チームの誰かしらとともに毎日のように外回りに出ており、オフィスに戻ってくるのは今のところ夜の遅い時間帯のみ。今日は単身で二泊三日の関西出張に出ていて、やっと帰京するはずだった。

今回の新幹線のチケットを手配したのが、明日香の秘書としての初仕事だった。本来なら明日香も今回の出張に同行し、誠司のアテンドを務めるのが秘書としての役割なのだろうが、総務業務が行える人手が足りていないので、明日香はオフィスに残る選択をしたのだ。

創業開始日の面談から三日後――星雲国際ロジスティクスに所属する社員全員に、正式に辞令が下りた。

高木と男性陣のほとんどは営業チームへ。仁科は総務・経理・システムの取り纏《まと》め役として部長職を得た。糸川は経理、森は総務業務を担当することとなった。

そして明日香は、総務と兼務で社長秘書となった。誠司のスケジュール管理が主な業務内容だが、社内報や広告代理店に依頼した会社案内パンフレットの確認、そして社会保険や福利厚生等、本来の総務的なことも業務に含まれるため、明日香が受け持つ仕事の範囲はかなり広い。

誠司は朝早くに会社に出勤し、夜は日付が変わる頃に帰宅するという多忙な生活を送っていて、社内決裁が必要な書類を誠司に回すため、明日香は誠司の予定をすり合わせるのに一苦労していた。総務と秘書業務の掛け持ちの毎日で、へとへとの状態ではある。

とはいえ、忙しいなりにも充実した生活を送っていた。

誠司の秘書となって知ったのは、彼はとても有能な人物だということだった。頭が良く回転も速いため話がスムーズに進むし、何よりいつも余裕があって穏やかな笑みを湛《たた》え、決して怒らず相手を褒めることを第一にしているように思えた。だからなのか、誠司と一緒に働く社員は皆、彼に好意的だった。

明日香は広告代理店から送付された会社案内パンフレットのデザイン案を整理する手を止めて、

ふぅっと小さくため息を吐く。ちらりと見上げた時計は定時の十八時半を過ぎたところだった。そろそろ誠司が戻ってくるはずだ。

誠司は何をしているのだろうか、帰りの新幹線には時間通り乗れただろうか。

そんなことを考えていると、デスクに置いておいたスマートフォンが震えた。ディスプレイに視線を落とすと、メールが一件届いている。

送り主の名前に、明日香は一瞬呼吸を忘れた。どくどくと心臓が脈打つのを感じながら、慌ててメールを開く。

『予定通り十九時に東京駅に着くよ。申し訳ないけど今日は直帰するから、急ぎで決裁が必要な書類があれば家に持って来てくれない？　その分、移動時間の残業はつけていいから』

短い文面を読み終えると、明日香はすぐさまスマートフォンのキーボードを叩いた。

『承知しました。今週分の書類をお持ちします。ほかに何か必要なものはありますか？』

メールの送信ボタンをタップすると同時に、明日香は席を立つ。

「社長、今日は自宅に直帰されるそうです。急ぎの決裁が必要な書類があれば持ってくるようにと。私、お預かりしますが」

「お、了解！　これお願いします」

高木は引き出しから書類を取り出し、明日香に手渡した。すると、隣の営業チームの男性陣からも声が上がる。

彼らは今週だけでも二件ほど大口契約を取り付けてきていたので、取引開始に関する決裁が必要なのだろう。

「あ、じゃあお願いしようかな。ええと……これと、これと、あとこれも」

「かしこまりました」

明日香は書類を受け取ると、丁寧に机の上を整理して立ち上がる。スマートフォンに視線を落とすと、誠司から再びメールが届いていた。何か必要な買い出しがあるならばお金も下ろさなければならないだろうかと考えつつ、ディスプレイをタップする。

『明日香の手料理が必要かな』

「!?」

明日香はぼっと顔に熱が集まるのを感じ、視線を泳がせる。こんなタイミングでなんてことを言ってくるのだろうか。

「どうかしたの、麦沢さん」

「いっ、いえ、何でもありません」

どう返答していいかわからず、立ったまま戸惑っていると、高木に怪しまれてしまい、明日香は平静を装って誤魔化す。誠司からのおねだりに胸が高鳴ったなんて言えるわけがない。

明日香は動揺を抑え込むように一つ深呼吸をしてから、「お先に失礼します」と頭を下げてフロアを退出した。


品川駅から徒歩十五分ほどの一等地にある建物を見上げ、明日香はほぅとため息を吐く。周囲の建物は最高でも二十階程度のようなので、そびえ立つ姿は塔のようだ。

――これが……タワーマンションってやつ……

明日香が幼かった頃の麦沢家は郊外の一軒家に住まいを構えていたため、思わず圧倒されてしまう。

玄関ロビーにはコンシェルジュがおり、来訪者の名前を確認しているようだった。エントランスホールの天井は高く、煌《きら》びやかなシャンデリアが輝いており、大理石の床が美しく磨き上げられていた。

エレベーターホールへ向かうと、ちょうど到着したのか一基の扉が開いたところだった。足を踏み入れると、ふかふかとしたカーペットが靴音を吸い取っていくような気がして、何だか落ち着かない気分になる。

誠司の部屋がある四十二階へたどり着くまで三十秒足らずといったところで、独特の浮遊感に包まれた。ゆっくりと内廊下を歩き、誠司の自宅である部屋の前へとたどり着く。

常務という役職を得た二年前からここで一人暮らしをしているそうで、最上階の部屋だということもありかなり広いらしい。さすが財閥の御曹司ともなると違うものだなぁと妙に納得してしまう。

扉の横に埋め込まれたチャイムを鳴らすと自動で鍵が開き、明日香は恐る恐る部屋の中へと足を踏み入れた。

広々とした玄関スペースに目を丸くしてきょろきょろとあたりを見渡す。玄関先に用意されていたスリッパを履いて廊下を進んだ先の右手側にはトイレと洗面所、バスルーム。そしてリビングに繋がるであろう大きなガラス扉があった。正面はバルコニーになっていて、一面ガラス張りになっている。

「お邪魔……します」

「うん、いらっしゃい」

明日香の言葉に、ソファに座ってノートパソコンを操作していた誠司が振り向いた。彼はもう入浴を済ませているのか、ざっくりとしたホワイトの半袖Tシャツにボーダーのラインが入ったスエット姿だった。

ダイニングはアイランド型キッチンと一体になったカウンターテーブルのあるタイプで、リビングにはローテーブルとセットのソファが設置してある。

リビングルームから続いている隣の部屋の窓際には大きめのベッドがあり、間接照明が淡く室内を照らし出している。誠司の匂いがふわりと鼻腔をくすぐっていき、明日香は急に鼓動が跳ね上がるのを感じた。

「すみません、遅くなってしまって。コーヒーチェーン店のもので申し訳ないのですが、軽食と……こちら、ご決裁をいただきたいんですが……」

明日香は道中のカフェで腹持ちのよいサラダラップを購入していたので、それとともに持参してきた書類を鞄から取り出すと、誠司が肩を竦《すく》めて困ったように苦笑する。

「手料理のおねだりは聞いてくれなかったんだね。それに、二人っきりなんだから敬語なんかいいのに」

その言葉に明日香は一瞬呆気に取られてしまう。そして耳まで熱くなるのを感じ、思わず視線を逸らす。

確かに会社にいるときは、社長秘書として接しているので敬語は当たり前かもしれないが、誠司の自宅という今の状況で別に気を使う必要もないのではないかと誠司は言いたいのだろう。とはいえ、明日香にとって誠司は社長であり上司でもあるのでそういうわけにもいかない。

「それはできません。仕事中なので」

公私混同はよろしくないという意志をきっぱりと告げると、誠司は不満げな表情を浮かべたものの、諦めたようにため息を吐く。

「わかったよ。仕事だから仕方ないね」

明日香から書類を受け取った誠司は複数の書類に目を通し始めた。その表情や身に纏《まと》う雰囲気は真剣そのもの。仕事に対する真摯な姿勢を目の当たりにし、なぜだか明日香は胸の奥が熱くなるような感覚を抱いた。

「……うん、これなら全部決裁しておいて大丈夫だよ」

「わかりました。ありがとうございます」

誠司の了承を得ると、明日香はほっと安堵のため息を吐く。これで自分の仕事は一段落ついたのだが、このまま帰ろうかどうしようかと思案しながら鞄に書類をしまっていく。

「明日香。ちょっとこっちに来てくれる？」

「えっ……」

突然の声かけに驚きつつも顔を上げると、誠司はソファから立ち上がり隣の部屋へと足を向けている。明日香は首を傾げたが、言われるがままにその後を追う。

向かった先は寝室となっており、天蓋付きのキングサイズのベッドが置かれていた。ふわふわとした毛足の絨毯にスリッパが沈み込みそうになって、転ばないように必死で踏みしめながら進んでいく。明日香は何をさせられるのだろうと身構えた。

誠司は寝室の隅にあるシンプルなデスクに歩み寄り、その棚からＩＣカードを取り出してこちらに差し出してくる。

「はい……これ、ここの合鍵。仕事の関係で必要なものを取りに来てもらうこともあるだろうから、渡しておくね」

「えっ、はい……お預かり、しておきます」

「まぁ、仕事じゃなくても来てくれていいんだけどね？」

「!?」

誠司の言葉に、おずおずと受け取ったカードキーを握り締め、思わずその場で硬直してしまう。

そんな明日香の表情に誠司はくすりと瞳を眇《すが》め、そばに置いてあったスーツケースを引き寄せた。

「あとね、これ。全部明日香へのお土産だよ」

そう言うなり誠司はスーツケースを引き寄せると、中に入っていた箱を取り出して明日香に差し出してくる。

次々と引っ張り出される、色鮮やかな包装をされた小箱たち。焼き菓子に、おそらくジュエリーと思しきコバルトブルーの包装紙で包まれた細いケース。明日香は両手が塞がるほどのお土産の量に唖然としてしまう。

「明日香、来週誕生日だよね。だから、そのお祝いも兼ねてたくさん買ってきたんだ」

嬉々として言葉を続ける誠司に明日香は思わず頬を引き攣《っ》らせた。誠司はにっこりと微笑みながら、明日香の腕の中にさらに箱を積み上げてくる。

「あの、社長、これは多すぎでは……」

「なんで？　多いってことは金額のこと？　それとも個数？　明日香のために用意したから、全部もらってほしいんだけど」

あまりの迫力に明日香は口ごもってしまう。誠司はにこにこと楽しげに微笑んでいるが、どう見ても買い過ぎだし、いくら何でも高価すぎる。

それに、この量は一人の女性に贈るにしてはいささか度を超えていると思うのだ。

「いえ、そういう意味ではなくてですね……」

明日香は言葉を探したが、上手い表現が思いつかずに視線を彷徨《さまよ》わせる。一体、総額いくらしたのだろうかと考えると冷や汗が出てくる。

「お気持ちはありがたいのですが、この量は多すぎるかと……こんなにいただけません。お気持ちだけで十分ですから」

なんとか言葉を絞り出すと、誠司は不思議そうな表情をして眉根を寄せた。

「お気持ちって言われてもなぁ。だって明日香は俺の大事な人だし、だから色々買ってあげたいと思ったんだ」

ストレートな愛情表現にどくんと心臓が跳ねた。けれど、明日香はその想いに上手く応えることができないでいた。

誠司の気持ちは嬉しい。だが、自分と誠司の関係は恋人ではない。ただの会社の雇い主と雇われの身だ。

そんな考えが浮かんできてしまい、明日香は黙り込んでしまう。

「その……あまりお金を使いすぎるのは、良くないと思います」

秘書として金銭感覚について忠告しておく必要があると感じた明日香が、なんとか声を絞り出す。すると、誠司はムッと唇を尖らせて不服を露《あら》わにした。子どもっぽい仕草だが妙な色香があって、思わず目を逸らしたくなったがぐっと我慢をする。

「お金を貯めることも社会人の務めだと、父がよく言っていました。無駄遣いは良くないと」

父の教育方針を思い出しながら告げると、誠司はしばらく沈黙した後、小さく息を吐いて肩を竦《すく》めた。

「そうだね。君のお父さんの言う通りだと思う。お金は大事だ。でも、俺は明日香を喜ばせたくてお金を使ったんだよ。お金を使うことが悪だっていうなら、それは違うんじゃないかな」

どこか寂しげな声音に弾かれたように顔を上げると、誠司の切なげな瞳とかち合った。そのまなざしにどくんと心臓が跳ねる。

「そ、それは……」

明日香は返答に窮した。誠司の問いかけに返すべき答えが見つからない。

「君が喜ぶ顔が見たくて、それでこんなにたくさんお土産を買ったんだ。もちろんお金をかけることがすべてじゃない。だけど、明日香を想う気持ちは本物だよ。それだけじゃダメかな？」

真摯なまなざしに射抜かれ、明日香は視線を彷徨《さまよ》わせた。誠司の言葉には有無を言わせない響きがあり、まるで自分の心の奥底にある『迷い』を見透かされているようだった。

「……」

誠司の好意は純粋に嬉しい。しかし恋人でもない自分にこれだけ高価な贈り物をされるのはさすがに戸惑ってしまう。それが率直な今の気持ちだった。

けれども目の前にいる誠司は譲らない姿勢を貫いているようで、引く様子はなさそうである。

「ねぇ、明日香。俺はどうしても君を手に入れたいんだよ。この気持ちがわかるかい？」

「っ！」

誠司が突然距離を詰めてきたので驚いたが、彼の指が肩を撫で下ろしていく感触にぞくりとしたものがこみ上げてきて慌てて身を固くする。

いつの間に近づいたのか、誠司の顔が間近にあった。熱を帯びた視線を向けられて、明日香は思わず息を呑んでしまう。

端正な面差しに鼓動が激しくなるのを感じ、明日香はぎゅっと目を閉じる。

誠司の手によって、ゆっくりと抱き竦《すく》められていく。触れられたところがとても熱くてたまらない。

「……わ、わかりません……」

掠《かす》れた声でなんとか答えると、誠司はくつりと喉を鳴らして笑った。耳元で聞こえたその低い笑い声に明日香は背筋を震わせてしまう。

「そっか。じゃあ、わからせてあげる」

甘い囁きとともに、耳朶《じだ》を甘く噛まれる。思わず小さく悲鳴を上げてしまい、明日香は耳まで赤く染めた。その反応に誠司はさらに気分を良くしたらしい。

「耳、弱いんだ。可愛い」

耳元でからかうように囁かれ、そっとおとがいが持ち上げられた。思わず目を開くと、視線が重なり合った。

確かな熱情を孕んだ瞳に見つめられると、否応なしに胸が高鳴ってしまう。

「せ、誠司くんっ……」

震える声を必死に押し殺す。けれど誠司は止まらなかった。親指で下唇をなぞられると身体が勝手にぴくりと揺れてしまう。

そのままゆっくりと唇が近づいてきて、明日香は慌ててまぶたを閉じた。

「んっ……」

重ねられた唇は、思ったよりもずっと熱いものだった。誠司の舌が強引に割り入ってきて、粘膜を掻き回される。ぬるりとした生温かいものが我が物顔で口内を暴れまわる感覚にびくりと身体が跳ねてしまう。

明日香は酸素を求めて小さく喘いだものの、それもすぐに誠司の唇によって塞がれてしまった。

「っ、ふぁ……ん、ぅ」

歯列や上顎までも蹂躙《じゅうりん》され、明日香は腰が砕けそうになるのを感じた。キスとはこんなにも苦しいものだっただろうか。誠司の舌遣いに翻弄され、意識がぼんやりと霞み始める。

「ん、ぁ……んんっ」

やがて満足したのか、誠司はようやく明日香を解放してくれた。二人の間を銀糸が繋ぎ、明日香は潤んだ瞳で誠司を見上げる。

酸欠状態の頭では思考回路がまともに働かず、何も考えられない。そのまま誠司の手が背中に回され、明日香は背後のベッドへと押し倒されていく。

「あっ……」

ベッドの上に倒れ込むと、やわらかなスプリングが二人分の重みを受けてギシリと軋《きし》む音が響いた。

「やっ、まっ、待って……！」

誠司の重みを受け止めた明日香は慌てふためく。誠司はそんな抵抗など気に留めることもなく、明日香の淡いグリーンのブラウスに手をかけた。

「やっ……」

恥ずかしさに思わず目を逸らすと、誠司はくすりと笑って頬に口づけを落としてくる。誠司の指先によってあっという間にブラウスのボタンが外されていく。

「っ、しゃちょっ……」

「社長って呼ぶの禁止。今はプライベートなんだから」

　胸元を覆っていた布地がはだけ、肌が空気に晒された。そのまま耳元に吐息を吹きかけられ、ぴくんと肩が震えてしまう。誠司の手がするすると明日香の白い素肌の上を這っていく。

「や、あ……っ」

　その感触がくすぐったくて、明日香は思わず身じろぎしてしまう。いつの間にかブラウスのボタンをすべて外されてしまった明日香は、身体を隠すために手を伸ばすも、その腕はすぐに掴まれてしまった。

「だーめ。隠しちゃ」

　くすりと声を落として笑う誠司はいつもより数段色っぽく見えて、心臓が大きく高鳴った。顔に一気に熱が集まってくるのを感じてしまう。

「顔、真っ赤。可愛すぎ」

　明日香の心情を知ってか知らずか、誠司は愉しげにくつりと喉を鳴らした。首筋に舌を這わされ、ゆっくりと舐め上げられていく。

「ひゃう……！　あ、っ……」

　ぞくぞくとした甘い痺れが背筋を駆け抜けていき、明日香はたまらず身をよじらせた。誠司の指先が明日香の鎖骨を撫で、そしてそのまま胸の膨らみへと下りていく。

　いつの間にか背中に回っていた誠司の手によってブラジャーのホックを外され、締め付けていた圧迫が消えた。

「や、だめぇ……」

誠司の大きな手が、乳丘の形を確かめるように優しく包み込んでいく。やんわりと揉みしだかれる感覚に、明日香は身体を震わせた。

「前も思ったけど……すごいやわらかい。ほら、俺の手にぴったり収まるくらい」

「やっ、んっ……」

誠司の言葉通り、彼のてのひらはまるであつらえたかのように明日香の胸に吸い付いてきた。てのひら全体で柔肉を弄《もてあそ》ばれるたびにびくびくと明日香の肢体が跳ね、艶《あで》やかな声が漏れてしまう。

「ほら。もう硬くなってる」

「やんっ……！」

きゅっと尖りを摘《つま》まれ、明日香は小さな悲鳴を上げた。同時に甘い刺激が生まれ、下腹の奥に熱が溜まっていく。

そのまま誠司の指先に胸の飾りを弄《もてあそ》ばれ続け、明日香はたまらず熱い吐息を漏らした。

「あ……は、だめぇ……」

明日香は切なさに堪《こら》えかね、身をよじらせた。与えられる快感を享受しているせいで頭がぼうっとして、正常な判断ができない。

——どうしよう……気持ちいい……

こんなのいけないと思うのに、気持ちよすぎて拒めない。

もっとしてほしい――そう思ってしまう。

「っ、あんっ……！」

やがて誠司の唇が明日香の右の頂を口に含んで甘噛みしてきた。舌先で転がされたり強く吸われたりするたびに、ぴりぴりとした感覚が身体中を走っていく。

左の蕾も変わらず指先でくりくりと愛撫され、二つの異なる種類の快感に明日香は戸惑いを覚えた。

「あ、あっ、あ……」

左右のふくらみを同時に責め立てられ、徐々に身体が溶けてしまいそうなほどの快楽の波がせり上がってくる。

明日香は必死に唇を噛んで堪《こら》えようとしたものの、誠司の舌の動きが激しくなるにつれて呼吸が荒くなり、唇の隙間からは抑えきれない喘ぎがこぼれ落ちていった。

「んんっ、や、あぁっ……」

びりびりと痺れるような感覚がどんどん大きくなってくる。鼻にかかった嬌声はもう自分の意思では止めるさえができず、誠司の肩に爪を立ててしまう。

「は、ああ、あっ……」

「気持ちいい？」

「やっ、言っちゃ……っ、やだぁ……」

「明日香、可愛い」

耳元で吐息混じりに名前を呼ばれ、ぞくぞくと背筋が粟立つ。

誠司は執拗に明日香の双丘を弄《もてあそ》び続ける。優しく揉まれたかと思うと、今度はぎゅっと強く掴まれる。

緩急のついた愛撫に頭の芯まで溶かされてしまうような感覚を覚えた。

明日香はただ誠司の行為を受け入れるしかなかった。身体はすでに彼に堕ちていて抗う術がなかったからだ。

次第に息遣いが荒くなり、身体の奥の疼《うず》きが強くなっていく。

「もう感じてるの？」

それに気付いているのだろう、愉悦の笑みを浮かべながら誠司が瞳を眇《すが》めた。明日香は羞恥に唇を噛み締めるが、正直に答えられるはずもない。否定を示すように首を左右に振ると、長い髪がはらはらと乱れた。

「嘘つき」

誠司は耳元で意地悪く囁きながら、指先をするりと明日香のフレアスカートの中に滑り込ませた。脚の間に膝を入れられ、太ももをなぞるように指先が這わされそのまま上へと滑らせていく。それはまるで、的確に快楽を引きずり出すために、淫猥な動きを見せて明日香を追い詰めていくようだった。

「やっ、あぁっ……！」

ショーツ越しに秘部を軽く触れられただけで、全身に電流が流れたかのような衝撃が走った。明日香はたまらず腰を浮かせてしまう。

「もうこんなになってる」

「あ、あっ、あぁっ……！」

ぐちゅりと湿った音が響き、誠司の指が布地ごと花芽を擦《こす》ってきた。待ち望んでいた直接的な刺激に身体が歓喜に震えてしまう。

「は、あっ、あぁっ……！　だめ、そこぉ……！」

敏感な箇所を何度も往復するようになぞり上げられ、たまらない衝動が湧き起こってくる。身体が言うことを聞かず、誠司の肩を掴んでいる両手に力が入ってしまう。

「ここ、気持ちいい？」

耳朶《じだ》をかぷりと甘噛みされながら囁かれ、明日香はふるふると首をふって否定する。ここで認めてしまえば、理性が保てなくなる気がした。

「素直になれたら、もっともっと気持ちよくなれるのにね？」

誠司は喉の奥で低く笑い、明日香の頰に口づけを落とす。その間も明日香の陰芽を虐《いじ》める手は止まらない。

布地ごしにぐりぐりと押し潰され、時折引っ掻くように爪を立てられる。その度に強烈な快感が生まれて身体中に広がっていった。

「あ、やっ、あぁっ……！　やっ、いやぁ……！」

「何が嫌？　本当は欲しいくせに」

すでに身体は鋭敏に反応していて、蜜壺からはじっとりとはしたない淫液があふれている。ショーツは湿りを帯びており、秘所に貼りつく感覚で盛大な染みを作っていることを自覚してしまう。

「ほら。もうこんなに濡れてるじゃん」

下着の上から指で辿られ粘着質な水音が鳴る。恥ずかしさにギュッと目を瞑《つむ》ると、まぶたに優しくキスを落とされた。

「っ、あぁっ……！」

「気持ち良いんでしょ？」

わざと生々しい水音を立てながら耳元で囁かれ、明日香はぎゅっとシーツを掴んだ。誠司の声には逆らい難い響きがあり、心の中で芽生えた欲望を見透かされているようだった。

「っ、んっ……あ、あっ……」

それでも明日香は必死に首を横に振った。このまま流されてしまってはダメだ。今の自分たちは社長と秘書という関係以外の何ものでもない。

間違っても——恋人同士ではないのだ。うらぶれた自分が財界でも影響力のある滝嶋財閥に生まれた彼の隣に立っていては、彼の人生に差し障りが出てしまう。これ以上、深い関係を結ぶべきではない。

けれど、そんな明日香を追い詰めるかのごとく、誠司は淫猥な言葉を紡いでいく。

「ここはすごく嬉しそうだけど？」

「ひゃ、あ、あ……っ！」

ショーツのクロッチ部分から誠司の指先が入り込み、直接秘部に触れてきた。薄い茂みの隙間から、ぬるぬるとあふれる愛液を塗りつけるようにして、彼は花唇を割り開いていく。熱を持った指先が、ぬかるんだ割れ目を上下になぞっていく。

「ほら、どんどんあふれてくる」

「やっ……！　やだ、言わないでぇ……」

「どうして？　だって本当のことでしょ」

誠司は明日香を煽るようにショーツから指を引き抜き、その指先を目の前にかざした。明日香の愛液が絡みついた指先がとろりと月の光を反射している。その光景に眩暈《めまい》がするほどの羞恥を覚えた。

「や、あ、あっ……」

「いやらしいね」

誠司は指先に付いた粘液をぺろりと舐めた。

指先に絡みついた蜜を目の前で見せつけられ、あまりにも淫靡すぎる状況に頭が爆発しそうになる。

「やっ、やめて……お願いだからぁ……」

泣き出しそうな声で懇願するも、誠司は笑みを深めるだけだった。ストッキングごとショーツを剥ぎ取られ、膝裏に手を差し込まれる。そのまま脚を大きく開かされ、露《あら》わになった媚肉をまじまじと見つめられてしまった。

「びしょびしょじゃん」

誠司は興奮を抑えきれない様子で、熱い吐息とともに明日香の花弁に顔を寄せた。そして躊躇《ちゅうちょ》することなく、そこに舌を這わせていく。

「っ、や、あぁっ……！」

生温かい感触に淫らにも身体が跳ね上がってしまう。誠司は明日香の反応を楽しむかのように、執拗に舌先を動かし続けた。

「嫌じゃないよね。だって、明日香のここはすごく嬉しそうだ」

「ちが、違います……そんな、わたしは……んんっ」

反論の言葉は途中で喘ぎ声にとって代わられてしまう。ざらりとした舌の感触がたまらなかった。

花芽を転がすように舌先で突かれたり、吸い上げられたりするたびに腰が浮き上がってしまい、誠司の頭を太ももで挟み込んでしまう。じゅるりと音を立てて、誠司はあふれ出る蜜を吸い上げた。

「違うの？　じゃあいい子になるまでお仕置きしないとな」

誠司の口内に敏感な突起部分を含まれ、軽く歯を立てられた。電流が流れたかのような衝撃に明日香はたまらず背中を大きく仰け反らせてしまう。と、同時に下腹部の奥のじくじくとした重い疼《うず》きが強くなっていく。

「は、あっ、ああ……！」

明日香の弱いところを知り尽くしている誠司は、花芽を丹念に舌で弄《もてあそ》びながら、片手で器用にスカートを脱がしていく。明日香が着ているのはオフィスカジュアルなフレアスカートで、誠司の手によって瞬く間に脱がされてしまった。

誠司はそのまま明日香の身体をうつ伏せにして、腰だけを高く掲げさせた。

「ひゃっ……！」

尻を突き出すような格好に羞恥を覚えるも、それすらも快感に変わりつつあることに明日香は戸惑いを覚えていた。中途半端に脱がされていたブラウスとブラジャーが背後の誠司の手によって剥ぎ取られていく。

「ここ、とろっとろだね」

誠司は明日香の臀部《でんぶ》を鷲掴みにし、むにゅりと左右に割り開く。秘部が外気に晒され、ひんやりとする感触に身体が震えた。

「っ、あぁっ……！」

再び秘所に口づけられ、明日香は思わず甘い悲鳴を上げてしまう。そのまま張りつめた雛尖《ひなさき》を舌先でつんと弾かれ、強烈な快感に明日香は快感を逃そうと喉を反らせた。

「腰動いてるよ。そんなに気持ちいいの？」

「あ、あっ……！」

否定しようにも言葉にならない。誠司は明日香の返答を待たず、そのまま蜜口に舌先を当ててきた。ぬるりとしたものが侵入してくる感覚にたまらず身をよじる。

「ふ、あっ……！　やだっ、あぁっ……！」

内壁をなぞるように舌が這いずりまわり、ぞくぞくと寒気のような感覚が背筋を駆け上る。無意識のうちに目の前のシーツを握り締めた。ぴちゃぴちゃと響く水音がいやらしく聞こえ、ますます感度が高まっていく。

「だめ、そ、こぉ……！」

「ここ？　どうしてほしいの？」

「やっ、そこで喋らないでぇ……！　ふあ、あ、あっ……」

蜜窟の浅瀬で舌先が動かされ、指とは違う肉感にたまらない快楽が全身を駆け巡る。身体が蕩《とろ》けて崩れ落ちてしまいそうだった。

「ふふ、俺が舐めるたびにヒクついてるよ。ほら、またあふれてきた」

誠司は満足げに笑みを浮かべ、明日香のぬかるみからあふれる淫涙を舌で掬《すく》う。身体の火照りは鎮まるどころかさらに増していき、明日香はシーツに額を擦《こす》り付けて耐えようとする。

「もっ、あぁっ、やだぁ……！」

「何がやだなの？　言ってくれないとわからないな」

誠司は指で明日香の泉淵を押し広げながら、花襞の間に舌先を潜り込ませてくる。

ぐちゅ、という音とともに粘膜を掻き分けられ、明日香はたまらずすすり泣くような悲鳴を上げた。

明日香の思考は次第に溶けていき、目の前の快感だけを追い求めていく。誠司に与えられる刺激だけが今の明日香のすべてだった。

「そこ、ばっかり、しないで……！」

「何で？　気持ちよくない？」

「あ、あぁっ……！」

淫口を尖らせた舌でくにくにと押され、焦らすような刺激に明日香は身体を震わせた。じわりと新たな蜜があふれて内ももを伝い落ちていく。

膝が震えて力が入らないせいか上手く膝立ちを続けることができず、顔をシーツに埋めてしまう。

「気持ちいい、って、ちゃんと言えたらイかせてあげる」

「……っ！」

誠司の甘い誘惑に明日香はごくりと喉を鳴らした。

もっとしてほしい。

理性では拒んでいるはずなのに、身体はこの先の絶頂を期待してしまっている。

じくじくと身体を苛《さいな》む熱の塊を解放してほしい――そんな浅ましい欲望に支配されてしまう。

「っ、あ、あ……」

「言えるでしょ？」

唇を割れ目から離した誠司は、じっとりと焦らすように、ひどく緩慢な動作で秘裂を撫でていった。

上下に往復した指先が充血した肉芽に辿り着くと、ぐにっと押し潰すようにして捏《こ》ねられていく。

「ひぅっ！」

「俺は明日香の口から聞きたいな。気持ちいいんでしょ？」

情欲に掠《かす》れた声音とともに融解した陰孔に指を浅く挿《い》れられて、くちくちと刺激される。ぐじゅ、と淫靡な音が響いた。

「や、だ、めっ……」

「気持ちいいのかそうじゃないのか、ちゃんと言ってくれないと、俺もどうしたらいいのかわからないからね」

まるで駄々をこねる幼子を宥《なだ》めすかすような声色に、下腹の奥で燻《くすぶ》っていた疼《うず》きが急速に膨らんでいく。

すでに明日香の思考能力は皆無に等しい。ただひたすら快楽の波に溺れ、もっと気持ちよくなりたいと願うばかりだった。

このままだと本当におかしくなってしまう。

はやく――はやく楽になりたい。

「っ、い、です……」

明日香は浅い呼吸を繰り返しながら必死に言葉を絞り出した。

これ以上焦らされたら頭がどうにかなってしまいそうだ。身体の疼《うず》きは限界まで高まっていて、早くその瞬間を迎えないと狂ってしまいそうな気がする。

「よく聞こえないな」

誠司は愉悦の滲《にじ》んだ声で明日香を嬲《なぶ》る。明日香は羞恥にまみれながら、なんとかして懇願の続きを口にしようとした。

けれど、上手く言葉が出てこず、視界がじわりと滲《にじ》んでいく。

「お願い……、お、願いだからぁ……っ」

「いい子だから言えるでしょ？」

明日香は嗚咽《おえつ》混じりに首を横に振った。こんな風に懇願させられるなんて思ってもおらず、眦《まなじり》に溜まった涙が一筋こぼれてゆく。

それでも肉体はすでに言うことを聞かず、誠司を求めて止まらない。身体が勝手に反応してしまい、蜜口が切なげにひくついてしまう。

——欲しい……欲しいのっ……！

あの夜の比ではないくらいに感じてしまう。身体が熱い。奥が甘く痺れて何も考えられなくなる。この苦しみから逃れられるなら何だってしてもいいと思ってしまうほどに——

「っ、きもち、い、い、です……」

額をシーツに擦《こす》り付けたままいざその言葉を口にすると、恥ずかしさで胸がきつく締め付けられる。

けれどそれ以上に言いようのないほどの快感が身体中に広がっていき、明日香の理性は一瞬で吹き飛んでしまった。

誠司が満足げに吐息を落とす。身体を起こした彼は明日香の背中をつぅと舌で舐め上げ、耳元でそっと囁いた。

「もっと気持ちよくなろうか」

嗜虐心の滲《にじ》む吐息を落とした誠司が、明日香の鼓膜を揺らすと同時に、濡れそぼった秘孔に指先が侵入してくる。待ち望んでいた悦びに支配され、全身が戦慄《わなな》いた。

「ああっ！」

臍《へそ》側の浅い部分を指先で押し込まれ、明日香はたまらず高く啼《な》いた。身体の内側で渦巻いていた快楽が爆発したかのような感覚に襲われ、目の前で火花が散る。

「ここ好きだよね」

「んっ、あ、ああ……！」

浅い部分で折り曲げられた指先がざらついた壁を何度も押し上げてくる。快楽を教え込まれた弱点を執拗に責め立てられ、明日香は身体をしならせて悶えた。

肌の上を何かが走り抜け、さんざん焦らされて溜め込まされ続けた熱い感覚が脳天を目掛けて一気に駆け上がっていく。

「ふぁ、あ、あぁっ……！」

身体がびくんと跳ね、明日香の全身が強張《こわば》った。恥肉に差し込まれた誠司の指がぎゅうと食い絞められ、指の形をはっきりと明日香へ伝えてくる。

「イっちゃった？」

「んっ、あ、はぁっ……！」

明日香はシーツを握り締めながらがくがくと首を振る。絶頂の余韻がなかなか引いていかず、呼吸すらままならないほどだった。

　頭の中も視界もすべてが白く染まり、身体が宙に浮いているような感覚に陥ってしまう。

「可愛い。もっといっぱい感じてるところ見せて」

「あ、や、あぁっ……！」

　誠司は指の動きを止めようとはしない。肉厚の指先が容赦なく敏感なしこりを擦《こす》り上げ、明日香の身体に強烈な快楽を与え続ける。

「あっ、や、も、やめ、てぇ……！」

「どうして？　気持ちよくない？」

「よ、すぎて、だめ、になる、から……！」

　絶頂を迎えたばかりの身体には強すぎる刺激に、明日香はシーツの上で髪を振り乱した。それでもなお続く甘い愛撫に、明日香は涙を流しながら許しを乞う。

　誠司はそんな明日香の姿に劣情を掻き立てられたのか、今度は花壁の最奥へと指先を伸ばしてくる。最深部を指の腹でぐりぐりと押し込まれると、たまらない圧迫感に全身の筋肉が戦慄《わなな》いた。

「やっ、あああんっ！」

　背中を丸めて頭上に逃げようとするもすぐに引き戻され、誠司の腕の中で為《な》す術もなく追い詰められていく。

「あ、だめ、また、きちゃ……！」

　隘路《あいろ》が激しく収縮を繰り返し、足も腕も自分で制御できないほどに震え始める。二度目の絶頂がすぐそこまで迫っていた。

「いいよ……ほら」

誠司は指先をぐいと押し込みながら深壷を大きく掻き混ぜた。ぐちゅぐちゅと激しい水音が響き渡り、身体が否応なく昂《たか》ぶっていく。

明日香は喉を仰け反らせ、迫りくる快感を享受した。

「っ、や、あああああっ！」

身体の奥底から押し寄せてくる快感の波に抗えず、明日香は腰を浮き立たせて頂点を極めた。つま先に力が入り、きゅうと丸まる。

身体は小刻みに痙攣《けいれん》を続け、一向に鎮まってくれなかった。明日香は身体を支える力を失い、倒れ込むように横向きにベッドへと沈んでしまう。

「は、あ……っ」

シーツに顔を埋めながら、明日香は浅い呼吸を繰り返した。連続でのぼり上がったあとの失墜感はすさまじいもので、酸素が足りなくて頭がぼんやりとしてしまい、思考もままならない。

そんな明日香の様子を見て取った誠司はゆっくりと指を引き抜いていく。内壁を擦《こす》られる快感に身体を震わせていると、背後で衣ずれの音がし始めた。

「明日香……」

熱っぽく名前を呼ばれ、明日香の心臓が大きく脈打った。身体の芯から湧き上がる期待に下腹の奥がきゅんと疼《うず》く。

「……欲しい？」

誠司は再び明日香の腰を高く上げさせた。臀部《でんぶ》に硬いものが押し当てられる。その質量と熱さに眩惑《げんわく》されながらも、明日香は無言でこくこくと小さくうなずいた。

「じゃあ、おねだりしてみて？」

誠司の荒い呼気と余裕のない声音が鼓膜をくすぐる。

「や、はずかし……」

「言わないとあげないよ？」

誠司は秘裂に硬く張り詰めたものを押し付け、ぬるりと滑らせた。ずりずりと秘芽を擦《こす》られるたび、下腹部がじんじんと痺れる。奥からどろりと何かがあふれ、もどかしい刺激に身体の奥からぞくぞくとした感覚がせり上がってくる。こんな恥ずかしい場所同士で擦《こす》り合うなど信じられず、明日香は身悶えてしまう。

「ほら、俺ももう我慢できないんだ」

背後から切羽詰まった声で囁かれ、耳朶《じだ》を甘噛みされる。そのまま耳の中に舌を差し入れられ、淫猥な水音を立てながら犯されると、脳髄が痺れるような快感に襲われた。

「明日香――」

脳に直接吹き込まれた声が明日香の身体を溶かす。明日香は無意識のうちに唇を開き、はしたない言葉を紡いでいた。

とろとろに蕩《とろ》けた蜜穴が、ひくつきながら雄を待ちわびる。

「……ちょ……う、だい」

明日香が掠《かす》れた声で弱々しく訴えると、熱い塊が入口に押し当てられ、ゆっくりと隘路《あいろ》を分け入ってくる。待ち望んだものをようやく与えられた内壁は嬉々として誠司の剛直に絡みついた。

「あ、あああっ……！」

圧倒的な質量が狭隘《きょうあい》な内部をみちみちと押し広げ、奥へ奥へと進んでゆく。

「くっ……」

誠司がわずかに呻《うめ》き声を上げた。それは苦痛というよりは快感に耐えるかのような声音で、彼の男根がさらに硬度を増していくのがわかる。自分だけが一方的に快楽を享受しているのではなく、この感覚を分け合っているのだと感じると、身体が自然と熱を上げていく。

「あ、あっ、んんっ……！」

一番太いところが通過したかと思うと、さらに深くまで突き刺さってくる。隧道《ずいどう》の敏感な部分を抉《えぐ》られ、明日香はたまらず高い喘ぎを漏らした。

「すごい、なか、熱くて溶けそうだ」

「い、いわな、いで……っ」

くつりと喉の奥を鳴らした誠司は明日香の身体を抱き寄せ、背面座位へと持ち込んでいく。

そのまま明日香の太ももを抱え上げると、自重で結合が深くなり、最奥まで一気に貫かれてしまう。

「あっ、ふか、いぃ……！」

最深部を穿《うが》たれ、たまらず明日香は悲鳴のような喘ぎをこぼす。そのまま誠司は緩やかな突き上げを開始した。身体の内側に溜まっていた快楽が波紋のように広がり、明日香の理性を呑みこんでしまう。

「あ、ああっ、やぁっ……！」

身体が上下に揺すられる苦痛と快楽に腹の奥が掻き回され、たわわな膨らみがたぷたぷと揺れる。抜き差しされるたびに、結合部からいやらしい音が漏れ聞こえてくる。

「明日香、もっと乱れて？」

「んっ！　あ、あぁっ……！」

背後から伸びてきた指先で、揺れる胸の先端を強く摘《つま》まれてしまう。そのままこりこりと転がされれば、さらなる快楽に媚肉が収縮するのがわかった。

行き止まりを何度もノックされ続け、甘い愉悦が身体中に広がっていく。花壁がうねうねと蠢《うごめ》き、誠司のものに吸い尽くすがごとくむしゃぶりついていた。逃れられない体勢のまま、明日香は自由な足でシーツを蹴る。

「ここ突かれるの好き？」

「やっ、そえ、やらぁ……！」

最奥を的確に責め立てられ、たまらない快感に視界がちらちらと明滅を繰り返している。身体を支えていられず後ろの誠司にもたれかかるも、誠司は下からの突き上げを止めることはなく、明日香は為《な》す術もなく快楽に翻弄されてしまう。

「や、おく、やめ、てぇ……！」

「どうして？　こんなに締め付けてるのに」

「だめ、イっちゃ、から……！」

「いいよ、何回でも」

誠司は律動のリズムを速めながら、ぷっくりと赤く充血している淫核を親指でぐにっと押し潰した。

「あ、だめ、両方、いっしょ、ぁッ……んんん～～ッ！」

弱点を同時に刺激された明日香はひときわ大きな嬌声を上げながら達してしまう。蜜路が激しく痙攣《けいれん》し、誠司の剛棒を食いちぎらんばかりに強く締め付けた。

「っ、あぶな……」

吐精を促す強烈な収縮を堪《こら》えたらしい誠司は大きく息を吐き出した。

誠司の肩に頭を預けながら、明日香は身体を弛緩させる。蜜壷が収縮を繰り返す度に、誠司の楔《くさび》の形を明確に感じてしまい、甘く疼《うず》くような快感に襲われる。

「は……可愛い」

明日香の髪にキスを落とした誠司は熱に浮かされたように呟いて、明日香の腰を持ち上げた。

「ふっ、あ……」

高低差のある肉傘で内壁を擦《こす》られながら引き抜かれると、ぞわりと肌が粟立った。喪失感に秘口は物欲しげにひくついている。

そのままベッドに仰向けに寝かされると、両膝の裏に手をかけられて脚を大きく開かされてしまう。

「や、ま、待って、まだ……っ」

か細く落とした明日香の言葉を無視して、誠司は再び腰を進めた。明日香の柔らかな胎内は、誠司の滾《たぎ》った怒張をずぶずぶと、まるで貪《むさぼ》るように受け入れていく。

「ん、は、ぁ……ッ！」

誠司は雄槍を根元まで挿入すると、明日香の膝裏に手を添えて押し上げながら、ゆっくりと前後に腰を動かし始めた。艶《なま》めかしい汗の匂いにくらくらと酩酊していく。

「明日香の中、ゴム越しなのにすごく気持ちいい……」

隙間なくみっちりと満たされた熱く硬いもので潤んだ隧道《ずいどう》を蹂躙《じゅうりん》され、明日香はシーツを握り締めながら背を反らす。

鋒《ほこさき》が抜けそうなほどにぎりぎりまで引き抜かれたあと、再びゆっくりと突き入れられる。鋼のような先端が最奥をこじ開けようとしてくる感覚にたまらず息を呑む。

「やっ、あああっ……」

明日香が感じる場所は誠司にすべて知り尽くされていた。浅い部分にある性感帯を執拗に擦《こす》られるとたちまち力が入らなくなってしまう。

力を失った肢体は律動のままに揺らされ続けた。

「明日香……好きだっ……」

荒々しい吐息混じりの声で囁かれるとそれだけでも達してしまいそうになるほど興奮する。

誠司も限界が近いのか、額に汗を浮かべながら眉根を寄せている。その表情がなんとも色っぽくて、見ているだけでぞくりと肌が粟立った。

その感覚に身体は従順に悦びを示し、無意識のうちに誠司のものを締め付けてしまう。

「や、もう……むり……いっ……――ッ!!」

何度も何度も気持ちの良いところを攻められ、もう我慢の限界だった。視界がスパークし、喉の奥が痙攣《けいれん》して全身に甘い刺激が走り抜けていく。

意識を保っていることもままならず、明日香は身体を仰け反らせてシーツを握り締めながら高みへとのぼりつめた。

「つく……」

誠司もほぼ同じくして絶頂を迎え、被膜の内側に精液を放っていく。どくどくと注がれていく感覚が伝わり、明日香は無意識のうちにそれを飲み込もうとしてきゅうと蜜肉を狭めるとともに――ふつりと糸が切れたように気を失った。


ふっと、意識が浮上する。全身の気怠さを感じながらまぶたを開くと、見慣れない天井が視界に広がった。明日香はぼんやりとした頭で記憶を辿っていく。

――私……いつの間に寝たんだろう……

天井、というよりは、天蓋の布地が頭上に広がっているようだった。窓から差し込む月明かりが、夜も深いことを物語っている。

今日もいつも通り仕事をしていた気がするものの、はっきりと思い出せない。ベッドから起き上がり、身体を起こそうとすると、肌とシーツが直接触れ合う感覚に違和感を抱いた。

ゆっくりと腕を動かすと、明日香が普段使っているものとは異なるシルクのようなシーツ地の滑らかな感触が伝わってくる。そこで初めて、明日香は見知らぬ部屋で眠っていたことに気が付いた。

視線を動かすと、すぐそばに人影が映り込む。しなやかな筋肉に、均整の取れた体格。長い睫毛が揺れ、ゆっくりとまぶたが開く。

「ん……」

どこか艶めいた吐息とともに、焦点の合わない瞳が明日香をとらえた。なんとも言えない色香が漂う誠司の姿に心臓が早鐘を打ち始める。

「起きた？」

彼が上半身を起こすと、ダブルサイズの薄手の掛け布団がさらりと落ちていく。目の前の彼はバスローブを身に纏《まと》っているけれども、前身頃の紐は全開で、彫刻のように美しく鍛え上げられた胸筋が惜しげもなく晒されていて――艶《なま》めかしい、とも表現できるようなその姿に明日香は慌てて視線を逸らした。

「身体は大丈夫？」

優しくも穏やかな声音でそう訊ねる誠司の表情はひどく甘いもので、思わずびくりと肩が跳ねた。と同時に、数時間前の情事を一気に思い出してしまい顔が熱くなる。

明日香は思わず、掛け布団をずり上げて胸元を隠す。恥ずかしさで言葉を返せずにいると、誠司は口元を緩めて困ったように眉を下げた。

「ごめんね、無理させちゃって」

「……え、あ、……そんなこと、は……」

しどろもどろになりながらもどうにか答えを返すと、誠司は一転して悪戯《いたずら》っぽい微笑みを浮かべ、明日香の頭をゆっくりと撫でた。

大きなてのひらが優しく髪に触れる。そのまま手を滑らせ頬を包み込むように触れると、親指でゆるりと唇をなぞっていく。

「明日香があんまりにも可愛かったから、つい夢中になっちゃって」

「っ……！」

さらりと告げられた言葉に心臓が飛び出そうなほど大きく鼓動を打つ。あまりにもストレートすぎる言葉に、明日香は動揺を隠せなかった。

どうしてこの人はこうなんだろうか。いつもそうだ。彼は平然と、まるで挨拶でもするように、こちらが卒倒するようなことをさらっと口にする。

それがどれだけ明日香の心を揺るがせる言葉なのかなんて、きっと想像すらしていないのだろう。

明日香は羞恥心を押し殺すようにギュッと目を閉じると、無言で身体を起こして枕の脇に置かれていた自らの私服に手を伸ばす。それらは前回と同じように綺麗に畳まれていて、あの夜の記憶すらも呼び起こしていくようだった。

「シャワー、浴びる？　明日香、あのあと寝落ちしちゃったから、メイク落としてないもんね」

明日香の行為を遮るように誠司の腕がするりと伸びてきて、明日香はそっと抱き締められる。ぴとりとくっついた肌の感覚は思いのほか心地よく、このまま身を委《ゆだ》ねてしまいたいと思う自分もいた。

誠司に触れられるのは嬉しい。けれどそれ以上に恥ずかしさの方が勝ってしまい、明日香はその腕から逃れるように身をよじらせる。

「いっ、いえっ……帰りますっ……」

これ以上一緒にいたら、また流されてしまうかもしれない。さっきのセックスだって、強引になだれこんだようなもの。

咄嗟にそう判断して身支度を整えようと明日香は下着に手を伸ばすも、誠司によってぱしりと手首を掴まれ、阻《はば》まれてしまう。

「ええ？　泊まっていくでしょ？」

「だっ、ダメですっ……！　あ、明日も仕事なんですよ!?」

明後日からお盆の夏季休暇となるので、明日は絶対に出社して仕事を片付けなければならない。それ以前に、社長秘書が社長と一緒のマンションからともに出社するところをもし誰かに見られてしまったら、大変まずいことになる。

明日香が必死に首を横に振ると、誠司は不服そうに眉を顰《ひそ》めた。

「これから帰っても終電に間に合わないんじゃないかなぁ」

「へっ⁉」

誠司の肩越しに時計を見上げると、すでに日付は変わっている。ここから明日香の自宅までタクシーで帰宅できる距離でもない。

明日香が言葉を失っている隙に、誠司は明日香の首筋に顔を埋めた。首筋に触れる髪がくすぐったく、思わずびくりと身体が震える。耳元で感じる誠司の吐息に肌が粟立ってしまう。

「いつもは遅くまで会社に残ってくれてたから会えてたけど、三日も東京にいなくて明日香不足なんだ。もうちょっとだけ補給させて」

男性にしてはしなやかな指先でつぅと背中を撫でられ、その指先が素肌を滑り落ちていく。ぞくりと甘い痺れを感じ、明日香はたまらず息を呑んだ。

「やっ……」

「ダメだよ。逃げるなんて許さない」

先ほどまでの甘やかな声とは違う、低い声で囁かれる。耳にかかる吐息と艶のある声音にくらりと眩暈《めまい》がしそうになるものの、なんとか理性を保とうと、ぐっと唇を噛み締めた。

「お願い、明日香……俺を甘やかしてよ」

誠司は懇願するように訴えると、じっと明日香の目を見つめこつりと額を重ね合わせてきた。鼻先が触れ合うほどの至近距離で瞳を覗き込まれてしまえば、逸らすことも叶わなくなる。

「ねぇ、いいでしょう？」

どこまでも甘い声色が明日香を縛る。

抗えない。逃げられない。

明日香は観念したように瞳を伏せた。

――ああ、もう……

この目に弱いのだ。まるで魔法にかけられたように、抵抗の意思が奪われていく。こんなときですら誠司に求められることが嬉しくて仕方ない自分が恨めしい。

「……ずるいですよ……」

明日香が小さく呟いてあさっての方向に顔を向けると、誠司の口元が緩む気配が伝わってくる。

誠司は明日香を抱き締めたまま、明日香の髪をゆっくりと弄《もてあそ》んでいく。

その手つきの優しさと温もりがひどく心地よく、明日香は無意識のうちにふっと身体の力を抜いて彼に身を任せた。

「今回の関西出張でね、ロボットシステム協議会の人と知り合ってさ。マテハン設備の見学会に誘ってもらったんだ」

「ま、まてはん……？」

聞いたことのない単語に明日香は首を傾げる。誠司は相変わらず明日香の髪をゆっくりと梳《す》き続けていて、時折首筋を掠《かす》めるその仕草がくすぐったい。

「物流倉庫の効率化の取り組みのことだよ。マテリアルハンドリングっていうんだけど、簡単に言うと人力でやっていた作業をロボット化するってこと」

「……はぁ……」

明日香にはよくわからない話だった。そもそも、誠司が何を言っているのか理解できていない。

誠司は苦笑しながら言葉を続ける。

「今度、白銀ロジの倉庫の中を案内してあげる。そしたら明日香もこれかってピンと来るかも」

国際物流の会社に勤めているとはいえ、総務兼社長秘書である明日香にとって、倉庫現場は直接関係しない場所である。

その分、業務内容がわからず、いまいち高木との会話についていけないところがある。現場を見せてもらえるのならば、貿易業務への理解も進むだろうし、そこは素直にお願いしたい部分だ。

「それでね。マテハン設備って日本では普及が遅れ気味なんだ。で、先月から外資系の物流倉庫が九州で竣工していて、そこの施設を見学させてもらえそうなんだよね」

「は、はぁ……」

なんとも要領を得ない話の流れに明日香は困惑してしまう。誠司は一体、どういう意図があってこの話題を持ち出したのだろう。

「その交流会にはイギリス本国からもエンジニアが来るんだって。イギリスのマテハンはすごく進んでるらしいから、いい勉強になりそうだなって思うんだ」

突然出てきた国名に明日香は曖昧に相槌を打つ。誠司はそんな明日香の反応を見て心底楽しげに笑うと、そのまま明日香の額にキスを落とした。

「それで、明日香に通訳を頼みたいなって思って」

「！」

海外企業との交流の場――要するに、九州での見学会に、明日香も同行しろということらしい。

明日香はぽかんと口を開けたまま呆けてしまう。

「えっ、わっ……私もですか⁉」

「うん。もちろん、交流会の主催側が用意している通訳もいるらしいけど、企業間で取り合いになるだろうからね。これからの事業計画のためにも、できれば俺としては専属の通訳が欲しい」

誠司が言いたいこともわかる。そもそも明日香は英語に携わりたいと願って星雲国際ロジスティクスへの移籍を決めたのだし、誠司もその能力を買って明日香の人事を決めたのだ。

明日香は戸惑うように視線を彷徨《さまよ》わせ、はたと気が付いた。そもそも――この話は断ることができるのだろうか。

仕事に関する案件であるし、『社長』からの業務命令となれば断ることはまず不可能だ。明日香は諦めにも似た心持ちで、ゆっくりとため息を落とす。

「……かしこまりました……日程は、いつでしょうか」

誠司のスケジュールを脳裏に思い浮かべ、むぅと眉間にしわを寄せる。確か来月以降は、連日続いている出張や来客等の予定もはけて、多少スケジュールに余裕があったはず。

とはいえ、九州への出張であれば、飛行機などの手配も行わなければならない。明日は思っている以上に忙しい一日になるかもしれないとぼんやり考えながら返答を待つと、誠司は嬉々として声を返した。

「お盆休み明け、すぐ」

「……はい……？」

明日香は目をパチパチと瞬かせて、間抜けな声を漏らす。対する誠司は上機嫌な様子で言葉を紡いでいく。

「ビジネスチャンスはすぐ掴まないとね。本当は申し込み期日を過ぎていたらしいんだけど、ねじ込んでもらったんだ」

誠司は嬉しそうに顔を綻《ほころ》ばせるが、明日香は思わず眩暈《めまい》を覚えた。お盆休み明けてすぐなんて――あと一週間もない。

明日香が茫然としていると、誠司はそのまま唇を寄せてきた。反射的に瞳を閉じると、触れるだけの優しい口づけが与えられる。

「じゃ、色々よろしく。おやすみ、俺の専属秘書さん」

満足そうな笑みを浮かべ、明日香の頭をぽんと軽く撫でた敏腕社長は、相変わらず型破りな発想をする人物のようだった。

第五章　揺れる心

グレーとブラックの塗装で彩られた、いかにも大規模倉庫然とした外観がひときわ目を引く欧州系外資企業の倉庫を見上げ、明日香は自らの髪を後頭部で一つに結びながら感嘆のため息を落とした。明日香が勤める、星雲国際ロジスティクスの正面に立地する白銀ロジサービスの基幹物流センターも、東京ドームほどの広さを誇っているが、この物流倉庫はトラックを接車するバーススペースを含めてもそれの倍くらいはあるのではないだろうか。

そのスケールに圧倒されつつも、明日香は隣にいる誠司にちらりと視線を送る。

「さすがに大きいね。確かに、マテハンを使わないと仕事が回らない規模だ」

じりじりと肌を焼く真夏の太陽の光を遮るように、誠司はてのひらをかざして目の前の倉庫を見上げていた。

お盆休みが明けた二日目の今日、九州地方での施設見学会の日を迎えた。羽田空港の始発便で福岡に入り、ここ現地までは送迎バスを使った。

こちらに到着したのはつい先ほど、お昼を回った十三時。この見学会にはかなりの数の企業担当者が参加しているようで、到着したばかりの倉庫の前ではあちこちから話し声が聞こえていた。

片開きの門扉の付近にテントが設置されていて、その傍らに人の姿が見える。どうやらここで受付をするらしい。

参加者は皆、高級感のあるスーツを身に纏《まと》っており、普段目にする機会のない大型設備の見学ということもあり参加人数は膨大だった。年配の日本人に加え、イギリスからと思しき外国人が五人という構成で、総勢五十名ほどとなっている。

明日香は誠司の隣に寄り添いながら改めて目の前の巨大施設を眺める。この中を見学して回るのだから、きっと退屈はしないだろう。

とはいえ明日香の今日の仕事は誠司の通訳なので、気を引き締めなければならない。

「荷物チェック、お願いします」

「はい」

明日香と誠司は受付スタッフの男性に声を掛けられ、すぐに顔を上げる。事前に指示されていた通り、スーツケースを預け、代わりに首から下げるタイプのＩＤカードを受け取った。

社員証サイズのそれを自分の首にかけると、預けたスーツケースにハンディタイプの金属探知機を翳《かざ》した受付スタッフが荷物の引換証を差し出してくる。

「はい、大丈夫です。ありがとうございます」

「こちらこそ。よろしくお願いします」

二人揃って受付に挨拶をすると、それからすぐに一行は二手に分かれて場内へと案内された。こちらの組は通訳者が不要なメンバーが集められているらしい。案内にも人手が必要なので、この組み分けは非常に合理的だと明日香は心の中で独り言ちる。

敷地内を歩くと、倉庫棟に五台のトレーラーが駐車された景色が見えてくる。倉庫棟の入り口でヘルメットをかぶり、パンツスーツのヒールを安全靴に履き替えた。

「倉庫のフロアマップです。見学者は、こちらの地図に従って、各倉庫を回っていただきます」

「ありがとうございます」

入ってすぐの荷捌きエリアを案内されるとマテハンシステムの実演が始まった。荷物を満載したフォークリフトが明日香のそばを通り過ぎて、さらに荷物の積み下ろしのために停車場所を横切っていく。

『では早速で申し訳ないのですが、弊社の設備を紹介させていただきます。ご覧の通り、こちらは、現在稼働中の全自動のロボット仕分けシステムでございます』

マイクを持った進行役の外国人社員が説明を始めた。英語でのアナウンスに誠司が明日香に目配せをしたので、明日香は声を潜めて通訳をしていく。

「全自動の仕分けシステムだそうです」

見学者たちは興味深げに視線を巡らせていく。明日香も周りに倣《なら》いながら、仕分けられた貨物を視界に映していった。

「へぇ……」

『面白いですね』

英語と日本語の両方で、周囲の声が耳に入る。明日香が目を細めながらその様子を眺めていると、社員の案内が続けられていく。

『こちらのシステムは、コンテナに接続したコンベアから流れてくる商品を自動的に仕分けるものです。貨物をセンサーで検知、重量ごとにパレット単位で仕分けて、積載していきます』

レールに載せられた段ボール箱が次々と積み上げられ、フォークリフトで後方の保管庫へと運ばれていく。

「センサーで重さを感知して仕分けする仕組みのようですよ」

明日香が小声で隣の誠司に告げると、彼は感心したようにうなずいている。

『そして——こちらは、仕上がったパレットのバーコード情報を、ＡＩ搭載の無人ロボットアームに送信することで、検品の頻度や出庫パターンなどを学習したＡＩが庫内での効率の良い配置案を提示します。また、パレットのバーコード情報によって庫内でものどのあたりに積みつけたということがわかるシステムになっており——』

明日香は機械が動いていく先へと視線をゆっくりと動かしていった。天井に設置されたモニターでは、フォークリフトによって運び込まれた先の位置情報が表示されていた。フォークリフトごと乗れるエレベーターは倉庫の四階まで、数ヵ所にわけて縦横無尽に張り巡らされており、そのうちの一基は別棟に繋がっているようだ。明日香は天井を指差しながら誠司へ視線を戻す。

「自動ＡＩが荷物をどこに配置すればいいかアドバイスをしてくれるそうです。また、実際にどこに積み付けしたかわかるように、住所をつけてくれるシステムになっているようです」

「ああ、なるほど。すごいね」

「はい。これなら、人の目よりも早く確実に、荷物を把握できそうですね」

明日香は誠司とともに配布された手元のタブレット端末に視線を落とす。画面上で表示された画像を見ると、パレットは棚番号を割り振られ、それぞれの区画に綺麗に色別で管理されていた。

荷物の所在と残数はＡＩとカメラで常にモニタリングされていて、どこに何があるのか正確に把握できるシステムとなっているそうだ。明日香も実際に使ってみたいと思わせる、画期的なシステムである。

その後、倉庫内を順繰りに案内され、屋上の太陽光発電システムの説明を最後に、見学会はなごやかに終わりを迎えた。倉庫棟から退出する階段を下りながらヘルメットを脱ぐと、髪を纏《まと》めていたヘアゴムがするりと取れてしまう。その瞬間、ふいにぶわりと大きな風が吹いた。

「わっ……！」

明日香は慌てて両手で髪を押さえたものの、風にさらわれた髪がつんと引っ張られる。どうやら、下りの階段の背後を歩く人物のスーツのボタンに毛先が絡みついてしまったようだった。

「もっ、申し訳ありません……！」

明日香は焦って後ろを振り返り、その人物を見上げて謝罪すると、若い男性と視線が絡み合った。

「すぐ取りますのでっ……」

慌てて手を伸ばし、ボタンに絡まる髪を取ろうとするのだが、なかなか上手くいかない。焦れば焦るほど手先が震えてしまう。ほかの見学者たちは階段の右側を通って、続々と受付の方向へと向かっていた。

「いえ。お気になさらず」

彼は柔和に微笑みながらも、その手を絡まっている毛先に伸ばした。懸命に髪と格闘している明日香をフォローすべく、手伝いますという意思表示なのだろう。彼はそのまま腰を屈《かが》めた。彼の吐息が間近に感じられて、ふいに呼吸が詰まってしまう。

目の前の彼はおそらく明日香と同い年くらいだろうか。身長は誠司よりも高いようで、細身でスラリとした印象を与える青年だった。爽やかな好青年といった第一印象で、どこかの大手企業のエリート社員といった雰囲気をしていた。黒々とした艶のあるストレートの短髪にすっと伸びた鼻筋と、意志の強そうな眉をしたその男性は、長い手足を持て余しながらもスーツに絡みついた明日香の髪に優しく触れる。そのまま絡まりを解《ほど》こうとしてくれているのか、頭上から穏やかな口調で語りかけられた。

「少しだけ我慢してください」

「は、はいっ……すみ、ません」

「いいえ。痛くないですか？」

「全然。ありがとうございます……」

至近距離から覗き込まれ、明日香はぎこちなくお礼を告げる。ふわりと香水のような香りが鼻腔をくすぐった。誠司以外の男性とこんな風に触れ合ったことがないので、どぎまぎしてしまう。

ふと視線だけ動かすと、階段の数段先で誠司がこちらを振り返っていた。明日香を待ってくれているのがわかるため、目線で謝罪の意思を伝える。誠司はなんとも言えない表情を浮かべたあと、小さく肩を竦《すく》めた。

「あーちゃん……？」

髪を解《ほど》いていく目の前の彼が、唐突にぽつりと言葉を落とした。幼い頃に呼ばれていた愛称が突然飛び出したことに驚き、明日香はパチパチと瞬きを繰り返す。

「あっ……」

明日香の表情を見遣《みや》った彼は、しまった、と言わんばかりの表情を浮かべた。何かを取り繕うように眉を下げていく。

「申し訳ない。あなたが僕の幼少期の知り合いに似ているような気がして」

「そ……う、なんです、か……」

「はい。でも、気のせいでした。他人の空似だったようです。すみません、困惑させてしまって」

どこか寂しそうに苦笑した彼は、謝罪の言葉とともにゆっくりと頭を下げた。どう対応すればいいかわからず、明日香はただ困惑したまま彼の顔を見つめる。

「……あの」

「はい？」

沈黙が降りたせいで恐縮した明日香が思わず声をかけると、彼は不思議そうに首を傾げた。そのまま視線を合わせると――ふと、明日香の脳裏に幼い頃の、誠司と巡り会ったガーデンパーティーの情景が思い浮かぶ。

「あ……解《ほど》けましたよ」

彼の指先によって明日香の絡まった髪が解《ほど》けると同時に、目の前の彼の目元に遠い日の記憶が重なった。

あのときは今と逆だったように思う。庭園の茂みに潜り込んだ彼の髪が、アベリアの植木に絡まってしまって、幼い明日香が半泣きの彼を宥《なだ》めながら髪を解《ほど》いてあげていて――

「蓮《れん》……くん？」

明日香の唇から、幼き日の記憶とともに、自然とその名前がこぼれ落ちた。

彼は一瞬驚いたように目を丸くしたあと、懐かしさの滲《にじ》むまなざしでぱぁっと顔を輝かせた。

「やっぱり、あーちゃんだったんだ！」

先ほどまでの落ち着いた声音はビジネス用だったらしい。蓮は嬉しさを噛み締めるように破顔し、階段を一つ降りた。

「わあぁ、久しぶり！　あーちゃん本当に綺麗になったね、元気にしてた？」

明日香の手を取り、弾むような声音でさながら銃口から放たれる弾丸かのように話し出す蓮に、呆気に取られてしまう。あまりの勢いに、明日香は咄嗟に後ずさりをしてしまった。

まさか――こんなところで彼と再会するなど、思ってもみなかった。

「あ……うん、ありがとう……蓮くんは……背、伸びてカッコよくなった、よね？」

戸惑いつつもなんとか明日香が言葉を返すと、蓮はわずかに頬を赤く染めて照れた様子を見せた。

「そうかなぁ？　でも、嬉しいな」

はにかみながら笑顔を見せる彼に明日香もつられるように笑ってしまう。大人びて見えたが、こうして見ると、幼い頃の面影も確かに残っていた。

「びっくりしたよ。それにしても、どうして福岡にいるの……？」

「えっとね。僕、九州支社の支社長やってて。ほら、父さんが土地の斡旋をやり始めてたでしょ？」

蓮の父親は資産家の生まれで、所有する土地の活用のために都内で不動産会社を立ち上げており、関連企業と繋がりを持つために不定期にガーデンパーティーを開いていた。このパーティーに明日香の両親や誠司の両親も参加していたのだ。

「ああ、そっか。じゃあ蓮くんはお父さんのお仕事を継ぐんだね」

今、九州の支店長を務めているということは、いずれは父親の後を継いで社長となる心積もりなのだろう。蓮は明日香よりも一つ年下だったが、目の前の彼からはすでに経営者としての貫禄が感じられる。明日香の何気ない呟きを耳にした途端、蓮は愉快そうに笑って見せた。

「あはは。まぁ、いずれはそうなるかもしれないけど、僕は自分で会社を立ち上げたいから。そのために勉強中なんだ」

それでも、瞳の奥には強い意志が見え隠れしており、彼が夢を叶えるべく努力していることが伝わってくる。

「すごいな……立派だね」

明日香は眩《まぶ》しいものを見るかのように目を細める。自分とは比べ物にならない彼の志に尊敬の念を抱いた。そんな明日香の表情に、なぜか蓮は照れた様子を見せながらも嬉しそうに微笑む。

「……えへへ。なんか、そういう風に言ってもらえるとすごく照れる。ありがとう」

褒められて恥ずかしかったのか、蓮の耳元は少し赤くなっている。その様子がおかしくて、思わず明日香は吹き出してしまった。

「もう、笑わないでよ」

わずかばかり拗《す》ねたような口調で蓮は口の先を尖らせる。その仕草はまるで幼子のようで、つい明日香も昔に戻った気持ちになり懐かしく感じてしまった。

「……ねぇ、それよりさ。あーちゃん、連絡先教えてくれる？」

これまでの雰囲気から一転して、蓮は急に真剣な表情を浮かべて明日香の顔を覗き込んできた。

「え？」

どうして連絡先を、と明日香が戸惑いながら聞き返すと、蓮はどことなく悲しげに眉根を寄せた。

「いや、ほら。また、会いたいなと思って。あーちゃんも僕のこと覚えていてくれたでしょ？　だから」

どこか必死さが窺える蓮の言葉に、明日香はその真意を考え込んでしまう。その刹那、ふいに背後から誠司が階段を登ってくる気配がした。

「麦沢。感傷に浸っているところ悪いが、スケジュールが押してる」

「っ！」

誠司は険しい表情を隠さず明日香の手首を掴んだ。その顔つきは明らかに苛立っており、思わず明日香は息を呑《の》む。

スケジュールが押しているはずはない。施設見学会は予定通りの時間に終了し、このあとは三時間ほど時間を置いた十八時から自治体や官公庁関係者も含めた交流会が立食パーティー形式で予定されていた。明日香と誠司は東京からの参加者のため、会場となるホテルに宿泊予定なので、このあとの予定といえばホテルにチェックインするだけのはずだ。

誠司の思惑は一体どこにあるのだろうか。明日香が内心で小首を傾げると、誠司はまるで蓮を睨みつけるように見据え、小さく会釈をした。

「青埜《あおの》レジデンスの取締役の方ですよね。初めまして、星雲国際ロジスティクスの滝嶋と申します」

誠司はそのまま蓮と明日香の間に入ると、明日香を背中に庇うようにして、蓮と対峙する。

「……こちらこそ初めまして。おっしゃる通り、青埜レジデンスの青埜《あおの》蓮です」

突然割り込んできた誠司に驚きつつも、蓮はにこやかな笑みを崩さずに軽く頭を下げた。誠司が名乗ったからか、蓮も営業用の表情と声音で爽やかな笑顔を浮かべている。

「先ほどは私の秘書が失礼しました。髪が絡まり、タイミングが悪くお時間を頂戴してしまう形になってしまいました。彼女に代わって謝罪します」

誠司は淡々と言葉を紡ぐと、蓮に向かって軽く頭を下げた。対する蓮は笑顔を貼り付けたまま頬を掻いている。

「いえ、こちらの不注意もありましたので。彼女は悪くありません」

微笑んだまま首を振る蓮に、誠司はわずかに目を細めた。言葉だけ聞くと社交辞令じみたやり取りだが、お互いの顔に貼り付いた笑顔がどこか不穏な空気を醸し出しているような気がして、明日香は思わず二人の表情を交互に見つめてしまう。

「では、我々は予定が詰まっているのでこれで」

誠司は短く相槌を打ち一方的に話を切り上げると、そのまま明日香の手を引いて階段を降りていく。

「行くぞ」

「えっ、あ……」

踵《きびす》を返す誠司の横顔に、明日香は違和感を覚えた。それはとても小さな引っ掛かりで、一瞬で消え去ってしまうようなかすかなものではあったものの、なぜだか無性に気になってしまった。

「滝嶋さん」

明日香がその疑問を口に出す前に、どういうことか蓮が誠司を呼び止めた。ぴたりと足を止めた誠司が背後を振り返る。

「何か？」

誠司は蓮を訝《いぶか》しげに一瞥し、硬い声で応じた。

「お二人はこのあとの交流会には参加されますか？」

唐突な質問の意図を図りかねたのか、誠司は困惑したように小さく息を吐く。

「……ええ。参加予定ですが」

誠司は蓮の問いかけに対し肯定を返した。その言葉を受けて、蓮の口角がゆっくりとつり上がる。

「それならよかった。僕も交流会に参加させていただきますので、是非お話ししましょう」

蓮は口元に微笑みを湛《たた》えたままだったが、目は笑っていないように感じられる。彼の視線の先の誠司は不快げに眉間にしわを寄せ、冷ややかなまなざしを蓮へと向ける。

「……機会があれば」

「…………」

二人の会話にどこか異様な緊迫感を感じ取り、明日香は面食らう。明日香と誠司を交互に見遣《みや》った蓮は、何かに気が付いたらしく、ふっと肩を落とした。諦めとも、落胆とも取れるような寂しげな表情を張り付けた蓮は、ゆるりと瞳を細めた。

「……行こう」

誠司が手を引いたので明日香も慌てて足を踏み出すが、蓮が視界の端でひらりと手を振ったのが映り込み、後ろ髪を引かれるような心持ちになってしまう。

けれど、背後を振り返る余裕もなく、誠司に急《せ》かされるようにして明日香はその場を後にした。


受付でスーツケースを受け取り、乗り合わせの送迎バスで宿泊先のホテルへと向かう。

車窓を流れる景色を眺めながらも、誠司は同乗している企業担当者と会話をしたり挨拶して握手を交わしたり等、せわしなく動いていた。

明日香も誠司の隣に立っていたが、このバスには日本人しか乗っていないようで、ほとんど誠司一人で話していたため、車内での明日香の仕事はないに等しかった。

そうこうしているうちに送迎バスは交流会会場となるホテルの正面玄関に停車した。正面ポーチには次々と高級車が乗り入れられ、ドアマンの導きによって上品に着飾った人々が吸い込まれるようにロビーへと足を進めていく。

スーツケースを転がしながらバスを降り、オフホワイトを基調とした優美なフロントで明日香は二部屋分のチェックイン手続きを進める。誠司はツインの一部屋でいいと言っていたが、会社経費にする以上、同室にして経費精算を行えば経理担当の糸川に痛くない腹を探られてしまう。そのため明日香は誠司の意見を即座に却下し、誠司用のエグゼクティブランクのセミダブルと明日香用のスタンダードランクのシングルを一部屋ずつ予約したという、なんとも締まらない裏話がある。

「一旦、俺の部屋で資料の整理をしよう」

「かしこまりました」

誠司の言葉にうなずいて了承すると、誠司は明日香のスーツケースを手に持ち足早にエレベーターホールへと向かった。明日香はその後ろ姿を慌てて追いかける。

「社長っ……自分で持ちます！」

「いい」

にべもない返答に明日香は閉口してしまう。秘書という立場の明日香が社長である誠司に荷物を持たせるなんて真似はできないし、させてはいけない。

とはいえ、明日香の主張が通ることもなく、エレベーターに乗り込むと同時に誠司が宿泊する二十二階のボタンを押されてしまったため、仕方なく黙ることにした。

エレベーターの扉が閉ざされた刹那、突然伸びてきた誠司のてのひらに、二の腕を強く掴まれる。

「……っ!?」

明日香は何が起こったのか理解できずにいた。誠司の顔が至近距離まで近づいてきて、次の瞬間には唇にやわらかい感触を覚える。誠司は明日香が身じろぐよりも先に、明日香を壁に押し付けた。逃げ場を失くした身体を拘束するように腕が壁に押し付けられる。そのまま誠司に頭上で両手首を纏《まと》め上げられ、強引に口を割られて熱い舌がねじ込まれた。

「んっ……んんん～っ！」

二人きりのエレベーターとはいえ、ここは公共の場だ。いつ誰が乗り込んでくるかもわからない場所での暴挙とも言える行為に、明日香は動揺を隠せなかった。咄嗟に身をよじろうとするも、誠司の身体がそれを阻《はば》む。

明日香の抵抗など無意味だとばかりに、誠司のもう一方の手はどんどん下へと降りていき、ついにパンツスーツの生地越しに腰骨をなぞるように触れたところで、びくりと身体が大きく跳ねた。

「ここ弱いよね。知ってたけど」

唇を解放した誠司は熱っぽい吐息を漏らすと、口の端に意味ありげな笑みを浮かべた。その笑みの妖艶さに全身がぞわりと震える。

「社長っ、やっ、やめ……っ」

「そんな顔で言われても説得力ないよ」

耳元で囁かれる低い声と、熱い体温に思考が溶かされていく。ダメなのに——頭の片隅では警鐘が鳴り響いているというのに、どうしてかそれ以上抗えない自分がいた。

エレベーターが上昇する独特の駆動音が響く中、誠司は明日香の首元に唇を寄せた。ちりっと小さな痛みが走り、首筋の見える箇所に痕《あと》をつけられたことを認識する。

「っ、誠司くんっ……！」

これまで身体を重ねても、痕《あと》をつけられるようなことは一度もなかった。エレベーターの鏡に映り込む自分の首筋に、一目瞭然の紅い華。このあとの交流会には明日香も出席するので、きっと誰の目にも入ってしまう。

明日香は悲鳴のような声で咎めるように抗議し、懸命に身体を捻《ひね》って逃げようとするものの、誠司は頑として譲ろうとせず、首筋に舌を這わせて執拗に明日香を追い詰める。

「明日香が煽るような行動をするのが悪い」

「煽ったつもりなんか、な……んんんっ……」

反論は言葉ごと誠司の唇に呑《の》み込まれてしまう。誠司のスイッチが入った理由がまったくわからなかった。誠司の気まぐれに翻弄され、結局いつも彼の思い通りになってしまう。

唇が解放されれば、今度は耳を食《は》まれて身体がびくりと反応した。

「自覚ない？　青埜とあんなに楽しそうに喋ってたくせに」

耳朶《じだ》に直接吹き込まれた言葉は、嫉妬心を剥《む》き出しにした声音だった。その事実に心底驚いてしまう。

あの瞬間、誠司は明日香と蓮の距離感が近すぎると感じたのだろう。だからこうして、エレベーターという公の場で仕掛けてきているのだ。

誠司がこうした感情を露《あら》わにするのは、今まで見たことがなかった。明日香がほかの男性社員と談笑していても不機嫌になることはなく、それは彼がいつも冷静で感情のコントロールに長《た》けている証拠だった。

だからこそその言葉は明日香にとって衝撃的なもので、心臓を貫かれたような錯覚を覚えた。誠司がそこまで自分に対して独占欲を抱えているなど、思ってもみなかったからだ。

「明日香。俺以外を見るのは許さない」

独特の浮遊感とともに、目的の二十二階に到着したことを知らせたエレベーターのベルが鳴る。扉が開いた瞬間、二人の世界は現実に引き戻されていく。

まっすぐにこちらを見つめている誠司の瞳の奥で——情欲の炎がちらついている。その目に射抜かれただけで、明日香の背筋はぞくりと粟立った。

誠司はスーツケースの取っ手を掴むと、空いた手で明日香の手を掴んだ。手を引かれる形で、もつれるようにエレベーターから降りる。

「……今夜は覚悟しておいてね」

誠司の言葉は、エレベーターの扉が閉まる音とともにかき消される。それでも、囁きかけられた言葉だけは明日香の脳裏に焼き付いて離れようとしなかった。

交流会は、結婚式の披露宴としても使われるらしい壮麗な広間で開催された。煌《きら》びやかなシャンデリアが周囲を照らし、会場には出席企業ごとの円卓が並べられ、立食ビュッフェ形式となっている。

壁側に設置された重厚感のあるテーブル。その上に乗せられた料理の種類も多く、とても豪華だ。会場に入って左手の壁側にはいくつか椅子が並べられていて、座って休憩もできるスタイルのようだった。

誠司がお盆前の関西出張で縁があったと言っていたロボットシステム協議会の理事長が乾杯の音頭を取り、出席者は食事そっちのけで一斉に商談へと回っていく。誠司も例にもれず、円卓に来訪した食品総合商社の担当者となごやかに会話を交わし始めた。

「弊社はこれから国際貿易に力を入れていく予定でして、海外の顧客との取引も多いんです。御社は食品の輸入業をされているんでしたよね」

「ええ。主に欧州からの加工食品を中心に扱っています」

相手は栗色の髪をした女性で、誠司の言葉になごやかに相槌を打つ。彼女の手元にはクリアファイルに挟んだ資料が握られており、明日香はそのやり取りをただ手持ち無沙汰に見ているしかなかった。

誠司はどういった輸入業者と付き合いがあるのかなど、相手の事業内容について熱心に聞いていた。明日香はその間、彼の仕事ぶりを横目で見ていたが、相変わらずの如才なさと隙のない言動に改めて感心させられるばかりだった。

――本当に……知識が広くて、すごいな……

明日香の目の前にいる誠司はいつも完璧で、仕事ができて、自信に満ちあふれている。実際、誠司と仕事をするようになってからの日々は楽しくて充実していた。彼と一緒に働くことで自分の人生が豊かになっていくような気さえした。

だからこそ——時折不安にもなる。明日香と過ごすことは、誠司の将来にとって大きなマイナスにならないだろうか、と。

誠司は昔から聡明で、物事に対する勘も鋭いタイプだった。きっと、どんな道を選んでも成功できる人間だと思う。明日香のような平凡な女を選ばずとも、もっと良い人を選ぶことができるはずなのだ。

彼の隣に並ぶに相応《ふさわ》しい人は明日香のほかにもたくさんいるだろう。それこそ彼が今言葉を交わしている、いかにもキャリアウーマン然とした目の前の女性のように——そう考えれば考えるほどに胸の奥がちくりとして、息苦しさを感じてしまう。

優雅に流れていた心地の良い曲が切り替わり、明日香はゆっくりと手元のワイングラスに視線を落とした。

「今、弊社は量販店向け配送センター業務の囲い込みに向けて活動中ですので、何かありましたら是非お声がけください」

「はい。ありがとうございます。すみません、今更ですが、滝嶋さんの名刺を頂戴できますでしょうか？」

二人はその場で名刺交換をすると、にこやかに言葉を交わす。明日香はただただ無言でその様子を眺めた。

「……」

仕事である以上、こんなことを考えるのは間違っているとわかっている。それでも、誠司がほかの女性と接しているのを見てしまうと、どういうわけか明日香の心は揺り動かされてしかたがない。次々と湧き上がってくる感情に戸惑いながら、明日香は無意識のうちに彼に痕《あと》をつけられた首元に手を伸ばした。

あのあと、誠司の部屋で倉庫視察の際に配布された資料を整理したのち、自分用として予約を取っていたシングルルームにスーツケースを置いた。メイク用具のポーチを開いて、あからさまなキスマークを隠すべくコンシーラーとファンデーションを重ね塗りしなんとかうっすらとした痣《あざ》に見えるような形にまで持っていけて、心底安堵したのだ。

誠司はここに痕《あと》をつけたとき、どんな心境だったのだろう。蓮に対する嫉妬心からの行為だということは明確に理解はしたけれど――

そこまで考えて、明日香ははっと我に返った。思わずひくりと喉が鳴る。

――ああ……やっぱり、私……

改めて自覚してしまうと、じわじわと頬に熱が集まっていくのがわかった。

誠司のことが好きだ。だから、ほかの人に取られたくないと思うし、誠司の一番になりたいと思ってしまう。

ずっと前から――それこそ、幼少期から明日香の心の片隅に居座っていた感情は、自覚した途端にどんどん膨らんできて、明日香の心を侵食していく。

明日香はその事実を受け止めきれなくて、頭を抱えたくなった。

――誠司くんが……彼がほかの女の人と話すのを嫌だと思ってしまうなんて。

誠司をそういう対象として見てはいけないと強く思う。だって、彼は勤め先の社長で、自分の上司で、それ以上でも以下でもないと、自分に何度も言い聞かせてきたのに。

今の明日香は、子どもの頃よりももっと深く、誠司のことを愛している。この想いは、きっともう止められない。

その事実に気が付いた瞬間、身体中の血液が沸騰するように熱くなるのを感じた。

と同時に、心の中を占めるこんなに大きな感情を自覚していなかった自分が馬鹿らしく思えた。

自覚したら自覚したで、今度はそれがとても恥ずかしいもののような気がしてくる。

明日香は思わず自分の頬を押さえた。

――どうしよう、顔が熱い……

熱が集まる顔を冷まそうと、両手でぱたぱたと仰ぐ。けれども顔の火照りは収まるどころか、余計にひどくなっていった。

――誠司くんを……独占したいと思っちゃうなんて、思ってもみなかった……

ゆっくりと変遷していった淡い初恋の結末としてはあまりにも情緒がなさすぎて、思わず両手で顔を覆ってしまいたくなった。

「アノー、スミマセン。セイウングローバルロジのヒトデスカ？」

ふいに後ろから声を掛けられ、明日香はびくりと肩を震わせた。

振り返るとそこには青い瞳をした男性が立っており、彼はカタコトの日本語で明日香に話しかけてきた。おそらく誠司に取り次いでほしい交流会の参加者なのだろう。

明日香は咄嗟に笑顔を作って見せた。

『はい、そうです。滝嶋への取り次ぎでしょうか』

明日香が流暢に英語で対応すると、男性は一瞬驚いた表情をしてから笑顔を浮かべた。

『英語がお上手なんですね。僕が頼もうとしていたことを先読みして言ってくださるから驚きました』

『ありがとうございます。私は滝嶋の秘書兼通訳でして』

初めて迎えた実務の場でこうして褒められ、明日香は素直に嬉しいと感じていた。ついつい口元が綻《ほころ》ぶも慌てて引き締める。今は勤務中なのだ。浮かれてはいられないと自らを戒めた。

『お名前をお伺いしても？』

『デラント社のトムといいます。星雲国際ロジスティクスさんに新しい物流システムの提案をしたく』

『わかりました』

明日香はトムを先導しつつ誠司の元へと歩き出す。誠司と話をしていた栗色の髪の女性は軽く会釈をしたあとはその場を離れたので、明日香は誠司に目配せをした。

「社長、デラント社の方がご提案があるとのことです」

「デラント社？」

想定外だったのか、誠司は明日香の隣に立つトムに視線を合わせた。

トムは誠司と名刺交換をし、早速提案を始めていく。

『滝嶋社長は以前、別の業者から提案されたシステムの設計金額に魅力を感じられなかったという話を小耳に挟みましたが、弊社のシステムが社長のお眼鏡にかなうようでしたら是非前向きに検討してみてください。もしよろしければ、資料をお持ちしていますのでご覧いただいて――』

明日香は誠司の少し後ろに立つと、誠司にトムの言葉を端的に翻訳して伝えた。誠司はトムが話し始めた内容にわずかばかり意外そうな表情を浮かべながらも、すぐに真剣なまなざしになり、メモを取り始める。

明日香はトムの言葉を通訳している間も、目の前で誠司が熱心に聞き入り、ペンを走らせ、時折顎に手をやり考え込む姿に見惚れてしまっていた。誠司の一挙手一投足が、明日香の心を掻き乱してしまう。

「どうお返事しますか？」

一通りの通訳を済ませた明日香が誠司へ訊ねると、誠司は手元の資料に目を落として熟考し始めた。しばらくすると、誠司はふっと顔を上げる。

「大変参考になる提案をありがとう、魅力的だけど、まだ決めかねるところがあるから一度持ち帰りたいと伝えて」

「かしこまりました」

明日香が誠司の意志通りに通訳を行うと、トムは満足げに微笑んだ。

『承知しました。後日また社長に連絡を入れさせてもらいます。それまでに、是非とも御社での検討をよろしくお願いします。では、また』

トムはそう告げて踵《きびす》を返すと、そのまま別の円卓へと足を向けていく。その背中を見送ったあと、明日香は誠司に視線を移した。誠司は手元の資料に目を落としながら何かを考え込んでいるようだった。

「社長、どうかされましたか？」

明日香が誠司のそばに寄り、そっと声をかけると、誠司は弾かれたように顔を上げた。

「ああ、すまない。つい没頭してしまったようだ」

誠司は苦笑しながら明日香に向き合うと、再び手元の資料に目をやる。それは今しがた紹介された新システムの見積書のようだった。

「なかなか興味深いものだったから、色々と考えていたんだ。輸入から通関、全国配送までを一元化するセンターの計画があるから。ただ、問題は土地との兼ね合いだね。……でも、おかげで助かったよ。やっぱり明日香を連れてきて正解だった」

上機嫌に微笑んだ誠司は、腕を伸ばして明日香の肩をポンポンと叩いた。

普段の誠司なら、公私をきっちりわけるタイプなので、人前でこのようなことをしない。けれど今日はいつもの勤務中よりも砕けた様子で、心の距離感が近いような気がした。

誠司の思わぬ行動に、明日香は頬が熱を帯びるのを感じる。

――こんなことで……喜んでちゃダメ。仕事中なんだから……

明日香は自分に言い聞かせ、内心を悟られないよう努めて冷静に振る舞った。

「あっちの建設関係のテーブルに行ってくる。明日香はここにいて。青埜と接触させたくない」

誠司がそう言って指差したのは会場の端の円卓テーブルだ。そこには何社かのゼネコン関係者が集まって談笑しているようで、誠司が口にした通り、蓮の姿を遠目でも確認できる。

「……はい、行ってらっしゃいませ」

いらぬ嫉妬心は、大事なビジネスの会話に影響を与えるかもしれない。明日香が先ほどの誠司と女性の会話にもやついた感情を持て余すような経験を——誠司にしてほしくない。そう判断した明日香は、誠司の指示に従いおとなしくここで待つことにしようと決め、こくりと首肯《しゅこう》する。

明日香が了承の意を示すと、誠司は安心したように息を吐いた。

「行ってくる」

わずかばかり嬉しそうに微笑んだ誠司はひらりと片手を振ると、そのまま円卓の方へと歩いていく。誠司の姿が見えなくなると、明日香は途端に手持ち無沙汰になってしまう。

——ん～……今のうちに、ご飯食べておこうかな……

乾杯からシャンパンやワイン、カクテルを飲んでばかりで、料理に手を付けていない。明日香はお皿とフォークを手に取ると、適当にサラダと魚料理を盛ってから再び元の場所に戻った。誠司が戻って来たときにお腹を鳴らしていたくないし、そもそも明日香もそれなりに空腹を感じていたので、ひとまずサラダを口にしようとドレッシングをかけた。

「——明日香」

サラダを口いっぱいに含んで咀嚼していた明日香に、ふいに背後から声がかかる。渋みのあり、それでいて少しばかりしゃがれたような声は、何十年かぶりに聞く叔父の声に似ているような気がして——明日香はゆっくりと後ろを振り返った。

「久しぶりだね、明日香。随分大人っぽくなったから、最初誰かわからなかったよ……元気にしていたかい？」

叔父——麦沢彰吾《むぎさわしょうご》は、相変わらず白髪の髭《ひげ》を蓄え、眉間に刻まれたしわは深くなっていた。顔は老けているのに、不思議とそれほど年齢が感じられずに若く見えるのは、おそらく若い頃の叔父を知っているからだろうか。明日香は動揺を隠すため小さく会釈をした。

「ご無沙汰……して、おります」

明日香は掠《かす》れた声で当たり障りのない答えを返した。驚きのあまり、それ以外の言葉が見つからなかったからだ。彰吾は明日香の挨拶に気を良くしたのか、口角を上げると明日香に歩み寄ってくる。

「こんなところで再会できるなんて、思ってもいなかった。明日香、お前は本当に綺麗になった」

彰吾はそう言うと、明日香の頬に優しく触れた。明日香は思わず身体を強張《こわば》らせる。

「昔はあんなに小さかったのに、今ではすっかり女性らしくなって。私の知らないうちに、お前も大きくなったものだ」

懐かしさに浸っているのか、彰吾は感慨深げに明日香を見つめた。明日香は困惑しつつも叔父との距離が近いことに居心地の悪さを感じてしまう。

確かに明日香は両親を亡くしたあと、叔父と数年の間生活をともにした。けれどあのときの麦沢家には使用人がいて、叔父と接する機会はほとんどなかったと言っていい。だからこそ、不正事件を起こして逮捕されたという経歴を持つ叔父に対しては、ただ漠然と怖い印象だけがあったのだ。

明日香は頬に感じる温もりから逃れるように、わずかに後ずさりする。叔父はそれを拒否と感じ取ったのか、さらに距離を詰めてきた。

「っ、叔父さま……？」

なぜ――こんなところに彼が。叔父が何を考えているのかわからず、明日香は混乱を極めてしまう。

明日香の戸惑いに気付くことなく、彰吾はさらに明日香の顔を覗き込んだ。明日香の瞳に映るのは、不気味に微笑んでいる叔父だけだった。明日香が後ずされば、叔父もまた一歩前に出てくる。

「今、明日香はどうしているのかな。きっと役場か何かに勤めていて退屈な日々を送っているんだろう？」

明日香の反応を楽しむかのように、彰吾は愉快そうに笑う。彼が身に纏《まと》っている雰囲気が、明日香をじりじりと追い詰めていく。

「え、いえ……その、今は……星雲国際ロジスティクスで、社長秘書をしています」

明日香は彰吾の問い掛けに恐る恐る答える。すると、明日香の言葉が予想外だったのだろう、彼は一瞬面食らったように目を大きく見開いた。しかしすぐに元の笑みに戻ると、満足そうに大きく何度もうなずく。そして顎に手を添えると思案するような表情を見せた。

「へぇ、そうなのかい。それは良かった。私はずっとお前のことが心配だったんだよ。私のせいで明日香には苦しい環境を強《し》いてしまったから」

　彰吾はそう言いながら、今度は明日香の首元に触れた。明日香はますます身体を固くする。彰吾が明日香に触れているのは顔と首筋だけだというのに、まるで身体全体を拘束されているかのような感覚に陥っていた。

　背中に冷や汗が流れる。心臓が早鐘を打ち、息苦しさが全身を襲う。明日香は自分の中で警笛が鳴り響いているのを感じていた。これ以上ここにいるのは危険だ、早くここから立ち去らなければ、と本能が叫んでいる。

　しかし、そんな明日香の様子などお構いなしに、彰吾は言葉を続けていく。

「執行猶予も明けたからね。今、私はゴルフ場の運営と管理をしているんだ。立ち上げた会社を青埜レジデンスの子会社にしてもらったんだよ。青埜社長には彰一《しょういち》兄さんもお世話になっていただろう？」

　父の名前が紡がれた瞬間、明日香の中に灼熱の感情が湧き上がる。身体の熱が一気に上昇したのがわかった。視界がぐらりと揺らぎそうになるのを必死に堪《こら》えようと、ぐっと唇を噛み締める。

　――ひいお爺さまが戦後築き上げて、お父さまが大きくした会社を……何もかも壊したのは、叔父さまなのに……！

　これまでの人生で、彰吾を恨む感情がなかったかというと嘘になる。けれどどんなに憎んだところで失った人は戻らないし、明日香にとって彼は『家族』であり、血の繋がった人間だからである。それが明日香の結論だった。

けれど、自分がこうして社会人として自立でき、生活できているのは檀原家の尽力があってこそで——彰吾に案じられる義理はない、とも思ってしまう。

明日香が睨むように彰吾を見据えても、彼は怯《ひる》まない。それどころかどこか嬉しそうに、愛しそうに明日香の顔を見つめてくる。明日香はその様子に寒気が止まらず、無意識に身体を震わせてしまう。

——気持ち悪い。

吐きたくなるほどの嫌悪感を抱きながらもなんとか耐えようとするが、足に力が入らない。その場に崩れ落ちてしまいそうだ。

彰吾は明日香の頬から手を離すと、わざとらしく眉を下げ、悲しげに目を伏せた。

「明日香の人生を狂わせた私が言うのもなんだが、明日香には幸せになってもらいたいと思っている。もうお前は一人ぼっちじゃないんだからね」

「……え？」

明日香は目を瞬かせた。どうしてこのタイミングで、急にそんなことを言われるのだろうか。突然の展開に思考が追いつかない。

「私たちはずっと家族だろう？　青埜レジデンスにおいで、明日香。お前なら絶対に、我が社の役に立てるはずだし、その方が今よりも幸せになれるはずだ」

彰吾の下卑《げび》た微笑みに、身体中の血液が逆流するような錯覚に陥る。明日香はくずおれそうになるのを必死に堪《こら》えた。

——ああ……そういうこと……

明日香は叔父の意図を正しく理解した。彰吾はおそらく明日香を手元に連れ戻したいのだろう。

確かに彰吾は、明日香に苦労をかけたと言っていた。だがそれは彼の身から出た錆《さび》でしかない。

それに叔父に恩があるわけでもないのだ。むしろ彼によって明日香は、一度すべてを奪われたと言っても過言ではないのだから。

「明日香は昔から頭が良かったから、どんな仕事でも上手くやれると思うんだ。そうだ、明日香は初等部の頃から英語が好きだったな。青埜レジデンスは来季から海外にも支社を作る予定だから、そこで働いてみないかい。もちろん、給料は弾んでくれると思うよ。私も口添えをしよう。仕事をしながら語学の勉強をすることもできる。明日香にとっても悪い話じゃないはずだ」

まるで子どもをあやすような口ぶりだった。明日香はそんな言葉の一つも耳に入れたくないというように、顔を背《そむ》ける。

彰吾の言葉はまったくの嘘だ、と、明日香は直感でそう感じた。いくら実刑にならなかったとはいえ、不正会計を起こすくらいには野心家で強欲で傲慢な叔父が、自分に対してこんな優しい言葉をかけてくるはずがない。

叔父にとっての『麦沢明日香』は単なる都合のよい駒でしかない。それは彰吾の明日香に対する態度から伝わってくる。叔父は自らの本格的な財界復帰のために明日香を利用しようとしているのだ。叔父の狙いは、ただそれだけ——

「明日香のことは、私が一番よく知っているからね」

その声色は、これまでとは違う、威圧的で、冷徹な響きを帯びていた。思わず明日香が顔を上げると——目の前には、獲物を狙う獣の目をした男がいた。

蛇に睨まれた蛙のごとく、身体が動かない。喉の奥が渇く。明日香は、彰吾に気付かれないように唾を飲み込んだ。

「……私、上司のところに行かないといけませんので。失礼します」

やっとの思いで絞り出した声はひどく掠《かす》れていて、弱々しいものだったが、今の明日香ができる精一杯の抵抗だった。

このまま彰吾と話をしても、結局は利用される未来しか見えない。明日香は彰吾から距離を取るため、彰吾とは反対方向に歩き出した。

けれど、彰吾は明日香の腕を掴んでそれを阻《はば》んでくる。

「どこに行くつもりだい。今日は明日香に紹介したい人たちがいるんだ。だから、もう少しここにいなきゃいけないんだよ。一緒にいよう。久しぶりに会えたんだから、もっとお話ししよう」

腕を振り払おうとするが、力の差は歴然だった。振りほどこうとしてもまったく動かず、むしろ痛みが増していくだけである。

痛い、怖い、逃げたくても逃げられない。身体が、芯からがたがたと震え出す。涙が浮かんで、視界が滲《にじ》んだ。

彰吾はそんな明日香の様子を気にした様子はなく、そのまま腕を引っ張っていこうとする。

「叔父さまっ……離してください！」

明日香は彰吾の腕を振りほどこうとした。しかし、叔父の方が力が強くてびくともしない。明日香は必死に両脚を踏ん張って抵抗するが、パンツスーツに合うヒールを履いているせいか、その努力も虚しくずるずると引きずられてしまう。

「いい子だから、おとなしくして。叔父さんとお喋りを楽しもう。家族だからね、何も怖がることなんてないさ」

「結構です。離してください」

明日香は彰吾から身を引こうと首を横に振った。すると、それまで優しかった彰吾の目つきが変わり、鋭く尖ったものへと変遷していく。

「いい加減にしろ。あのときの仕返しがしたいのならそれでも構わないが、お前が私に従わなければ私の面子が丸潰れになるんだ」

彰吾が何を言っているのか、すぐには理解ができない。面子とは、どういう意味なのだろうか。明日香の思考は混乱で真っ白になるものの、必死に言葉を探した。

「……っ、青埜レジデンスの関係者の方がこんなところで油を売っていても、みなさまに迷惑がかかるだけです。叔父さまはお忙しい方なのでしょう？　お仕事に戻ってください。叔父さまの部下の方も叔父さまのことを待っているのではないですか？」

明日香のその言葉を耳にした彰吾は表情を失くした。その様子に、言い過ぎたと思った瞬間、彰吾の瞳がわざとらしくやわらかくなった。

「仕事なんて、部下に指示を出しておけばなんとかなるさ。それに、私にとっては大切な姪との時間の方が重要だ。さあ、行こうか」

彰吾に再び腕を強く引かれる。先ほどよりもさらに強く引っ張られ、つんのめるように身体が動いた。

明日香は彰吾の手を必死に振り払おうとするも、彰吾はさらに手に力を込めてきた。思わず痛みに顔を歪めてしまう。このままでは骨が折れてしまうかもしれないと、底知れぬ恐怖を覚えた。

「離してください！」

必死に身をよじるがやはりどうにもならない。明日香の強い拒絶を受けても、彰吾は一向に明日香を解放しようとしなかった。

周りに視線を向けると、周囲の人は皆、遠巻きにこちらを見ている。騒ぎが大きくなれば、星雲国際ロジスティクスの評判に傷がつく。明日香は強い焦燥感に駆られた。

――誰かっ……！

声を上げて助けを求めようとしたそのときだった。

「明日香」

背後から、聞き慣れた声がした。振り返らずともわかる。いつもより低い声だが、それは紛れもなく誠司の声だった。

声のする方向に視線を向ければ、誠司は彰吾をぞっとするほどの鋭い目で見据えていた。つかつかと足早に近付いてくる誠司の姿に、明日香の身体は自然と弛緩していく。

誠司がそばに来るまで、二人の間には何の会話もなかったものの、不思議と不安を感じることはなかった。

彰吾を睨みつけるようにして立ち止まった誠司は、無言のまま彰吾の手首を掴んだ。

「申し訳ありませんが、彼女は私の婚約者なので、あまり触れないでいただけますでしょうか」

誠司はこれまでに聞いたことがないような冷たい声音で、今にも刺し殺さんばかりの空気を含ませた言葉を放った。そしてそのまま明日香から彰吾を引き離していく。

明日香は一瞬の出来事に頭がついていかなかったものの、誠司が守ってくれたのだということは理解していた。明日香を庇う背中は、怒りで震えているようにも思える。

彰吾は一瞬ぽかんとしていたものの、すぐに我に返り、憤怒の形相で明日香を怒鳴りつける。

「これは一体どういうことだ。明日香、説明しろ！」

明日香を睨みつけるその目は狂気に満ちており、明日香の背中に悪寒が走っていく。彰吾のあまりの剣幕に何も答えられず、怯えながら一歩後ろに下がった。

「言葉の通りです。彼女は私の秘書であり、婚約者でもあります」

誠司はただ淡々と、静かにそう告げるだけだった。誠司の態度にますます苛立ったらしい彰吾は、額に青筋を立てながら大声で叫んだ。

「明日香の後見人はこの私だ。この子の婚姻は私が決めることだ。明日香は私が引き取ったときから青埜の一人息子の許嫁なんだぞ。勝手な真似は許さない！」

彰吾は興奮したように捲《まく》し立てるが、誠司はいたって冷静だった。それでも、明日香は彰吾の言葉に大きく息を呑《の》んでしまう。

「いい……な、ずけ……？」

知らない——そんなこと。思わぬ事実にひゅうと喉が鳴る。

叔父は何を言っているのだろう。自分の結婚相手が決まっているなど、そんなはずはない。だって、一度も聞いたことがないのに。

と同時に、胸の内で何かが崩れ落ちる音がしたような気がした。

——蓮くんが……私の、結婚相手？

心臓はどくどくと激しく脈打っており、呼吸が苦しくなるほどだった。身体が緊張と恐怖で強張《こわば》り、指一本すら動かすことができない。

身体中の血液が凍ってしまったかのように手足が冷たくなっていく。足元がぐらつき、視界がぼやけてきた。

彰吾の計画が完遂されるようなことがあれば、自分は蓮と婚約することになるらしい。つまり——明日香は、最も大切な人である誠司を奪われてしまうことになるのだ。

——そんなの嫌。絶対に……嫌。

身体の奥からこみ上げてくるものがあって、明日香は口元を押さえた。さっき摘《つま》んだサラダも何もかも、吐き出してしまいそうだ。

誠司が自分の中でこんなにも大切な存在になっていたことに驚きながらも、『許嫁』という言葉が頭の中でぐるぐると回る。

思考が停止して、何も考えられない。

「それは違います。許嫁など、あなたが勝手に決めたことです。明日香をあなたが勤める会社の事業拡大のための道具にするおつもりなのかもしれませんが、彼女は秘書として非常に優秀で、我が社の重要な戦力です。それを、麦沢さんの私情で横取りしようとして、果てには利用するようなことはおやめください」

誠司の厳しい口調に気圧されたらしい彰吾は、押し黙ったまま誠司をじっと見つめていた。

彰吾を睨む眼光を緩めることなく、誠司は無言のまま明日香の手を取った。そして、有無を言わせずその場から離れるように歩き出す。誠司の背中越しに見える叔父は呆然としているように思えた。

明日香はそのまま、誠司に引っ張られるようにして会場を後にした。

＊＊……★……＊＊

誠司が明日香の手を握り締めたままホテルの内廊下を歩いていくと、後ろを歩く明日香の足がもつれてよろけた。

「っ！」

誠司は慌てて腰を支えて身体を抱きかかえるようにすると、明日香はようやく我に返ったようで、弾かれたように顔を上げる。普段から凛としているはずの黒い瞳は動揺の色に揺らいでおり、焦点は定まっていないようだった。

「大丈夫？」

抱きとめた腕の中の明日香の表情は硬く、身体は小刻みに震えているように見えた。無理もない、ついさっき知らされた真実は明日香にとって酷なものに違いないのだから。

「はい……」

誠司が押したエレベーターの階数ボタンをぼんやりと眺めている明日香は小さく返事をしたものの、明らかに平静を失っている様子だった。何十年ぶりかに親類に再会し、そのうえその人物が自分をチェスの駒のように利用するつもりだとわかれば、誰だって混乱する。

——くそ……何でこんなときに。

誠司は明日香に聞こえないように舌打ちをすると忌々《いまいま》しげに唇を噛んだ。乗り込んだエレベーターの駆動音がやたら大きく響いている。そのせいなのかは不明だが、妙に落ち着かない気分になった。

誠司の手を握り締めたままの明日香は先ほどからずっと俯《うつむ》いていて、一言も喋ろうとしないでいる。明日香に声を掛けようとするも、かける言葉が見つからない。

「もう大丈夫だから。今日は自分の部屋に戻って休むといい」

明日香が宿泊する十五階のボタンを押した誠司は、幼子を宥《なだ》めるように優しく言葉を落とすが、明日香は首を横に振って否の意志を伝えてくる。

「……どうして？」

ようやく絞り出した誠司の問いかけに、明日香は小さくかぶりを振るだけだった。誠司は眉根を寄せると、困ったようにため息を吐いた。どうしたものかと考えているうちに、明日香が宿泊する十五階に到着したことを知らせる電子音が鳴る。

「明日香、鍵は？」

「……いや。お願い……一緒にいさせて……」

エレベーターの扉が開いても明日香はいっこうに動かない。潤んだ瞳で縋《すが》るように見上げられてしまえば、このまま放っておくことなどできるわけがなかった。

誠司は仕方なくエレベーターの『閉』ボタンを押して、自らが宿泊する二十二階のボタンを押した。エレベーターのドアがゆっくり閉じられていく。その間も明日香はぎゅっと誠司のジャケットの袖を掴んで離そうとしなかった。

エレベーターを降りた誠司はカードキーを取り出し部屋の解錠を済ませる。室内に入ると誠司は後ろ手に鍵を締めた。それから明日香を窓際に設置されたダイニングセットに腰を落ち着けるように促していく。

「とりあえず座って。お風呂入れるから。身体を温めておいで」

バスルームに向かおうと踵《きびす》を返すと、ふいにジャケットの裾を引っ張られる感覚がして、背後を振り返る。振り返った先の明日香は涙を堪《こら》えるように一度強く唇を噛み、それからふるりと首を振った。

「一人に……なりたくないの」

歩み寄ってきた明日香が正面から抱きついてくる。胸元に顔を押し付けているため彼女の表情は見えないが、肩が小さく震えていた。

麦沢彰吾が青埜レジデンスの子会社の社長を務めているなど誠司自身想像もしておらず、そのうえに明日香に許嫁がいたなど、当人が一番衝撃を受けているはずだ。無理もない、と誠司は内心同情する。だが、それと同時に苛立ちが募り、怒りに似た感情がふつふつと湧き上がってきた。

彼女は、自分がこの世で一番大切にしたいと思っている女性である。明日香は間違いなく、心から守りたいと思う唯一無二の存在だ。

明日香に出会ったのは幼少期の頃で、そのときの明日香は当時の自分よりも背がわずかに高く、幼いながらも美しいと思える少女だった記憶がある。

『こんにちは！　きみ、なまえはなんていうの？』

初めて出会った日、屈託のない笑顔でそう言った明日香の表情を——誠司は今でも鮮明に覚えている。

当時、神楽興産のグループ企業を転々とする父親の仕事の都合で関西から東京に引っ越してきたばかりの誠司は、なかなか周囲の人間に慣れることができずにいた。もともと人付き合いは得意な方ではなかったし、転入した小学校でも親しい友人を作れずにいた。

招待されたガーデンパーティーでも同世代の子どもたちが集う中、一人浮いた存在となっていた誠司に話しかけてくれた唯一の人間が、目の前の少女だったのだ。

『……せいじ』

『わたし、あすかっていうんだよ！　せいじくん、あそぼ！』

そう名乗った瞬間に明日香が見せた、白い肌に映える黒髪をさらりと揺らしたときの眩《まぶ》しい満面の笑みが忘れられず、彼女にまた会いたいと思わせるには十分すぎるものだった。

あの瞬間、誠司は明日香に恋をしていた。

明日香がそばにいて、明日香が笑いかけてくれるだけで、世界がぱあっと明るく華やいでいった。

しかし——明日香の両親が亡くなり、後を継いだ明日香の叔父がセンセーショナルな事件を起こしたのを境に彼女は姿を見せなくなり、それ以来消息がわからなくなっていた。

以来、心の片隅でずっと明日香を捜し続けていた。半年前に参加した披露宴に明日香が出席することを新郎伝いに知り、どれほど歓喜したことか。

どうしても明日香をそばに置きたくて、あらゆる手段を使って彼女の半生を調べ、先回りし、ノレーブの買収計画まで立ち上げた。

だからこそ、それ故に自分の手の中にあるものがほかの男に奪われていくかもしれないという現実がたまらなく悔しく、許せないとも思ってしまう。

明日香の背中に腕を回し、その身体を抱き締め返す。細い身体は頼りなく、少し力を入れただけでも壊れてしまいそうなほどに華奢だった。

「わかったよ。一緒にいる。お湯張ってくるから、ちょっとだけここに座ってて」

誠司は明日香をダイニングチェアに座らせると、そのままバスルームの扉に手をかけた。

バスタブに栓をして蛇口を開くと、勢いよくお湯が流れ出していく。誠司は浴室の壁に背を預け、ずるずると座り込んだ。

——明日香の心を守るには……俺はどうすればいい。

押し寄せる後悔は嵐の海の中の渦のようだった。明日香のことだけでなく彰吾の動向も探っておくべきだったと悔やみながら、誠司は自分の唇を強く噛み締めた。

明日香が自分の手元から奪われてしまうかもしれない。それだけは絶対に阻止しなければ。

——だが、どうやって？

不正会計に手を染めるほど強欲な彰吾が明日香を簡単に諦めてくれるとは到底思えないし、かといって誠司が明日香に想いを伝えたところで、それが受け入れられるかもわからない。

幾度か身体を重ねたので、彼女も自分のことを憎からず思っていることには気付いているが、それはあくまで幼なじみの域を超えないもので、彼女が自身の本心を測りかねているということもわかっていた。

誠司が明日香に抱く感情と、明日香が誠司に対して持っている感情の質量は同じではない。

お互いの間に横たわる溝はとても深く広い。その深い谷底に、誠司は自分の気持ちを転げ落とす。そして、決して拾われぬように蓋をするのだ。

守ろうと思ったものを失いたくないのが人間の性で、自分には彼女を守るためのその力が備わっていると思っていた。なのに、実際に明日香の危機が訪れれば、いとも容易く己の足は竦《すく》み、思考は鈍り、最良の答えを見つけられない。

——まずは……あの男——麦沢彰吾の背景を調べなければ。

明日香が泣いているのを目にするのは、誠司にとっては許しがたいことだ。明日香を泣かせた彰吾への苛立ちはあるが今はまず冷静になろうと思い直し、深呼吸をしながらバスルームを出る。

とにかくあちらの動きを探る必要がある。彰吾の行動は行き過ぎた行為だと思えるが、それでも明日香を手に入れるために起こした行動なのだとしたら、それなりの理屈や行動原理があってのことだろう。

それに、彰吾は前科があるとはいえ、大企業の経営者だった人物だ。金と人脈は豊富で力もある。明日香を強引に連れ去ることも不可能ではないだろう。

――どんなことをしても……明日香を俺から奪わせてなるものか。

静かな決意を固めた誠司はリビングスペースに戻るも、明日香は相変わらず焦点の合わない瞳で床を見つめながらぼんやりとしている。それでも、先ほどよりはずいぶんと落ち着いたように見える。

誠司は明日香の隣に腰掛けながら、彼女を労わるようにゆっくりと頭を撫でた。明日香はびくりと身体を震わせる。

「ほら、ちゃんとお湯に浸かろう。俺も一緒に入るから」

明日香の手を引いて立たせると、明日香は抵抗することなくおとなしく着いてきた。手を繋いでバスルームへ連れて行くと、明日香は無言のまま服を脱ぎ始める。誠司も自分の衣服を無造作に脱ぐと、明日香に続いてバスタブに足を踏み入れた。

二人並んで浴槽に入ると、ちょうど良い広さだった。誠司は明日香の肩を抱き寄せ、後ろから抱き抱えるようにして明日香を抱き締める。

「大丈夫？」

「うん……」

明日香の身体はすっかり冷え切っていた。温もりを求めてくるように身を寄せてきたので、そのまま強く抱き締める。お湯の中で密着すると体温がじんわりと伝わってきて心地よい。

「ねえ、誠司くん」

「ん？」

ちゃぷりとお湯が跳ねる音とともに明日香の身体を抱え直すと、明日香はこちらを向いて腕を伸ばした。その細い腕が誠司の首に回される。

「お風呂上がったあと……してくれる……？」

明日香はひどく甘えた声で囁きながら誠司の耳を唇で食《は》む。濡れた髪が頬に張り付き、雫《しずく》が滴《したた》るのも気にせず明日香は誠司にしがみついてくる。その声音に得も言われぬ感覚が背筋をのぼってくるのを感じながら、誠司は明日香の身体を自分の方へ向けさせた。

潤んだ大きな目が誠司を映している。そこに誠司が求めている感情がないことなどわかりつつも、誠司はその身体を強く掻き抱いた。

それでも——揺れる瞳の奥に、確かな炎が見える。それは、今まで見たことのないものだった。甘い痺れがぞくぞくと全身に広がっていくような気がした。

「……いいよ」

誠司は短く声を返すと、明日香を抱き締める腕の力を弱めた。明日香の頬に触れていた指先を彼女のおとがいまで滑らせ、ゆっくりと顔を上向かせる。

明日香も誠司のしたいことを理解したのか、目を閉じて受け入れた。角度を変えながら何度も繰り返し軽いキスを交わせば、お湯の温かさとは別の熱が全身に宿っていくようだった。

最初は軽く触れ合うだけだったが、次第にお互いを求めるように舌を絡めていく。小さなリップ音がバスルーム内に響いていた。

誠司は明日香の髪を撫でていた右手を首筋から鎖骨へと下ろしていき、やわらかな膨らみに触れる。明日香の双丘は誠司のてのひらに吸い付くほどにぴったりで、やわらかくて弾力があり、そのまま感触を楽しむかのようにふにゅふにゅと揉んでいれば、先端が少しずつ硬くなっていくのがわかる。

「明日香。洗ってあげる」

誠司は明日香の胸元から手を離すと、明日香を抱き上げ、シャワーチェアに座らせた。背後に陣取ってボディソープを手に取り泡立てると、明日香の身体にそっと触れる。

肩から背中、脇腹から下腹部、太ももから足の爪先に至るまで、満遍なく丁寧に泡を広げていった。そのまま両手で二つのふくらみや太ももを撫でさすり、明日香のやわらかい素肌を堪能する。

てのひらを前側に回り込ませ、たわわな果実にてのひらを這わせて円を描くようにくるくると滑らせていけば、中心部分が先ほどよりも明確にぷっくりと主張を始める。それを摘《つま》んで転がすように弄《いじ》れば、明日香は身をよじらせ小さく喘いだ。

「あっ……」

明日香はぴくっと身体を跳ねさせるも、拒むことはなかった。誠司はそのまま両手で左右の尖った芯を同時に可愛がり始める。親指と人差し指で挟んだ状態で捏《こ》ね回すようにしながらたまに摘《つま》んでみる。そのたびに小さく啼《な》きながら反応する明日香に、誠司は下半身に血液が集まるのを感じてしまう。

もっと明日香に触れたくて、ふくらみに添えたままのてのひらを徐々に下腹部の方へと動かしていく。

秘部を守るように覆っている恥毛の部分を弄《もてあそ》ぶと、明日香は眉根を寄せながら大きく息を吐き出した。

「はあっ……んぅ……」

「感じてる？」

耳元で囁いてやれば、こくこくと素直な仕草を見せる。そんな姿もまた愛らしく思えて堪《たま》らない激情がこみ上げてくる。

やわらかな毛を弄《もてあそ》びつつ、核心へは決して触れない。焦れたように揺れる明日香の腰がとてもいやらしい。

まだそこには直接刺激を与えず、誠司はひたすらに快楽を煽った。

「も、やだ……いじわるしないでぇ」

とうとう堪《こら》えきれなくなったらしい明日香は、身体をよじって懇願するように誠司を見上げてくる。

こちらを見つめる瞳にはたっぷりの涙を浮かべており、その表情に興奮を覚え、ますます虐《いじ》めたくなって仕方がなかった。

「ダメだよ。ここでしたら明日香がのぼせちゃう」

誠司はわざと核心を避けるように足の付け根をなぞる。それでも十分すぎるほどの快感が得られるようで、明日香は身体をひくつかせた。

膝の上でゆらゆらと腰が動いている。まるで自分から欲しがっているようで、誠司はごくりと唾を飲み込んだ。

「ほら。泡、流すよ」

誠司は明日香の身体を反転させると、シャワーヘッドを手に取ってコックを捻《ひね》った。お腹から順番にお湯をかけ、最後に残った泡を流し落とす。

明日香の白い肌はほんのりとピンク色に染まっており、お湯のせいで身体が艶めいているように見えた。

ボディソープをたっぷりと手に出して泡立て、今度は自分の身体を洗い流していく。明日香はその様子をじっと見つめていたが、おもむろに手を伸ばし、血流が集まりかかっている誠司の漲《みなぎ》りにそろりと触れた。

「っ、明日香……」

思わず制止の声を上げるものの、明日香は構わずに、そのまま上下にさすり始めた。すでに硬度を増しつつあったそこは、明日香の拙《つたな》い手つきに翻弄されていく。

裏筋を擦《こす》られ、雁首をぐりぐりと押されると、先走り液が滲《にじ》んできたのか、明日香の手が滑りやすくなってくる。

明日香の細い指先が、血管が浮き出た男の象徴を刺激する様はあまりに扇情的で——誠司はたまらず明日香の腕を掴んだ。

「上がろう」

これ以上は歯止めが効かないような予感がするが、さすがに浴室でことに及ぶのはまずい。避妊具はリビングルームにしか置いておらず、このまま続けるのは非常に危険だった。明日香もそれを理解してくれたのか、抵抗することなく指先を緩めていく。

立ち上がろうとしたところでふらつく明日香を横から支え、そのまま抱き上げるようにして立ち上がる。バスタオルで身体を拭《ふ》き、ひとまず下着は後回しにして備え付けのガウンを羽織らせるも、足元が覚束ないようだったので先にベッドに行かせて座らせる。

誠司が躊躇《ためら》いがちに隣に座れば、明日香は誠司の膝の上に乗ってくる。その勢いのまま倒れ込むように、明日香は誠司を押し倒した。

「……ッ！」

誠司は驚いて目を見開いた。仰向けに転がされ、明日香は馬乗りになる形で誠司の上に乗りかかる形になっていた。

ガウンの前身がはだけて、白い肌が露《あら》わになっている。

明日香の顔がゆっくりと近づいてきて、誠司の薄い唇を塞いだ。誠司が小さく息を止めると、ぬるりと熱いものが口内に入り込んでくる。

それに応えるように自ら舌を差し出せば、明日香のそれと絡み合った。お互いの唾液が混じり合い、ぴちゃりとした卑猥な水音を立て始める。

そのまましばらく夢中でお互いの唇を貪《むさぼ》っていると、次第に息が上がり身体が熱を帯びてくるのを感じた。

「……んっ、ふぁ……せいじ、くん……」

キスの合間に明日香は甘えるように何度も誠司の名前を呼ぶ。明日香は必死でしがみつくような仕草を見せており、それが余計に理性の箍《たが》を外させていった。

明日香が名残惜しげに唇を離した瞬間、今度は逆に誠司が明日香の頭を掻き抱いて引き寄せ、荒々しく唇を奪った。

「はあっ、はぁ……んぅ、んっ……はぁ」

呼吸ごと奪うかのように激しく攻め立てながら時折角度を変えては深く重ね合わせた。

やがてどちらからともなく顔を離すと、濡れて束になった明日香の髪がはらりと落ちてくる。首筋から鎖骨にかけてのラインに目が釘づけになり、衝動的に吸い寄せられるまま軽く歯を立てると、明日香の口から甘い吐息が漏れた。

明日香の身体はどこもかしこも白く滑らかで、触れただけで壊れてしまいそうなほど華奢だった。

一方で——たわわに揺れる双丘が男の劣情を煽り立ててやまない。誠司は躊躇《ちゅうちょ》することなく目の前にある双丘にしゃぶりついた。

「ああ……はあん……っ……」

口に含んだ先端はひどく甘く感じる。飴玉のようにころころと舌先で舐め回しながらもう一方の先端を指で摘《つま》み上げる。すると明日香の腰がびくりと跳ね上がった。同時に誠司自身もまた下腹部に強い疼《うず》きを感じ始めていた。

――やばいな……歯止めが効かない……

誠司が自分の昂《たか》ぶった部分を押し付けるようにして擦《こす》り付けると、明日香は手を伸ばし、熱を持った楔《くさび》をやわやわと握りこんだ。そして慣れない手つきで上下に動かし始める。

「あ……すごい……こんなに大きくなってる……」

明日香はとろりと瞳を蕩《とろ》けさせ、妖艶に笑った。その表情はあまりにも淫靡で、誠司の心を狂わせるには十分すぎるものだった。

どこかぎこちない手つきながらも、明日香はにぎにぎと力の入れ加減を変えながら丹念に誠司自身を可愛がっていく。

明日香が手を上下させるたびに、誠司の欲望は硬度を増していった。

「くっ……」

誠司は耐えきれず、熱く重いため息を漏らした。ほかならぬ明日香の手に握られているのだと思うとたまらない。根元から先端に向けて絞り出すように扱《しご》かれると、そそり立つ屹立《きつりつ》はますます膨張していった。

「誠司くんの、すごく大きくなってる……」

明日香は身体を起こすと、ベッドから降り誠司の足の間に身体を滑り込ませ、自らの手で包み込んだ雄芯に頬ずりした。そしてそのまま、先走りをあふれさせる剛直の先端にちゅうと音を立てて口づけていく。

「ちょ、ちょっと待って、明日香……」

思わず上半身を起こして放った制止の声に明日香は一瞬動きを止めるが、すぐに目を伏せると、竿部分にも啄《ついば》むように軽いキスを繰り返し、ぱくりとそれを飲み込んだ。明日香にこのようなことをさせている罪悪感が過《よぎ》り、いっそう情欲が掻き立てられる。

温かく濡れた感触に包まれ、誠司自身がどくんと脈打つ。それを合図にするように、明日香はそのまま奥まで一気に咥《くわ》え込み、舌を絡めてきた。

明日香は裏筋に沿ってれろりと舌を動かしていく。そのたびにぞくぞくとした快感が背筋を走り抜け、誠司はたまらず明日香の肩を掴む。

「明日香、こういうのはしなくていいから……」

このままでは本当に限界を迎えてしまう。そう思い明日香を引き剥がそうとするが、明日香は頑として離れようとしない。それどころか、より一層強く吸い上げ、肉傘をぐるりと舐め回す。

じゅぷ、ちゅぽ、といやらしい音が響き渡る。拙《つたな》すぎる舌の動きと、緩慢な指先での刺激が、かえって興奮を煽っていく。

これ以上は本当にまずい。このタイミングで達してしまうわけにはいかないのだ。

どうにか堪《こら》えようと試みるが、明日香はまるでとどめを刺すように、舌先で穂先をぐりっと穿《うが》ってきた。その瞬間にこみ上げてくる吐精感を奥歯を噛み締めて耐えた。

それを知ってか知らずか、明日香は今度は喉の奥に突き当たるほどの深さで飲み込もうとする。さすがにそんなことをされてしまえばひとたまりもない。

「明、日香っ……出るから、離れて……」

誠司は明日香の肩を掴んで引き離そうとするも、明日香は嫌々と駄々をこねる子どものように首を振った。

「っ、ちょっ、明日香っ……！」

誠司が明日香の肩を掴んで強引に引き離した瞬間、勢いよく放たれた白濁が明日香の顔面を汚していく。

その光景がひどく退廃的で、全身の血液が沸騰しそうなほどの興奮を覚えた。

肩で息をしながら明日香の顔の白濁を親指で拭《ぬぐ》ってやれば、明日香は小さく身じろぎをして目を伏せた。

指を滑らせて唇に触れ、やわらかい感触を楽しむようにゆっくりとなぞる。誠司はティッシュを手に取ると、明日香の顔を丁寧に拭《ふ》きとっていく。

「ごめん、大丈夫だった？」

ひとまず落ち着いたところで訊ねるも返事はない。明日香はその変わりに視線だけをこちらに向けてくる。

何か言いたいことがあるらしいことはわかるのだが、言葉にはなっていないようだ。

足元にある明日香の身体を抱き寄せると、彼女のガウンだけが足元に置き去りにされた。安心したように身体を委《ゆだ》ねてきたので優しく髪を撫でてやると明日香は目を閉じ、まるで子猫が甘えるように頬を擦《す》り寄せてくる。

「私……叔父さまのところになんか、行きたくない……」

明日香はベッドに腰掛けた状態の誠司の胸に顔を埋めたまま、小さく呟いた。

「誠司くんと、一緒にいたいの……ずっと、そばに置いてほしいの。蓮くんは弟みたいな存在で……結婚なんて考えられなくて……」

明日香の言葉に誠司は胸が痛くなる。だが同時に仄暗い悦びを覚える自分もいた。こんな状況だというのに何を考えているのだろう。そんな自嘲すら湧き上がってくる。

「お願い……ここに、いて」

縋《すが》るようなまなざしを向ける明日香が愛しいと思った。たとえそれが、混乱から来るものであったとしても、今はただこうしていられるだけでよかった。この幸福な時が少しでも長く続いてくれるのならそれでいいとさえ思ってしまう自分に、心底嫌気がさした。

「……いるよ。ずっとそばにいるから、心配しないで。明日香のこと、守るから。だから……泣かないで。明日香は笑ってればいいんだ」

涙に潤む瞳に口づけを落とし、誠司は明日香の身体を引き寄せた。やわらかな身体がすっぽりと腕の中に収まる。

脇に手を差し入れて彼女をベッドに膝立ちにさせ、そのまま首筋に唇を這わせて白い肌の上に紅い華を残した。

「あっ……」

かすかな痛みと、それを上回る快感を自覚したらしい明日香は、甘い声を上げて身をよじらせた。

「俺は絶対に明日香を手放さない。何があっても……」

耳元で低く呟けば、明日香はぴくりと肩を震わせた。

耳朶《じだ》を食《は》んでやれば、それだけで感じたらしく熱い息を漏らした。誠司はそのまま舌を滑り込ませていく。

「んぅ……はぁ、ふ……」

明日香の口から漏れる声は艶《なま》めかしく、その身体は快楽を貪欲に求めていた。

「誠司、くん……」

明日香は切なげに眉根を顰《ひそ》めて誠司を見つめた。やわらかな実りに手を伸ばせば、明日香は従順に反応を示していく。

「あ、はぁあぁっ……」

先端を摘《つま》み上げてくりくりと転がしてやると、明日香は背中を仰け反らせながら喘いだ。その姿があまりに扇情的だったので、つい夢中になって弄《いじ》ってしまう。指先で摘《つま》みながら爪先で引っ掻いてやるとひときわ大きな声を上げ、明日香は身悶えた。

「ああ、だめぇっ！　あっ……！」

熱に浮かされるように潤んだ瞳が、誠司を捕らえて離さない。視線だけで脳髄まで侵されてしまうような感覚に、理性が蕩《とろ》けていく。

「明日香……」

肌の上につうと指を這わせ、くびれをなぞる。明日香はびくりと跳ねさせ、背を弓なりに反らした。

「ここ、やっぱり弱いよね」

エレベーターのときと同じように意地悪く囁いてやれば、明日香は恥ずかしげに頬を染めて目を逸らす。

「だって……誠司くんに触られると、どこも気持ちよくなって……おかしくなる、から……」

消え入りそうな声で訴える姿はあまりにも蠱惑《こわく》的だ。それでいていじらしくも感じ、もっと追い詰めたくなってくる。

「俺も同じだよ。明日香に触れてると思うと、すごくドキドキする。もっと触れたくて仕方ないって思う」

情欲の滲《にじ》む言葉に、明日香の身体が小さく震えたのを感じた。こちらを見上げてくる二つの黒曜石のような瞳には、隠しきれない期待の色が見え隠れしている。

頬に触れるだけのキスを落とすと、誠司は再び身体を屈《かが》めた。

胸の谷間から鎖骨へ、そして脇腹へと、一つずつキスを落としていく。そのたびに小さな吐息がこぼれ、誠司の鼓膜を震わせた。

一糸纏《まと》わぬ明日香の姿は、薄明かりの下で妖艶に輝いている。何度抱いても飽きることなどなかった。むしろ、身体を重ねるごとに溺れているように感じる。

まぶたの裏に隠れてしまった瞳の代わりに、口元は物欲しげに半開きになっている。その表情は、まるで誠司を誘っているかのようにも見えた。

そのまま、明日香の下腹部へと手をやり、茂みの先にある突起に触れた。期待に膨れ上がったそこは、甘く鋭い刺激を今か今かと待ちわびているようだった。

「や、あっ……」

ほんの少し触れただけなのに、明日香は甘い啼《な》き声を上げる。この反応が可愛くて仕方がないのだ。

もっともっと焦らして——壊したい、そんな歪んだ嗜虐心さえ芽生えるほどに。

指先で捏《こ》ねるように、時折つま弾くように執拗に責め立てれば、明日香は悩ましい吐息とともにびくぴくと身体を跳ねさせた。

「明日香はいつも可愛い声で啼《な》くから好き」

耳元で煽るようにそう囁いてやると、それだけで達してしまいそうになるのか、明日香は必死で堪《こら》えるように誠司の腕を掴んでいく。

「そんなこと、言わないで……はずかし、い」

「俺は、聞きたい。明日香の声」

花芽を刺激する指先を秘裂へと伸ばせば、そこはもうあふれ出した蜜で濡れそぼっていた。誠司の太い指先が割れ目を往復するたび、ぐちゅぐちゅとはしたない水音が響く。

「ほら、聞こえる？　明日香のここ、すっごい音立ててるよ」

「そんなの、わかんないよぉ……あぁっ」

明日香は弱々しく首を振ったが、それでも身体は正直で、与えられる快楽に素直に反応した。蜜を掬《すく》い取るように指を動かし、再び張りつめた神経を撫で上げる。

「ふぁ、そこ、やぁ……！」

「明日香は、どうしてほしい？」

焦らすように指先の動きを止めて訊ねると、明日香は躊躇《ためら》うように唇を震わせた。上目遣いで誠司を見つめる視線が熱を帯び、淫らに揺れる。こんなにも煽られては、理性も何もかも消し飛んでしまいそうだ。

「誠司、くんので……奥までいっぱいにして……めちゃくちゃに、して……」

普段の彼女からは想像できないほど大胆な言葉だった。それほどまでに、今の明日香は混乱しきっているのだろう。

叔父のこと、そしてこれからの未来が不安でたまらないのかもしれない。

明日香の心情に想いを馳せながらも、誠司は煽られた欲情に抗えず、ぬかるんだ秘所にくぷりと指を差し入れる。歓喜を伴って絡みつく内壁はひどく温かく、心地よい。

「ん、ふ、はぁ、ん……」

明日香は切なげに眉根を顰《ひそ》め、身をよじらせた。誠司がゆっくりと指を動かすたびに、くちゅくちゅという淫靡な水音が響き渡る。

「すごい濡れてる。やらしいね」

「あっ、あう……」

わざと羞恥を誘う言葉に明日香は頬を赤らめるが、それでも快楽を手放すことはできないようだ。

誠司は花襞の中で指を曲げたり伸ばしたりすると、それに合わせて身体がひくつき、甘い声を上げて身体を震わせていく。

「あぁっ……！　だめ、誠司、くんっ……」

明日香の肉体が悦んでいるのがわかる。指先を曲げ、ざらついた箇所をぐにぐにと押し込むと、明日香の腰が浮き上がった。

「ここも好きでしょ？」

「ひぅ、あぅううっ！」

誠司の言葉に応えるように、明日香の内壁がきゅうっと締まった。身体が正直すぎて、つい虐《いじ》めたくなってしまう。

誠司は口元に仄暗い笑みを浮かべながら、何度もその部分を擦《こす》っていく。

「は、ああ、あっ、あん、ああ……！」

明日香は髪を振り乱しながら、身体をしならせて悶えた。身体の内側で渦巻き続ける熱に耐えられなくなったのか、膝立ちをしている内ももがふるふると痙攣《けいれん》を始めている。誠司はその身体を抱き寄せながら優しく囁いた。

「イキそうになったらちゃんと言うんだよ」

耳朶《じだ》を甘噛みしつつも、まだ絶頂は与えない。明日香はこくこくとうなずくも、身体の疼《うず》きはますます高まるばかりらしい。

縋《すが》るように肩に爪が立てられるが、その痛みさえむしろ甘美にすら思えた。

きつく狭窄《きょうさく》する隘路《あいろ》を掻き分け、誠司は指を増やした。差し込んだ二本の指の腹で、粒肉の裏側を擦《こす》り上げる。

「は、あ、あ、ああ、んんんんっ!!」

明日香は甲高い悲鳴を上げ、背を仰け反らせた。快楽から逃れようとするかのように身体を捻《ひね》るが、誠司はそれを許さない。逃げを打つ腰を押さえつけ、執拗にそこばかり攻め立てる。

「誠司、くん、も、だめぇ……いっちゃ、うっ……」

明日香は涙を滲《にじ》ませ、はくはくと酸素を求めながら懇願するように誠司を見つめた。

「いいよ……明日香」

誠司は短く告げたあとに、さらに強く内壁を押し込んだ。同時に親指で敏感になった肉芽を押し潰すように刺激すれば、明日香は息を詰めて達する。

「っ、〜〜〜ッ!!」

全身を大きく戦慄《わなな》かせ、明日香は喉の奥から声にならない喘ぎを発したのち脱力した。秘部からどぷりと蜜があふれ出す。ゆっくりと指を引き抜いてやると、とろとろと透明な液体が流れ出て、内ももを伝っていく。

明日香は絶頂の余韻に浸るように、浅い呼吸を繰り返している。

焦点の定まらない目で虚空を見つめる明日香の額にキスを落とし、手早く自身に被膜を纏《まと》わせて彼女の身体を自身に跨《またが》らせた。

「自分で挿《い》れてみて」

その言葉に、明日香は小さく震えた。戸惑いを隠せない様子ではあるものの、張りつめた怒張に視線を落としてこくりと喉を鳴らした。理性はすでに失われつつあるのだろう。

おずおずと手を伸ばし、明日香は自分の中心へ宛てがっていく。自らの指先で秘所を割り開き、ゆっくり、少しずつ、腰を沈めていった。

「はぁ、あ……ん」

「っ、く……」

明日香の身体が沈み込むたびに、やわらかで温かい媚肉に包まれていく。とろとろに蕩《とろ》けた襞で包み込まれる感触は、すぐにでも吐精してしまいそうなほど心地よかった。

やがて明日香の下腹部と誠司の脚の付け根が密着し、すべてが呑み込まれたのだとわかった。

「ん、ふぁ、はいっ、たぁ……」

明日香は目を潤ませながら熱い吐息を漏らす。内ももを震わせながら快感に酔っている様はひどく扇情的だ。

誠司はそのまま労わるように明日香の身体を抱き寄せた。お互いの肌が密着し、体温が混ざり合う。明日香は応えるように誠司の背中に腕を回した。

「ん……」

明日香の髪を優しく撫でながら、誠司は下から軽く突き上げた。

「やぁん！　それ、だめぇ……」

ふい打ちのような刺激に、明日香はびくりと身体を跳ねさせる。

ただそれだけの動作だったが、うねりの強い肉奥に、鋒《ほこさき》が吸い付かれるような感覚を覚え、ぞくぞくと肌が粟立った。

「動いて……明日香」

促すように呟けば、彼女は躊躇《ためら》いがちに身体を揺らし始めた。はじめはぎこちなく前後に身体を揺すり、次第に上下に動くようになる。

拙《つたな》い動作だが懸命な様子がいじらしくもあり愛しいと思う反面、もっと乱れさせたいとも思ってしまう。

「あ、んん、ん……は、ぁ……ん……」

明日香は艶《あで》やかな表情で、淫らに腰を振り続けている。ぐちゅ、ぬちゃ、という卑猥な水音が響き渡るたび、繋がった場所からは粘着質な蜜液がこぼれ落ちていく。

誠司は身体を起こし、明日香の膝裏に手をかけた。そのまま持ち上げれば結合部が丸見えになり、繋がっている部分がよく見えるようになる。

明日香の顔は一瞬で朱に染まった。

「や、やだぁ、恥ずかしいっ……」

「ほら、見て。俺のを美味そうに咥《くわ》え込んでる」

明日香に見せつけるように腰を揺らせば、隧道《ずいどう》はきゅうっと締まりより一層窮屈になる。

「や、言わないで、言っちゃやだ……！」

「何で？　明日香だって興奮してるんでしょ？」

耳元で囁いてやればビクビクと内ももが痙攣《けいれん》するのを感じ取れる。その様子に誠司は思わずほくそ笑んだ。

そのまま明日香の腰を掴むと、下から思い切り突き上げてやる。

「あっ、んんんっ!!」

ひときわ甲高い声が上がると同時に、花壁が痙攣《けいれん》するように蠕動《ぜんどう》を繰り返す。最奥を小突いていることもあり、雄槍全体を搾り取られるような強い締め付けを感じた。

そのまま何度も揺さぶれば、明日香は髪を振り乱して悶える。繋がった部分が焼け付くようで、お互いに言葉を交わす余裕もなかった。ただひたすらに明日香の身体を求め、貪《むさぼ》ることしか考えられない。

身体の芯が熱くなる感覚が堪《たま》らなかった。

明日香を——穢《けが》し尽くしたい。

歪んだ衝動のままに腰を突き上げれば、明日香は背中を弓なりに仰け反らせて善《よ》がり狂う。

「あっ、あっ、だめぇ！　イッちゃ、～～～ッ!!」

明日香が甲高い悲鳴を上げて絶頂を迎えた瞬間、秘部が強く収縮し、精液を搾り取るようにうねりを伴って誠司を襲う。

「っ……」

一度、口淫によって吐精を迎えていたからか、誠司はこみ上げてくる射精感をなんとかやり過ごした。

頂点を極めた明日香がぐったりと脱力し体重をかけてくる。誠司はその身体を支えてベッドに横たえさせると、最奥めがけて一気に貫いた。

「はあぁぁっ……！」

「ごめん、もう少し付き合って」

許容範囲以上の快楽を押し付けられた明日香はぱたぱたと涙を落としながら、いやいやとかぶりを振る。髪がシーツに打ち付けられる乾いた音がする。

それでも、彼女の蜜窟は誠司をぎゅうぎゅうと締め付けて離さない。誠司はますます興奮した。

彼女の身体を抱き締め、唇を奪う。舌を差し入れれば、明日香も必死に応えてくれた。

明日香が誠司の首に腕を回し、脚を腰に絡めてくる。全身で求められる喜びに、誠司は溺れていった。

「好き、好きだ、明日香っ……！　君のことが好きなんだ……っ、く、初めて会ったときからずっと、俺は、明日香だけを見てたっ……！」

誠司は熱に浮かされたようにそう呟きながら、夢中で腰を打ち付けた。

「はぁ、ん、せいじくん、あついっ……！」

明日香の口から熱い息が漏れた。汗で濡れた真っ白なふくらみがふるふると揺れる。まるで何かに誘われるかのように、誠司はそこへ吸い付いた。

「はぁ、ああっ、あんっ、やぁ、吸わないでぇ……」

明日香は切なげに身をよじらせた。嫌だと言いつつも、明日香は身体を密着させてくる。

そのまま尖った芯をしゃぶりながら律動を続けていると、もっと欲しいというように自ら腰を動かし始める。

「やっやだぁっ、あっ、んんん、腰勝手に動いちゃう、だめなのにぃ……」

淫らに腰を揺らす姿に、誠司の劣情は高まるばかりだった。

「明日香っ……中がすごい動いてるっ……」

誠司は身体を起こし、結合部を眺めた。抜き差しされる自分のモノが見える。明日香の中は誠司の欲望の塊に絡みつき、視覚的にも煽られ、充血した肉棒がさらに硬度を増した。

「やだっ、また、またぁっ……ああっ、きもちいいの来ちゃう……！」

明日香は泣きじゃくりながらも、誠司の律動に合わせて自らも腰を揺らめかせていく。もう限界が近いようだ。

誠司は明日香の腰を掴んで引き寄せると、最奥めがけて勢いよく叩きつけた。

「ひぅうっ、――――ッ!!」

明日香は背を仰け反らせ、悲鳴じみた嬌声を上げた。その瞬間、秘部が強く収縮し、精液を搾り取るようにうねりを伴って誠司を襲いくる。

「ぐっ……！」

まるで引き絞られるような強烈な快感に射精感を堪《こら》えきれず、誠司は二、三度腰を叩きつけるようにして、明日香の最奥に被膜越しの欲望を吐き出した。

＊＊……★……＊＊

ずんと重いまぶたを開くと、カーテンの隙間から光が差し込んでおり、夜明けを迎えたことを知る。

明日香は見慣れない部屋で眠っていたことに戸惑いを覚えつつ、横になったまま半身だけを動かして天井を眺めてみるものの、身体は気怠《けだる》いが痛みはまったくなかった。

シーツが直接肌に触れる感覚に、ふと胸元に視線を向ければ、デコルテラインに赤い鬱血痕《キスマーク》がぽつぽつと残されていた。

——あ……わたし……

昨晩、自ら求めて身体を重ねた濃い時間が鮮明に蘇り、耳までかっと熱くなった。誠司の指先が肌の上を滑る感覚を思い出してしまい、ぞくりと身体が震える。

恐る恐る隣に視線を移すと、誠司は穏やかな表情で眠っているようだった。

長いまつげが影を作っていて、端正な寝顔を彩っている。普段は大人びて野性的な雰囲気もあるのに、寝顔はどこか幼くて可愛らしい印象を受けてしまう。

——エッチのときはあんなに激しいのに、こんなに綺麗で可愛いなんて反則だよ……

明日香の胸の奥に潜む母性のようなものが思いっきりくすぐられてしまう。愛しさがこみ上げてきて、自然と口角が上がっていく。

明日香はそろりと手を伸ばして、誠司の鼻筋をなぞる。そのまま誠司の前髪を掻き上げると、誠司は少し身じろぎをし、ゆっくりとまぶたを開いた。まだ意識が覚醒していないのか、どこかぼんやりとした様子でこちらを見つめている。

「おはよう……ございます……」

なんと言っていいかわからないまま、ひとまず挨拶を口にすると、誠司はふわりと微笑んだ。

頬に伸ばされたてのひらの温かさがひどく心地よい。その手がゆっくりと明日香の頭に労わるように伸ばされたので、明日香は小さくうなずいて声を返した。

「おはよ……身体、大丈夫？」

「ん……ちょっと、違和感があるくらいで」

「……ごめん、優しくできなかった」

「そんなこと」

「もっとゆっくりしてあげたかったのに」

「でも、私から……して、って言ったから……」

昨夜の交流会での出来事は、もしかしたら悪い夢だったのではないかと思ってしまうほどに穏やかな時間が流れていく。

誠司は腕を伸ばし、シーツの衣擦れの音とともにゆるりと明日香を抱き締めた。背中に回された大きなてのひらの感覚に安心してしまう。

その手でゆっくりと髪を梳《す》いてくれていて、その優しさに触れるたび、昨夜起こったことがすべて現実なのだと思い知らされてしまう。

「俺さ……今すっごい幸せなんだけど」

ぽつり、呟くようにこぼされたのは誠司の本音だろうか。それなら嬉しいと思う反面、誠司の言葉に甘えてばかりではいけないとも思う。

――私の存在が……誠司くんにとって、マイナスになるかもしれないのに。

きっと彰吾は、明日香を手元に取り戻すためならば、手段を選ばないだろう。

何せ、自分の欲のために兄から引き継いだ麦沢住建を倒産させ、明日香の養育まで投げ出し、それでもなお謝罪の言葉一つ口にせず何事もなかったかのように接することができる神経をもつ人物だ。明日香が誠司のそばにいることで、誠司の将来に暗い影を落とすのではないかと思ってしまう。

たとえば、誠司が昨日興味深く耳を傾けていたデラント社との取引に関わる何かを邪魔してきたり、はたまた青埜の経済力をもってして、星雲国際ロジスティクスや白銀ロジサービス、ひいては経営母体である神楽興産に――何かしらの圧力をかけてきたりするのではないか。

誠司の幸せを願うのならば、このまま一緒にいるべきではないのだ。

「……私、は……」

明日香は口ごもりながら、誠司の胸に顔を埋めた。誠司の心臓の鼓動が伝わってくる。どくん、どくんと一定のリズムで刻まれるそれは、とても力強く感じられて、ひどく心地よい。

明日香は大きく息を吐くと、目を閉じて誠司のぬくもりを感じながら言葉を探す。

彼の人生に、自分の存在という異分子が混ざることは、果たして本当に正しいのだろうか。

誠司は明日香の髪を撫でながら、言葉の続きを静かに待っている。

――誠司くんのことが……好き……

自分の気持ちを確かめるように、明日香は誠司の背に腕を回した。

この手をずっと離したくない。この人を誰にも渡したくはない――誰かのことをこんなにも強くそう思うのは、明日香にとって初めてのことだった。

こんなにも愛しいのに、どうして離れなければいけないのだろう。

できることなら、ずっと側に、命が尽きるまで一緒にいたいとも思ってしまう。

眦《まなじり》に熱い雫《しずく》が浮かぶ。目尻からこぼれた一筋の雫《しずく》は、こめかみを伝って真っ白なシーツへと吸い込まれていった。

誠司は何も言わずに、ただ明日香を優しく抱き寄せる。

「……ごめん、なさい。誠司くんが嫌とかじゃない。むしろ、好き……大好き」

「っ……！」

誠司は明日香の言葉に動揺したように息を詰めた。明日香は誠司の肩に額を押し付けるようにして、涙を堪《こら》えた。

――本当は……わかっていたはずなのに。

誠司は強引で、それでいてどこまでも優しい人だから、明日香を突き放したりはできないことを。

彼が好きだ。それに甘えてしまったのは、自分の弱さだ。けれど、誠司の未来を考えるのであれば、やはり自分は身を引くべきなのだ。

「だからっ、……だからこそ、私が……私が、誠司くんの邪魔になっちゃいけないの……」

ひくりと喉を鳴らしながら明日香は必死に言葉を紡いだ。それでも、これ以上はもう言葉にできなかった。

「……どういうこと？　何が言いたいの？」

誠司の声がわずかに低くなる。明日香は唇を噛んで額を誠司の胸に強く押し付け、顔を隠す。

「俺は、明日香と一緒にいられることが一番の望みだよ。明日香がいなかったら、今の俺はいない。明日香がいなきゃダメなんだ」

誠司は明日香の肩を掴み、身体を離すと、明日香の瞳をまっすぐに見据えた。眩《まばゆ》いほどにまっすぐで真摯な態度に、明日香は思わずたじろいでしまう。

誠司のことは本当に好きなのに――彼を想えばこそ、自分は身を引くべきだと思っているのに。

「あの日、君に出会って、俺は人生が変わったんだ。明日香が声をかけてくれたから、内気で人と接するのが苦手だった俺が、自分の殻を破って一歩を踏み出せるようになった。だから、今度は俺が君の人生を変えたい」

彼の言葉は、どこまでもまっすぐで誠実で嘘がないから、余計に明日香の決意を揺るがせる。

誠司は再び手を伸ばした。指先が頬に触れて、そのまま包み込まれるように撫でられる。その手がかすかに震えているように見えるのは、気のせいだろうか。

「……ごめ、んなさ……っ、私っ……社長の、秘書……辞め、ます……」

誠司の人生を狂わせてしまうくらいなら、自分一人が我慢をすればいい。

明日香は誠司の手に自分の手を重ねて、嗚咽《おえつ》混じりに言葉を発した。誠司の表情がみるみる悲痛の色に染まっていく。

「絶対に……認めない」

「ど、してっ……！」

誠司の低い声と頑なな姿勢を崩さない言葉に、明日香は思わず声を荒らげてしまう。ゆらゆらと視界が揺れ動く。

「私がっ……私の存在が、誠司くんの足枷《あしかせ》になってしまうかもしれないんだよ⁉　好きだからこそっ……愛してるからこそっ、それだけは嫌なの……‼」

この先の未来を思うのならば、自分のことは諦めてほしい——明日香は心のままに叫んだ。

「違う！　あの頃の明日香がいたから今の俺がいるんだ。明日香が俺に自信をつけてくれて、生き方を変えてくれた……明日香じゃなきゃダメなんだ」

射抜くような誠司のまなざしも、語気も、気迫さえも強いままだ。彼は本気で言っているのだとわかるから、なおさら辛かった。

明日香は泣き崩れてしまいそうになるのを堪《こら》え、誠司の胸板を押した。誠司は一瞬だけ怯《ひる》むも、すぐに明日香の身体を抱き寄せる。

「頼むから。一生、明日香を守るから。愛してる。明日香がいなくなったら……俺はどうやって生きていけばいいかわからない……」

誠司は明日香の髪を手で梳《す》きながら、切なげに囁いた。

ああ——そんな風に言われたら、どうしたらいいかわからなくなってしまう。

「……お願い、明日香。俺のこと、信じてくれないか」

耳元で聞こえてくるその声は、甘く掠《かす》れていて、懇願するような響きを宿していた。

「彰吾さんのこと……俺がなんとかするから。明日香は、自分の気持ちだけを考えてほしい。お願いだ……」

どうして誠司はここまで言ってくれるのだろう。彼ならば、もっと素敵な人を見つけられるはずなのに。

それでも、彼が自分を求めてくれることが嬉しくて、心の底からの喜びを覚えている自分がいる。

明日香は自分の浅ましさに嫌悪感を抱くも、誠司の手を振り払うことはできなかった。

——今、だけは……

どんな形でもいいから彼と繋がっていたいと願うのは、わがままだろうか。

いつか別れが来るとしても、それまでの間だけでもいいから——今だけは、彼の隣にいたい。

「信じて……いい、の……？」

明日香は震える声で問いかけると、誠司は小さく吐息を落とし、明日香の身体を抱き締めた。

「もちろん。絶対幸せにするよ。約束する。明日香が望む限り、いつまでも一緒にいる」

誠司は明日香の身体を離し、涙をこぼし続ける明日香のまぶたにそっと口づけを落とした。

第六章　未来を掴むために

社長室に繋がる廊下の窓から差し込む晩夏の光はどこか秋めいていて、明日香は思わず目を細めた。窓の外に広がる青空を見つめ、一つ息をつくと、真横を歩いている吉沢が明るくも落ち着いた声色で言葉を紡ぐ。

「ここでまた会えるとはね。久しぶり、麦沢さん」

「はい……ご無沙汰しております」

目尻のしわを深くして微笑む吉沢の表情に、明日香は懐かしさとも違う感覚を覚えながらも頭を軽く下げる。

あの春の日に名刺をもらったときは、二度と関わることはないだろうと思っていたのに、こんなところで巡り会うことになるとは想像すらしていなかった。

「あれからも変わりなくてよかったよ。神楽興産のグループ企業に勤めていたんだね。僕も、昔縁があった人間として安心したよ」

「あ、はい……その節はお心遣いいただきありがとうございました。おかげさまでなんとかやっております」

「そうかい。本当によかった。天国のお父さんもお母さんも、安心しているだろうね」

「……はい。ありがとうございます……」

穏やかな笑みを浮かべて語る吉沢の言葉に、明日香は頭を下げた。自らの知らないところでずっと気にかけてくれていた親類以外の存在は、やはりありがたいものだった。

コンコンと社長室のドアをノックすると、中から「はい」という返事があった。

「社長、日夏銀行の吉沢さまです。お通ししてもよろしいでしょうか」

「うん。入ってもらって」

「かしこまりました」

室内から聞こえる誠司の声に答え、ドアを開くと、誠司はスーツのサイドポケットから名刺を取り出しながらデスクから立ち上がるところだった。先週まではまた違うグレー系のビジネススーツを着こなす彼の姿に、今日は何度となく目を奪われている。

融資に関する商談に備えた装いのせいか、いつにも増して知的な雰囲気を漂わせており、今日は特にネクタイの結び目が美しい。

「初めまして。日夏銀行の頭取をしております、吉沢です」

「初めまして。星雲国際ロジスティクスの代表を務めております、滝嶋誠司と申します。本日はよろしくお願いいたします」

二人が名刺交換をしながら頭を下げ合う中、明日香は淡々とデスクの左側に設置されたサイドボードでコーヒーを淹れていく。あらかじめ準備していたカップにフィルターをセットし、ケトルの湯を注ぐ。ふわりと漂う、しっとりとした芳醇な香りが鼻腔をくすぐっていった。

誠司は上場銀行の頭取を目の前にしても終始落ち着いた様子で、財閥系企業の常務も兼任している貫禄を感じさせる。

「どうぞおかけください」

「ありがとうございます」

誠司と吉沢がソファに腰掛けるのを確認し、明日香は二人の前にカップを置いて、一礼して社長室を退出する。

扉が閉まると同時に、明日香はふうっと長いため息を吐いた。

――まだ、来客対応は緊張しちゃうな……

社長秘書の辞令を受けて約二ヵ月が経ち、ずいぶんと慣れてきたと思う。けれど、社長室での立ち居振る舞いはまだぎこちない部分が多い。

今日だって、顔見知りの来客だというのに、約束の時間前からかなり緊張してしまっていた。秘書というのは上司の頭脳であり手足である、明日香は常々そう思っているので、秘書業務は常に気を張っている。そのため、こうして一通りの業務を終えるとどっと疲労感が襲ってくるのだ。

――まだまだだなぁ……

九州での視察交流会から一ヵ月が過ぎ、明日香は晴れて誠司と恋人同士となった。とはいえ、明日香はこれまで通り仕事中にプライベートを持ち出すようなことはしていない。

誠司も誠司で、やはり最初の宣言通りに公私をきっちり分けるつもりでいるらしく、明日香との関係が公にならないよう仕事中は一線を引いた距離感を保っているので、二人の関係は周囲に秘密にしたままだ。

誠司は明日香をあくまで仕事上のパートナーとして扱うので、明日香もそれに倣《なら》わざるを得ない。仕事中は恋人らしい会話をすることはもちろんなく、二人きりになる機会もほとんどないままだった。

ただ、業務中の誠司の視線が以前と変わったことには気付いている。以前は、誠司が明日香に対して特別な感情を抱いていることを悟られないように、仕事以外の話は極力避けていたのだが、最近はむしろ、誠司が明日香に恋慕していることをアピールするような行動を取るようになった。

たとえば、明日香を昼食に誘う。あるいは、取引先との打ち合わせに同伴させる。

そして、夜遅くなった際には必ず自宅マンション前まで送る等、それはまるで誠司の気持ちを知らない第三者が、誠司の独占欲に気付くように仕向けているかのようだ。誠司が明日香に好意を寄せていることを周囲に知らしめるためではないかと勘繰ってしまう。

ただ、明日香も秘書という立場上、表立って誠司と過ごす時間を作るわけにもいかないので、結局は業務外で誠司と会うのはせいぜい週に一度、会社にほど近い場所で待ち合わせて一緒に誠司の自宅に帰り、夕食をともにする程度だった。

何しろ誠司は忙しい。今は交流会で縁のあったデラント社との共同事業に向けて、星雲国際ロジスティクスの親会社である神楽興産グループへの根回しをしている最中で、それ以外にもやらなければならない仕事が山積みなのだ。

明日香がフロアに戻り、自分のデスクに座って背筋を伸ばすと、目の前の席の糸川と視線が絡み合う。

「今朝社長に渡した会計資料、大丈夫そうだった？　そんなに重要な書類だと思ってなくて、作るの後回しにしちゃったけど……」

　そうっと、居心地悪そうに背中を丸めた糸川の問いかけに、明日香は思わず苦笑いを浮かべた。いくら前身となる部署があったとはいえ、この会社は発足して間もない会社のため、業務の進め方も社内体制も手探り状態。全員が自分の仕事で手いっぱいで四苦八苦しているので、糸川もつい依頼書類を後回しにしてしまったのだろうと推測している。

「はい。社長も確認していらっしゃいましたし、内容に問題はないと思います」

「よかった～！　ＡＢＬに関する資料だし、ちょっと不安だったんだよね」

　糸川は明日香の返答に、オリーブ色の瞳をやわらかく緩ませた。

　ＡＢＬ――在庫や売掛金といった流動資産を担保にした資金調達で、業務上立替金、ひいては売掛金が多く発生する通関業を主軸とするこの会社には有効な資金確保方法になるらしい。その資金をもってデラント社が開発したマテハン設備を多く取り入れ、輸出入に特化した物流センターを白銀ロジサービスの別館として建築し、スムーズな通関システムを構築していく……というのが、誠司の構想なのだそうだ。

　最新鋭のシステムを取り入れた物流倉庫は、国土交通省が実施している物流総合効率化法の認定を受ければ法人税や固定資産税の減免にも繋がるらしく、融資による資金調達で新しい倉庫を建設するのはメリットの方が大きいらしい。明日香も風呂上がりの誠司から説明を受けたときには、なるほどと思ったものだ。

「今日の日夏銀行さんとの商談がまとまれば、神楽興産の方でのプレゼンのための資料作成を依頼されるかと思います。また糸川さんにご協力いただけたら助かります」

「もちろんだよ。私にできることなら、何でも言ってね」

にっこりと微笑む糸川に、明日香もつられて表情を和《やわ》らげると、明日香と森のデスクの間に設置してあるタブレットのディスプレイが明るくなる。手を伸ばしてタブレットを手に取ると、受付に来訪客が来ているようだった。

星雲国際ロジスティクスでは創業当初より受付を半自動化にしており、正面玄関の受付カウンターに設置している端末を来訪者に操作してもらうことで、総務担当の明日香や森が随時対応をする流れとなっている。社員が少ないため、どの業務もなるべく効率化を進めようという誠司の配慮だったらしい。

画面に視線を落とすと、誠司宛てのアポイントのない来客だったようだ。この会社は新興企業ではあるものの経営母体が滝嶋財閥なので、こうしたアポなしの飛び込みで訪問者が来ることも珍しいことではない。

今、誠司は社長室で吉沢との商談中なので、一旦応接室に通すべきだろうと判断した明日香は席を立ち、フロアの社員に呼びかける。

「すみませ～ん！　社長宛てのアポなし来客があったので、応接室を使いたいのですが、みなさんこのあとの来客等大丈夫でしょうか？」

明日香が声をかけると、社員たちは一斉に明日香の方を振り返って口を開く。

「あ、はい。大丈夫です！」

「俺は大丈夫」

「私も予定なし～」

電話中の社員たちもこちらを向いて手で丸印を送ってくる。

「ありがとうございます。じゃあ対応してきます」

明日香はほっと安堵の笑みをこぼし、タブレットから誠司の社用スマートフォン宛てに来客があった旨、そして応接室に通しておく旨をショートメールで送信し、タブレット端末を元の位置に戻した。

「麦沢さん、よろしくね。行ってらっしゃい」

ひらひらと手を振る森に軽く頭を下げてから、明日香は来客用の入館証を片手に正面玄関へと急いだ。大理石調のタイルが敷き詰められたエントランスに繋がる木目調の扉を開く。

青々とした観葉植物の鉢の横に設置している、来客者用のソファ――そこには、見覚えのある人物が優雅に腰掛けていた。

「やぁ、明日香だったか。変わりないかね？」

一見すると柔和な面持ちに見えるが、その視線はまるで射抜くかのように鋭く、明日香を見据えている。

ストライプの入った黒いジャケットに、濃いグリーンのネクタイをした彰吾が、明日香に向かって軽く右手を挙げた。

明日香は一瞬息を呑み、手に持っていた入館証を落としてしまう。

「叔父、さま……」

引き攣《つ》れたような音で漏れ出た言葉に、彰吾はふんと鼻を鳴らし、小馬鹿にしたように小さく笑った。

「突然の来客程度で驚いて入館証を落とさないでほしいね。そんな様子でしっかり社長秘書が務まっているのか、甚《はなは》だ疑問だが」

嘲《あざけ》るような言葉を投げつけられ、明日香はぐっと歯噛みした。予想もしていなかった場面に、一気に心拍数が上がってしまっている。

気持ちを落ち着けるように息を吐き出しながらしゃがみこみ、明日香は床に落ちたそれを拾い上げた。

「……申し訳ございませんでした」

素直に謝る明日香をつまらなさそうに見つめながら、彰吾はゆっくりと腰を上げた。

「悪いが、私はお前に会いに来たわけではないんだ。滝嶋の小僧に用がある」

「……」

一体、誠司に何の用だというのだろう。明日香は眉根を寄せ、彰吾を睨み付けた。明日香が警戒心を露《あら》わにしていることに気が付いたのか、彰吾はわざとらしくため息を吐く。

「いいから、とにかく案内しろ」

明日香は立ち上がりながら、横目で壁に掛けられている時計をちらりと見遣《みや》る。誠司が吉沢との商談を終えるまでまだしばらく時間がありそうだ。明日香は唇を真一文字に引き結び、努めて冷静に声を返した。

「あいにく、社長は現在商談中でして、すぐにはお取り次ぎできません。応接室にてしばらくお待ちいただくことになるかと思いますが、お時間はよろしいでしょうか」

硬い声で投げかけた問いに、彰吾は顎に手を当てて思案するような仕草を見せた。

「ふむ。まぁいいだろう。だが、あまり待たせるなよ。私は忙しいのだからな。何せ都合がつかなくて今日は福岡に日帰りの予定なんだ。せいぜい早く商談を終わらせるように言ってくれ」

高圧的とも言える口調に明日香の眉間のしわがさらに深く刻まれる。明日香は内心苛立っていたが、それを悟られないように静かに頭を垂れた。

「かしこまりました。ご足労いただきまして恐縮なのですが、ひとまず応接室の方へご案内させていただきます」

彰吾に入館証を手渡した明日香は踵《きびす》を返し、扉を開いて彰吾を先導するように前を歩き始める。

「……相変わらず、愛想がないねぇ。もうちょっとこう、笑顔で出迎えてくれたまえよ」

応接室へと向かう間、背後で呟かれた叔父の言葉を耳に入れながら、明日香はぎりと奥歯を噛む。

彰吾相手に愛想なんて振りまいたところでどうなるというのだ。

――むしろ、私に愛想よく接してもらえると思っているのが不思議だわ。

明日香は湧き上がる怒りを必死に抑え込み、無表情のまま歩を進め、受付スペースからすぐの応接室の扉を開く。

「お飲み物は何にいたしますか？　コーヒー、紅茶、緑茶、オレンジジュースなど各種用意しております。お好みのものをお選びください」

「緑茶で頼む」

「承知しました。少々お待ちくださいませ」

扉の前で一礼してから、応接室の中央に置かれたテーブルを挟んで向かい側のソファに座った叔父に背を向けると、そのまま給湯スペースへと向かった。

明日香はカットソーの胸元を押さえ、大きく深呼吸する。心臓がまだどくどくと脈打っていた。

――悪いことが……起こりそうな気がする……

明日香を手元に引き戻すためにはどんな手段さえも厭《いと》わないのだろうとは想像していたけれど、まさか会社に乗り込んでくるとまでは思ってもいなかった。

――何をするつもりなんだろう、叔父さま……

彰吾が誠司と顔を合わせたとき、一体どういう行動に出るのか、まったく予想ができない。明日香は動揺を鎮めるように、再び深く息を吐いてから、ポットのお湯でお茶の準備を始めた。

彰吾がこの会社に訪ねてきた理由をあれこれ考えつつお茶を淹れ終えると、湯呑を載せたお盆を両手に持ち、応接室の扉の前に立つ。

「失礼します。お待たせして申し訳ありません」

明日香は応接室の扉を開いたまま、お辞儀をして湯呑をテーブルの上に置いた。そのまま退出しようと足を動かしたが、次の瞬間、ふいに腕を掴まれ、強引にその場に縫い止められる。

驚いて振り返れば、彰吾が明日香の腕を掴んだまま不機嫌そうに顔を顰《しか》めた。

「お前が滝嶋の小僧と婚約していると言った話。あれはあの小僧の嘘だったんだな」

「え……」

「経営層を見くびるなよ。ちょっと調べればすぐにわかった。財閥の倅の婚約話ならもっと大々的に噂になって然るべきだからおかしいと思っていたんだよ。あれが出まかせなら何の問題もないな、予定通りお前と青埜の倅を結婚させる」

「……！」

明日香は反射的に手を振り払おうとするも、彰吾の力が強くびくりともしない。

彰吾の瞳は険しく、獲物を狙う蛇のように鋭いまなざしをしていた。身体が震え、視界が滲《にじ》んでいく。

「お前は私の言うことを聞いていればそれでいいんだ。今までだってずっとそうしてきたろう？何だ、それともあの小僧に何か弱みでも握られているのか」

「いやっ……！」

明日香が思わず悲鳴じみた叫びを上げた瞬間、開きっぱなしの応接室の扉の外から物音が聞こえた。

明日香と彰吾の視線がそちらに向けられた刹那、グレーのスーツを身に纏《まと》う誠司が姿を現した。

誠司の姿が自らの視界に入ると同時に、明日香は全身から力が抜けていくのを感じた。

「お取り込み中のところ大変申し訳ないのですが、うちの秘書に何かご用ですか」

誠司はひどく穏やかな笑みを浮かべながら、彰吾に問いかけた。その声音には有無を言わせない威圧感が込められており、彰吾の顔色がさっと変わる。

時計に視線を向けると、吉沢との商談終了の予定時間きっかりだったので、少し早めに商談が終わったのだろう。

「これはこれは、滝嶋さん。久しぶりですな」

誠司の姿を目にした彰吾はぱっと手を離し、先ほどまでの険しい表情を一転させ、柔和な笑みを浮かべた。

だが、誠司はそんな叔父に冷ややかな一睨みを浴びせかける。

「こちらこそお会いできて光栄ですよ。ところで、我が社の大切な秘書に、一体何をなさっておいでだったのでしょう。よろしかったら教えていただけませんかね」

相変わらず、誠司はにこにこと微笑んでいるが、それが作り笑いであることは誰の目にも明らかだった。

「いえ、何も。ただ、姪と少し世間話をしていただけです。な、明日香」

「……」

不本意な同意を求められても首を振ることもできず、明日香は俯《うつむ》いたまま黙り込んでしまう。誠司は一瞬怪しげに目を細めるも、明日香の態度から察するものがあったらしく、小さく息を吐き出しテーブルを挟んだ彰吾の正面に腰を下ろした。

「まぁ、そういうことにしておきましょう。さて……申し訳ないですが、ここからは録音させていただいてよろしいでしょうか。先ほどのようなことがあってもお互い困りますでしょう」

誠司が内ポケットからスマートフォンを取り出し、ディスプレイにボイスメモアプリを起動しながら訊ねると、彰吾はわずかに眉根を寄せたものの、ちらとそれに視線を落とし鷹揚にうなずいた。

「構いませんよ。お互いに会社の信用を貶《おとし》めるようなことは避けたいですからね」

二人の会話を聞きながらも、明日香は自分の手がかすかに震えていることに気が付いた。

自分の感情がコントロールできていない今の状態では、彰吾をまともに相手できる自信がない。

誠司が来てくれたことでなんとか平静を取り戻すことができたものの、もし今も一人きりだったらどうなっていたかわからない。

明日香の心情に気付いているであろう誠司が、おいで、と言わんばかりにそっと目配せをする。

一度ギュッと目を瞑《つむ》った明日香は、意を決して深呼吸をし、誠司の隣に腰を落ち着けた。

「ありがとうございます。では早速なのですが、本日はどのようなご用件でいらっしゃいましたか。事前にご連絡をいただいておりましたら、こちらもスケジュールの調整ができたのですが」

口調こそ穏やかだが、そこにはどこか突き放すような響きがあった。誠司は目の前の彰吾を見据えたまま、膝の上で腕を組んだ。

「単刀直入に言いますと、姪を御社から退職させていただきたいんですよ。あなたとの婚約の話、あれは嘘だったのでしょう」

彰吾の言葉に対し、誠司の返答はあくまで余裕のあるものだった。

「婚約話が嘘だとしたら、一体何の問題があるというのでしょうか」

誠司の問いに、彰吾はふふんと鼻を鳴らした。

「問題大ありですよ。たった数年、短い間でしたが、それでも明日香は私が娘同然に育ててきました。それなのに、私が逮捕されたせいで明日香を一文無しにしてしまい、あげくに人生を狂わせてしまった。せめて資産家に嫁がせて幸せにしたいと考えています」

自分の身勝手な思い込みを押し通そうとする彰吾に、明日香は唇を噛み締めた。叔父は昔から自分のことしか考えていない、自己中心的な性格をしていた。

現に、明日香の養育は使用人任せだったし、『娘同然に思っている』など嘘っぱちもいいところだ。

「それは明日香の気持ちを無視しているということと同義ではありませんか。本人が望まない結婚を押し付けるというのは親としていかがなものかと存じますが」

明日香は隣に座る誠司の横顔に目を向ける。誠司の表情からは何の感情も読み取れない。けれど、その声には静かな怒りが込められていた。

彰吾の眉間にくっきりとしわが寄る。

「先日も申し上げましたが、私は明日香の後見人です。私の娘なのだから、明日香の将来を決める権利は私のものですよ」

彰吾は口元に薄い笑みを浮かべながらわずかに目を細めた。

「もちろん、戦前や昭和の時代のように年齢が大きく離れた人間に若い明日香を嫁がせるようなことはしませんよ。私が目星をつけている婚約者候補は明日香も顔見知りの青年ですから」

明日香は膝の上で汗ばんだ両手を握り締める。

彰吾の言っている『青年』は、やはり蓮のことなのだろう。明日香は強張《こわば》る身体を必死に動かして、誠司の顔色を窺うように横目で盗み見る。

誠司はいつも通りの穏やかな表情でいるように見えたものの、よく見るとほんのわずかだが眉間がぴくりと動いた気がした。

彰吾はそんな誠司の様子を気にする素振りも見せないまま、言葉を続けた。

「彼の家は、明日香も知っている通り名家です。姪を嫁がせるには相応《ふさわ》しい家柄で格式がある。あの家でなら幸せな家庭を築けるはずです。だから明日香を退職させてくれと言っているんです。これは、彼女のためでもあるのですよ。明日香だって、彼と結婚した方が幸せになれるはずだ。そうでしょう？」

彰吾は、まるで自分に酔っているかのように話し続けた。

明日香のことなど微塵も心配していない、自分の利益だけを考えているのがわかる。彰吾は、自分に都合の悪いことは何も話そうとしないのだ。明日香は呼吸が上手くできず、胸元を押さえてしまう。

彼は、これまでずっと明日香のことを放置してきた。中学、高校、大学への入学や、成人したときも、まったく音沙汰はなかった。

それなのに、今になって急に保護者面をして、明日香の人生に介入しようとしている。こんな叔父でも血を分けた家族だからこそ今まで我慢してきたというのに、自分はこれから一生この男のために生きて行かなければならないのか――そう思うと胃の腑から何かがこみ上げてくるような錯覚を覚えた。

　誠司は咳払いをすると、落ち着いた声で言葉を続けていく。

「彰吾さんのご意向はわかりました。ただ、その前に――あなたは明日香に謝罪をするべきだと思います。違いますか？」

　誠司の声音が変わったことに気が付いて視線を上げると、いつの間にか誠司の目から鋭い光が放たれていた。

　温厚なはずの彼がこんなにも怒気を露《あら》わにしているのを見たことがない。

　一方の彰吾は、一瞬怯《ひる》んだように顎を引いたものの、すぐに調子を取り戻したようだった。

「謝罪？　はて……何のことですかなあ」

　まるで大根役者のような白々しい言葉を返す彰吾に、誠司は語気を強めた。

「とぼけないでください。あなたは明日香の後見人として、未成年である彼女を経済的に支援する義務があったはずです」

　誠司の言葉を最後まで聞いた彰吾はわざとらしく大きく息を吐き出した。そして、小馬鹿にしたように肩を竦《すく》めていく。

「ああ、それならばきちんと檀原家に養育費として定期的に送金をしていましたよ。女房に毎月欠かさず手続きをしてもらっているはずです」

その言葉に明日香は息を呑《の》んだ。良和や美知代からは、一切そんな話を聞いたことがなかったからだ。

それこそ、彰吾の嘘なのではなかろうか。今の言葉は、誠司の追及から逃れるための出まかせにすぎないのかもしれない。

悠々と声を返す叔父に、誠司の視線が鋭くなる。

「……そういうことを言ってるんじゃないって、あなたもわかっているんでしょう」

口調を変えず淡々と詰め寄る誠司に、彰吾は軽く首を傾げた。その仕草に、誠司はわずかばかり苛立ったように小さく息を吐き出していく。

いかにも面倒くさそうな顔をした彰吾が白髪交じりの前髪を掻き上げ、今度は嘲《あざけ》るように笑った。

「ええまあ、何のことだかわからんのですけどね。とにかく私は、ちゃんと彼女に金を送ってきておりますので」

誠司はただただ無言を貫いている。けれど、彼の瞳の奥に何か得体の知れないものが揺らめいたのを、明日香は明確に感じ取った。

彼は明日香の知らないところで、一体何を掴んだのだろう。

しらを切る彰吾をじっと見据えたまま、誠司はおもむろにスーツの内ポケットから手帳を取り出し、綺麗に折りたたんであった書類をテーブルの上に広げた。

「これは、明日香の父親……彰一さんが社長を務めていらっしゃった当時の大日本《だいにほん》データバンクの企業情報です。ここに彰一さんの個人資産が公開されていて、不動産が約三億円、流動資産が約二億円。彰一さんの遺産であるこの五億円は、どこに消えたのでしょうか。お二人同時に亡くなられたため、代襲相続に乗っ取って一人娘だった明日香が全額相続したはずですよね」

「なっ……！」

言葉を失った彰吾の小さな呟きとともに、明日香の喉から引き攣《つ》った呼吸が漏れた。

遺産の話なんて聞いたこともないし、第一、まだ未成年だった自分の財産は彰吾がすべて管理していたはず。

誠司の広げた紙には、細かい数字が並んでいる。それは、紛れもなく両親が明日香に残した莫大な資産だった。

手帳から別の資料を抜き出した誠司は、長い指先ですっとそちらを指し示したまま、畳み掛けるようにさらに言葉を続けた。

「そして、こちらは彰吾さんが麦沢住建を継承したときの大日本データバンクの資料です。この当時、彰吾さんの個人資産は一億円弱。それが……今経営されている前原カントリーヒルズの知的資産経営報告書では、彰吾さんの個人資産は約三億円にまで増加しています。不動産関係は彰吾さんではなく、麦沢家の管理でしょうが、流動資産に関してはどうなのでしょうか。彰吾さんが逮捕・起訴され、判決が確定してから十五年余りの時間が経過しているとはいえ、その期間だけでここまで資産を増やせるとは考えにくい。何せ、ご自身で会社を立ち上げられたのですから、経営に関する初期費用がかかっているはずです。ゴルフコースの建設費、ゴルフコース以外の建設費。調べると、ゴルフコースは一ホール作るのに約二億円かかるとのことでしたね」

明日香は呆然としながら誠司が広げた目の前の書類を眺め続けた。

七歳のときの葬儀の記憶は曖昧で、彰吾に引き取られて以降も目まぐるしく環境が変わり、遺産について考える知識も、そして心の余裕すらなかった。

けれど、もし本当に両親が残してくれたお金があるのだとしたら、なぜそれを彰吾は黙っていたのだろうか。

明日香は無意識のうちにスカートをぎゅっと握り締めた。

「明日香の未成年後見人であったあなたは、明日香が相続した遺産についても、もちろんしっかりとした管理をする義務があった。この金額はどこへ行ったんですか」

誠司の声音が一段と低くなる。普段穏やかな分だけ、怒りを感じるとその落差が大きく感じられた。

それでも、彰吾は誠司から指摘された事実を肯定も否定もせず、唇を噛むようにしながら、苦々しげに目を逸らすだけだった。

「……私の質問にお答えいただいても？」

「…………」

しばし沈黙が流れたあと、彰吾がゆっくりと口を開く。その表情から滲《にじ》み出る態度は、もはや開き直っているように見えた。

「さっきからあなたが何を言っているのかよくわからないんですよ。明日香のことは後見人である私が責任を持って面倒を見るという話をしていたはずですが」

彰吾の言動に眉間のしわを一層深く刻んだ誠司は、苛立ちを抑えながらも彰吾を静かに問い質していく。

「明日香が相続するはずだった遺産を、ご自身の懐に入れたのではないでしょうね、と申しております」

おそらく彰吾は本当に両親の遺産を隠し持っている。けれど、一気に自分の名義にすると横領が発覚するため、小分けにして今でも送金を繰り返して自らの懐に入れているのだと誠司は推測しているのだろう。

彰吾が逮捕され勾留されていた期間は、彰吾の妻が手続きをしていたのかもしれない。明日香の両親の葬儀から、これまでもずっと……二十年余りの間。

「あなたの個人資産が帳簿上で増えているのは、どう考えてもおかしい。そして、あなたには麦沢住建を倒産させるに至った不正会計事件を起こしているという過去がある」

険しい表情をした誠司の指摘に、彰吾は鼻で笑い、芝居がかった仕草で両手を広げた。

「……はて、何のことやら。私にはとんと身に覚えのないことでしてねえ。貴殿の勘違いでは？」

彰吾はわざとらしく首を傾げ、白々しく言い放った。今すぐにでも殴りかかりそうなほどに殺気立っている誠司に、明日香は思わず身体を震わせる。

「いい加減にしていただきたい」

なおも食い下がる彰吾の言葉をぴしゃりと断ち切る誠司の語気には、ひどく怒気が滲《にじ》み出ていた。

「あなたが明日香が相続した遺産を横領したという疑惑は警察に届け出ても問題ない案件かと拝察

します。未成年後見人の横領は単なる横領罪から業務上横領罪へと罪状が変わり、横領罪よりも厳しく罰せられます。それとも弁護士を通じて正式に明日香の相続権を主張する裁判を起こしましょうか。それに、明日香はあなたに損害賠償責任の裁判を起こすことも可能なのですよ」

誠司の怒りに気圧されたように彰吾が口をつぐむ。それでも、すぐに我に返ると、ふふんと嘲笑うように吐息を漏らした。

「脅しですかな。あなたの言葉はすべて録音されているのをお忘れですか」

「それはこちらの台詞です。明日香の件でこれ以上罪を重ねない方が賢明かと。あなたから見れば私は青二才でしょうけれども」

その口調はあくまで穏やかだった。けれど、その瞳の奥に灯った強い光は、決して怯《ひる》んでいないという意志の強さを感じさせる。

誠司の落ち着いた声音に、明日香はようやく身体の震えが止まるのを感じた。誠司が本気で怒っていることが伝わってくる。

「ご自身の利益のためだけに、明日香の人生をめちゃくちゃにするのはやめていただきたい。彼女は、私の命よりも大切な女性なのですから」

いつも明日香を大切に思い、愛してくれていることは十分すぎるくらいに伝わっている。それでも、まっすぐに放たれた誠司の真摯な言葉に、明日香は胸がきゅっと苦しくなるような感覚を覚えた。

同時に頬も熱を帯びていくのを感じながら思わず俯《うつむ》きがちになる。

どうして、こんなにも大切に想ってくれる人を信じることを怖がっていたのだろう。

一度でも離職を切り出してしまったことに対する後悔の気持ちと申し訳なさ、ここまで細かく下調べをしてくれていた感謝とが綯《な》い交《ま》ぜとなり、明日香の涙腺を大いに刺激していく。

自分の人生は自分で決める。誰にも邪魔はさせない。

自分の人生の舵を、誰かに委《ゆだ》ねたくはない。

自分の足でしっかり大地を踏みしめながら——自分の思う道を進みたい。

明日香は意を決したように顔を上げると、誠司の腕をそっと掴んだ。

「もういいよ、誠司くん。ありがとう。大丈夫だから」

誠司を安心させるように、至極落ち着いた口調で声を吐き出し、ゆっくりと微笑んだ。

彼になら、自分のすべてを委《ゆだ》ねられる。彼の手を取れば、きっと間違うことはない。

予感は確信になり、明日香の心をじんわりと包み込んでいく。

視線が絡み合った誠司は一瞬迷うように視線を泳がせたものの、やがて決意したように小さく首《しゅ》肯《こう》する。

明日香は目の前の彰吾に向き直り、正面から叔父を毅然と見据えた。

「私は、叔父さまの思う通りには生きたくありません。私は、私の意思で、誠司くんと一緒に生きていきたいと思っています。たとえどんな未来が待っていたとしても……必ず、一緒に乗り越えていきます」

幼い頃の自分は、確かに彰吾に振り回されたと言っても過言ではない。

けれど、檀原家に引き取られてからの明日香は違う。進学先も、就職先もすべて自分で決めてきた。

これからも――自分の意思で選んだ道を、自分の意志で踏み出した未来を歩いていく。

「私は、今を生きていきたい。一日一日を、未来に向かって大切に過ごしていきたい。ですから、叔父さまの罪を告発することはしません。その代わり……もうこの先、私の父や母に顔向けできないような生き方だけは、しないでください。お願いします」

心からの祈りを込めて、明日香はソファに座ったまま深く頭を下げた。

彰吾がどのような人間なのかは、短い付き合いではあるが理解しているつもりだ。彼は、自分の欲を満たすためならば手段を選ばず、他人のことなど顧《かえり》みない。

そんな叔父でも『家族』なのだ。これ以上、罪を犯させたくないと思う。それが、自分ができる唯一のことだと、明日香は結論付けた。

「明日香……」

彰吾は呆気に取られたように目を見開いて、しばらく黙したまま何も答えなかった。

誠司が明日香の手を取り、優しく握り締めてくれる。明日香もまた誠司の大きな手をぎゅっと握り返した。

誠司が隣にいるから――どんなことがあっても怖くないと思える。

やがて彰吾の口から小さな嘆息が漏れ、身体から力を抜いた気配が伝わってきた。明日香はゆっくり身体を起こし、彰吾の反応を窺い見る。

「……わかった。お前の言う通りにしよう」

苦々しい表情のまま、絞り出すように彰吾は呟いた。その言葉に、明日香はほっと安堵の息をついた。

これで、やっと叔父との決着がついたのだ。そう思った途端にどっと疲れが出て、全身から力が抜けそうになる。

ふうっという長いため息とともに、彰吾が力なく席を立った。そのまま踵《きびす》を返し、扉へ向かった彰吾はドアノブに手をかけたところで立ち止まり、こちらを振り返らずに口を開いた。

「姪を……明日香を、よろしく頼む」

周りの空間に溶け込むかのようにぼそりと呟かれた言葉に、明日香は驚きのあまり思わず目をパチパチと瞬かせた。

隣に座ったままの誠司も驚いたようで、同じように目を瞠《みは》って彰吾の背中を凝視していた。

その言葉は、これまで明日香を自分の所有物扱いしてきた彰吾からは、絶対に聞けない言葉のはずだった。

「……はい。もちろんです」

誠司は明日香の手を握り締める力を強めながら、微塵の迷いもない、力強い声音ではっきりと言葉を返した。

その言葉に、彰吾は肩越しにわずかに顔を動かし、ほんの少しだけ笑ったように見えた。

定時を一時間ほど過ぎた頃合いで仕事を終え、誠司に促されるままにオフィスを連れ出された明日香は、誠司が運転する車の助手席に座らされ、窓の外に流れる景色を眺めていた。

今日は九月最後の金曜日ということもあり、繁華街は大勢の人で賑わっているようだった。行き交う人々の喧騒が車の中にも入り込み、楽しげな話し声が車内に響き渡る。

「あの……社長、どちらへ？」

明日香は目的地を知らされていないので、恐る恐る運転席の誠司に訊ねた。誠司はハンドルを握って前を向いたまま、悪戯《いたずら》っぽく笑って肩を竦《すく》めていく。

「内緒。着いてからのお楽しみ。それに、もう仕事じゃないよ。社長呼びは禁止」

はぐらかされてしまったが、これからどこに連れて行ってくれるのか、明日香はなんとなく想像がつく気がした。もしかしたら、自分の予想は外れているかもしれないけれど。

期待半分、不安半分の気持ちを抱えながら、明日香は再び流れる街並みへと視線を移した。

車は大通りから脇道に入り、どんどん郊外へと向かっているようだ。街灯も少なくなっていく中、誠司の運転する車で約十分ほど走った頃だろうか。

ようやく車が停車した場所は、雰囲気のある洋館が聳《そび》え立っていた。ライトアップされた外観が美しく、荘厳な一軒家の様相をしている。

車を降りるとあたりはすでに薄暗くなっており、煌々《こうこう》とした明かりを放つ外灯のポールにくくりつけられたフラッグが風を受けてひらひらとたなびいていた。

玄関の前まで歩み寄ると、プレートには『MAISON DE MÉL』というフランス語が刻まれており、その下に小さく英語で『我が家のように寛《くつろ》いでください』という意味の言葉が書かれていることを視認する。

「ここ……」

流行に疎《うと》い明日香でも、このレストランの噂は耳にしたことがある。フランスの一流ホテルのシェフを務めていた日本人料理人が独立して開いたというフレンチレストランだ。

確か、フランス料理のフルコース五万円からという高級店で、予約も半年待ちという、芸能人御用達の人気店だったはずだ。

「うん。前に一度、テレビで見て気になってたんだ。だからノレーブを買収するのが経営会議で決まった四月に予約を取ったんだよね」

「………」

さらっととんでもないことを言われて、明日香は絶句してしまう。この二ヵ月でいろんなことがあって恋人関係に落ち着いたが、そうでなかったとしても誠司は明日香をどんな形であれそばに置くつもりだったらしい。

誠司のこういうところが、時々怖くなる。

仕事の面でも、プライベートの面でも、どれほど先のことを予想して『今』の行動を起こしているのだろうか。今日の彰吾との話し合いにしても、おそらく彼が会社に乗り込んでくることは事前に想定していて、その上で対応策を考え、仕事の合間を縫って資料を集めて回っていたことは容易に察することができる。

それだけのことができるのは、並大抵のことではない。明日香は改めて、誠司という人がいかに有能な人物なのかを痛感した。

「さあ、行こう」

心底嬉しそうに破顔する誠司にエスコートされながら、明日香は緊張しつつ店の入口に向かった。

正面玄関の重厚な木製の扉の前に立つドアマンが、ゆるりとこちらへ微笑みかける。

「いらっしゃいませ。滝嶋さまですね、お待ちしておりました」

ドアマンは恭《うやうや》しく頭を下げた。そのまま店内に入ると、落ち着いた色調のインテリアで統一された上品な雰囲気のホールに迎えられる。

天井から吊るされているシャンデリアがキラキラと輝きを放ち、磨き込まれた床の大理石模様が美しく浮かび上がっている。

ホール正面の広く大きな階段を上がり、回廊を歩いて右に進むと奥のドアが開かれた。そこは個室になっていて、大きな晩餐テーブルが部屋の中央に置かれている。テーブル中央には、柳で編んだ花籠にナチュラルでボリュームのあるアレンジメントが飾られていた。

白から緑にかけてのグラデーションが美しいクエキフォリアに、テトラゴナの実——そして、その周囲を覆い尽くさんばかりのローズマリーの、グリーンを主体としたテーブルアレンジメント。グレイッシュグリーンの濃淡でまとめた葉と実のコントラストがとても美しく、それはまるで誠司と出会ったあのガーデンパーティーでの懐かしい景色を彷彿とさせた。

「あ……」

誠司と再会してからの日々を思い出してしまう。どうして――こんなにも涙が出そうになるのだろう。

誠司がするりと明日香の手を離すと、明日香と誠司はウェイターに椅子を引かれて席に着いた。ウェイターが二人分のグラスに乾杯用のシャンパンを注ぎ、一礼をして部屋から退出していく。

二人きりになった室内に、ＢＧＭが静かに流れ始める。穏やかなクラシックの旋律が、二人だけの時間を演出していく。目の前に置かれたテーブルキャンドルの炎がゆらりと揺れた。

「今日は……明日香が頑張ってくれて、俺も助かった。俺がなんとかするって言ったのにな。結局、俺も明日香の強さに救われた。本当にありがとう」

「ううん……」

明日香はふるふると首を振ると、手元のシャンパンに視線を落とす。しゅわしゅわと細かい泡が立ち昇っているそれをゆっくりと持ち上げ、二人でカチンとグラスを合わせると爽やかな口当たりのシャンパンを口に含んだ。舌の上で踊る爽やかな味わいの液体を嚥下《えんげ》すると、ほんの少し喉の奥が熱くなる。

乾杯のタイミングを見計らったかのようにドアが開かれて、前菜が運ばれてくる。

アミューズブーシュは、生ハムとフレッシュチーズのカナッペだった。軽くトーストしたバゲットの上にスライスされた生ハム、その上に薄く切ったモッツァレラチーズが並べられている。さらに上からパルミジャーノ・レッジャーノがかけられていて、黒胡椒がアクセントになっていた。

白桃の冷製スープに続いて、メインディッシュの仔羊肉を使ったポワレが運ばれてきた。香草と一緒にじっくり煮込んだという仔羊のローストはやわらかく、濃厚なソースがよく絡んでいる。

添えられている野菜も美味しいのだが、特に赤ワインヴィネガーとバルサミコ酢で作ったというソースが絶妙にマッチしている。

どれもこれも繊細で、見た目も鮮やかで、食べる前からもうすでに幸せな気分になれた。

デザートはクレームブリュレで、カスタードクリームを焦がしたカラメルでコーティングした表面のパリッとした食感と、中に入っているトロリと甘い卵黄の風味が堪《たま》らない。上にかかったパウダーシュガーが、味を引き締めていた。

食後のコーヒーが運ばれ、豊かな芳香が鼻腔をくすぐる。一口飲むと、苦味と酸味のバランスが取れた深いコクが口の中に広がっていった。

「すごく……美味しかった」

お腹も満たされ、心も満ち足りていた。幼い頃は時折、両親に連れられてレストランでコース料理をいただいていたが、檀原家に引き取られてからはそのような機会はあまりなかった。

こうしたコース料理を食べたのは本当に久しぶりのことで、なんだか夢を見させられていたような気がする。

思わずこぼした感嘆のため息に、誠司は嬉しそうな笑みを浮かべた。

「良かった。この店、気に入ってくれた？」

「えぇ……こんな素敵なお店で、食事ができるなんて思っていなかった。連れて来てくれて……ありがとう」

真正面に座る誠司に向き直った明日香は小さく頭を下げる。そんな明日香に、誠司は優しく目を細め、そっと席を立ちこちらへと手を伸ばした。

「おいで……明日香」

目の前に差し出されたその手を取ると、誠司は明日香を立ち上がらせた。そのままゆっくりとした足取りで、誠司に導かれるままに明日香は歩を進める。

導かれた先の隣の部屋は、まるでリビングルームのようになっていた。中央に白い天板のローテーブルが置かれている。

その横には大きな窓があり、きらきらとした満天の星空が広がっていた。

誠司は明日香をカウチソファに座らせ、隣に腰を下ろした。ふわり、とやわらかなクッションが身体を包み込む。

「ちょっと後出しみたいで申し訳ないんだけどさ。俺……実は今日、誕生日なんだ」

「……えっ!?」

突然の告白に、思わず驚きの声を上げてしまう。大きく目を瞠《みは》った明日香の表情に、誠司はわずかばかり困ったように頬を掻いた。

「今年の誕生日は、明日香と過ごしたくて。でも、俺のわがままに付き合わせるのも悪いと思って黙っていたんだ。だから、食事が終わったら言おうと思っていた」

「あっ……その……ごめんなさい、私、知らなくて……プレゼントとか、何も用意してなくって」

何も知らず、呑気にも豪華なディナーを楽しんでしまった自分に罪悪感が湧き起こる。せっかくの記念すべきバースデーなのにプレゼントも贈っていないなんて、恋人失格ではないだろうか。

俯《うつむ》いて顔を曇らせると、誠司はそんな明日香を宥《なだ》めるように微笑んで、明日香のてのひらに自らの手を重ねた。

「いや、いいんだ。むしろ、サプライズ的な感じで喜んでもらえるかなって思っていたから。実際、こうして一緒に過ごせるだけで俺は嬉しい」

誠司の言葉に、明日香の顔にじわじわと熱が集まっていく。彼の言葉の一つひとつに胸がときめいて、どうしようもないほどに愛しさがあふれ出してくる。

重ねられた手が熱い。

このまま、ずっと触れ合っていたい。

ああ——やっぱり、誠司が好きだ。彼の笑顔を見るだけで胸の奥がキュッとなって苦しくなって切なくなってくる。

明日香はあふれ出しそうな気持ちを押し殺そうと、ギュッと下唇を噛み締めた。

「だけど……一つだけ、聞いてほしいお願いがあって」

改まった声色に俯《うつむ》いていた顔を上げると、真剣なまなざしがこちらに向けられていた。どくんと、明日香の心臓が大きな音を立てていく。

「……ずるいとはわかってるよ。でも、これから伝える俺の言葉に……ＹＥＳって言ってほしい」

「…………」

誠司の言わんとしていることを察した明日香は思わず目を伏せ、口を閉ざしてしまう。

それは――つまり……

「その言葉が、俺にとって最高のプレゼントだから」

明日香の反応に、誠司は困ったように眉尻を下げて、明日香のてのひらを離した。長い指先をスラックスのポケットに差し込み、そこから小さな箱を取り出していく。

ひどく緩慢な動作で誠司がそれを開くと、ダイヤモンドが輝くシンプルなデザインの一粒リングが姿を現した。頭上のシャンデリアの光を反射してきらりと煌《きら》めくそれに、自然と視線が吸い寄せられてしまう。

誠司は緊張を孕んだ表情で明日香をまっすぐに見つめると、一度深呼吸をして、意を決したように口を開いた。

「明日香。これからもずっと、俺の隣にいてほしい。俺と……結婚してください」

真摯な瞳に射抜かれ、明日香はしばらく言葉を発することができなかった。

誠司が明日香の答えを待っている。早く、早く何か言わないと。

けれど、胸がいっぱいになって言葉が出てこない。震える吐息だけが口から漏れ出していく。

どうしたらいいのかわからず、混乱する思考に目頭がじんと熱くなった。滲《にじ》んできた涙を見られまいと、明日香は瞬きをして懸命に水分を散らした。

視界がクリアになった先には、明日香の返事を待つ誠司の姿がある。その顔は緊張の色に染まり、かすかに強張《こわば》っているように見えた。

深く息を吸うと、少し冷静になれた気がした。明日香は大きく首を縦に振ると、潤んだ瞳で誠司を見上げていく。

「……よろしく、お願い……します……」

やっとの思いで絞り出した声は、あまりにも掠《かす》れたものだった。それでも、誠司は心底安堵したように大きく息を吐き出すと、まるで壊れ物を扱うかのように丁寧な仕草で明日香の左手を取った。

指先からひんやりとした感覚が伝わってくる。中央に向けて徐々に細くなっていくまっすぐなアームの一粒ダイヤのプラチナの指輪が、明日香の左手の薬指にぴったりとはまっていた。

自分の身体の一部になった銀色の輝きを眺めながら、明日香は再び目頭がじんと熱くなるのを感じた。

視界がじわりとぼやけて歪んでいき——ぽたりと、一粒の涙が手の甲にこぼれ落ちていった。

ドライヤーをかけ、誠司が用意してくれていたバスローブを羽織り、明日香はそっと脱衣所の扉を押し開いた。身に着けている下着に意識がいってしまいそうなのを必死に堪《こら》えつつ、歩みを進めていく。

誠司は明日香と入れ替わりにシャワーを浴びている最中で、明日香は緊張ぎみにベッドルームへと向かった。リビングルームのテーブルの上には明日香が持ち込んだ化粧水と乳液、コットンとクレンジングオイルが置かれていて、部屋の隅にはバッグが置かれている。

プロポーズされたのち、明日香は誠司の自宅へ連れられて来た。想いを交わした日から何度か泊まりに来ているものの——プロポーズを承諾した今夜は、いつもと違う意味を持っているように思えてならなかった。

明日香は落ち着かないままにベッドの端に腰を下ろした。ふわ、とマットレスが沈み込む。スプリングの軋《きし》む音が妙に大きく聞こえてきて、明日香はびくりと肩を震わせた。

――あ……

ふいに、明日香は部屋中に漂う香りに気が付いた。香ばしくて甘い匂いが鼻腔をくすぐり、脳髄を痺れさせていくような心地になる。

明日香は無意識のうちにすんと空気を嗅いだ。この匂いは――たぶん、チョコレートだ。

ベッドサイドのテーブルに視線を向けると、そこには葉っぱの形をした茶色いお香が焚かれていて、その隣の白い小皿にはチョコレートが数粒載せられていた。

「チョコレートは、その昔、アステカ文明の王族や戦士の間で媚薬として使われていたんだよ」

「へっ……」

背後から突然声をかけられ、明日香は驚きのあまり飛び上がりそうになった。

振り返れば、誠司が明日香と同じようにバスローブを羽織り、濡れ髪をタオルで拭《ぬぐ》いながら歩み寄ってくるところだった。

「び……媚薬……？」

「ま、薬学的には少し違うよ。チョコを食べたときに分泌されるフェネチルアミンっていう脳内ホルモンがあって、いわゆる『幸せホルモン』ってやつだね。その効能がかつて媚薬として認識されてた、って話」

誠司は明日香の真横に座ると、手に持っていたミネラルウォーターのペットボトルを開けて喉を鳴らしながら飲み始めた。ごく、と動く喉仏をつい見つめてしまい、明日香は慌てて目を逸らしながら頬を染めてしまう。

誠司はボトルから口を離すと、蓋を閉めてそれをサイドテーブルに置いた。

「でも……身体科学的には理論が確立しているわけで。せっかくだし、試してみたくなったんだよね」

ふわりと妖艶に微笑んだ誠司はおもむろに明日香の膝裏に手を差し入れ、ぐいっと持ち上げるようにして脚を広げさせた。

「あっ⁉　ちょ、ちょっと、……！」

いきなりの行動に明日香は目を白黒させるも、誠司は気にする様子もなく明日香の身体を反転させ、自分の太ももの上に乗せた。そのまま明日香を背中から抱き締めるような体勢を取ってくる。

誠司の体温がダイレクトに伝わり、心臓がばくばくと音を立て始める。明日香は身を固くしたまま、誠司の腕の中で縮こまることしかできなかった。

「……明日香」

誠司が明日香のうなじに唇を寄せ、耳元で囁くように名前を呼んできた。それだけで、ぞくりと背筋が粟立っていく。

誠司はそのまま、首の付け根にちゅう、と強く吸い付いてきた。ちろりと舌先で舐められ、ぴくんと身体が反応してしまう。

「ひゃ、ぁ……」

「可愛いよ、明日香。すごく綺麗で、可愛い。食べちゃいたいくらいだよ」

熱い吐息が耳に吹き込まれ、ぶるりと全身が震えた。

背中から強く抱き締められているので、誠司の心音が直に肌に触れてきたような錯覚を覚えてしまう。

誠司がふいにサイドテーブルに手を伸ばし、そこに置かれたチョコレートの粒を口に含んだ。そのまま誠司は明日香のおとがいを持ち上げ、キスを落としていく。

唇を割られて、溶かされたチェコレートがゆっくりと咥内《こうない》に流し込まれていった。ねっとりと絡みつく甘さに、明日香はうっとりと目を細めてしまう。唾液とともにこくりと嚥下《えんげ》すると、身体の奥からじんわりとした熱が生まれてくる。

誠司は何度も明日香にキスを繰り返しながら、片手を前に回してくると、バスローブを脱がさずにそのまま胸を揉みしだいてきた。

布地の上から白丘を揉まれ、頂を指の腹で擦《こす》られる。たったそれだけの刺激なのに、身体は熱を帯びていき、呼吸が乱れていく。

「んぅ、……ふ、……は、あッ……」

つんと主張を始めた突起を摘《つま》まれるたび、鼻にかかった声が漏れてしまう。自分のものとは思えない甘い響きに羞恥を覚え、明日香はきゅっと唇を噛み締めた。

それでも誠司の手の動きは止まらず、執拗に弄《もてあそ》ばれていくうちに、いつしかそこは芯を持ちぷっくらと立ち上がっていった。

「もうこんなにしちゃって……」

　誠司が愉しげに呟いて、さらに両方の尖りを同時に責め立てていく。爪先でかりかりと引っ掻かれ、押し潰され、さらには指の腹でくにくにと捏《こ》ねられる。

　バスローブの上から焦れったい刺激を集中的に与えられ、明日香はもどかしげに腰を揺らした。

誠司の愛撫にすっかり感じ入ってしまい、身体は火照り始めている。

「や、ぁ、もぉ、だめぇ……ちゃんと、触ってほしいのにぃ……」

　はしたないお強請《ねだ》りをしてしまい、明日香は顔を赤らめながらも誠司を見上げた。

　誠司はそんな明日香を満足げに見下ろすと、バスローブの腰紐を解《ほど》いて脱がせ、シーツに落とした。

「直接触ってほしい？」

　耳朶《じだ》に直接注ぎ込まれる言葉に、明日香は潤んだ瞳でこくこくとうなずいた。早く、直接触れてほしい。気持ちよくしてほしい。明日香の頭にあるのは、そればかりだった。

　誠司はにっこりと微笑むと、明日香の膝を大きく開かせた。

「じゃあ……明日香が自分でしてみて。一人でちゃんとできたら、ご褒美に触ってあげる」

「え……？」

　一瞬何を言われたのか理解できず、呆然と誠司の顔を見上げた。

「ほら、早く。このままだとずっとお預けのままだよ？　いいのかな、それで」

誠司は愉悦に満ちた声音で、じっとりと明日香の耳朶《じだ》を食《は》んだ。耳の穴の中にまでぬるりと舌を這わされてしまい、くちゅりと湿った音が鼓膜に直接響いた途端、ぞくりと肌が粟立った。

「明日香……いい子だからできるでしょ？」

誠司は長い指先で、明日香の内ももをつぅ、と撫で上げていく。それだけでも快感が走り抜けていって、びくりと肩が跳ね上がった。

明日香はごくりと唾を飲み込むと、恐る恐る手を自分の胸に伸ばした。両手でそっと双丘を包み込み、ゆるゆると揉んでいく。

いつも誠司にそうされているときのことを想像するだけで幸せな気分になるのに、今は、もどかしくて仕方がない。

誠司から与えられる、あの痺れるような快楽が欲しい。

下腹の最奥に蓄積されていく疼《うず》きが、切なさが、どんどん増していく。

明日香は涙目になりながら、自分の指先で自らの蕾を転がした。

「ふ、ぅ……、あっ、あんっ！」

人差し指と親指できゅっと摘《つま》み上げると、そこから電流のような衝撃が走る。明日香は夢中になって、左右のそれを同時にぐりぐりと虐《いじ》め始めた。

「あっ、ひぅ、んんっ！」

誠司の膝の上で喉を仰け反らせ、喘ぎ続ける。明日香のその淫靡な姿に、誠司は眩《まぶ》しげに目を細めた。

「可愛いよ、明日香……本当に綺麗だ……」

うっとりとした声で呟くと、おもむろに明日香の下腹部へと腕を回し、後ろから抱き締めるように引き寄せる。

そして、空いた方の手で内ももをなぞると、ショーツの腰の部分の紐をゆっくりと解《ほど》いていった。

「ちゃんと俺が用意したの、穿《は》いてくれたんだね？」

「っ、！」

耳元で囁かれた誠司の言葉に、明日香は顔に熱が集まるのを感じた。

誠司が脱衣所に準備していたのは、いわゆるセクシーショーツというもので――腰の部分の紐を解《ほど》くだけで脱がせられるようになっているものだった。

『俺、今日、誕生日だから』

入浴前にディナーのときのセリフを繰り返されては、穿《は》かざるを得ないというものだろう。特に明日香はそのことを知らずプレゼントを用意できていなかったので、尚更だった。

「だっ、て……！」

明日香は恥ずかしさのあまり、顔を逸らして声を震わせた。誠司はくすりと吐息を落とすと、反対側の紐へと手を伸ばし、それを解《ほど》いていく。はらりとショーツが落ちていき、秘部が露《あら》わになってしまう。

「ほら、下も……自分で弄《いじ》ってごらん」

誠司は明日香の右手を取ると、そこへと導いた。

「や、無理……っ、恥ずかしい……」

明日香はふるふるとかぶりを振った。けれど誠司はそんな明日香の左手を取ると、同じようにそこに触れさせる。

「大丈夫。いつも俺がやってることを思い出して……」

誠司の囁きに、明日香はぴくんと身を震わせる。

もっと欲しい。もっともっと強い快楽が欲しい。

そうすればきっとこの疼《うず》きも収まるはず――

明日香は誠司に導かれた指先で、自らの秘裂をゆっくりと上下に擦《こす》り始める。

「ん、は、あ、あ……」

指を動かすたびに、蜜が絡んでぬるぬると滑りを良くしていく。ひどく緩慢な動きではあるものの、甘い刺激に思わず鼻にかかったような声が漏れ出してしまう。

明日香はもどかしさに腰を揺らした。身体が熱くてたまらない。誠司が欲しくてたまらなかった。

誠司の唇が首筋に押し当てられる。そのまま強く吸い上げられ、ちろちろと舐められてしまう。

明日香はまた艶《あで》やかな声を上げた。

「はぁ、んっ！」

「いい子だね、明日香。チョコが効いてるのかもね？」

誠司は明日香の耳元に唇を寄せ、低く、甘く囁いた。同時に彼の指先が、胸の尖りを弾くように愛撫してくる。

「あ、あああっ！」

強烈な快感に背筋が震えた。たまらず喉を仰け反らせ、身悶えてしまう。誠司はその間も、指先でくりくりとそこを捏《こ》ね回している。

「ここもこんなに尖らせて、そんなに触ってほしいの？」

わざとらしく訊いてくる誠司の声音には明確な情欲が宿っていて、明日香は羞恥に顔を歪ませながらもこくこくと小さく何度もうなずいて見せた。

「ほら、そのまま続けて……」

耳元に吹き込まれた熱い言葉に促されるように、明日香は再び自らの秘所に手を伸ばす。先ほどよりも大胆に指を動かせば、そこはぐちゃぐちゃと卑猥な音を立て、新たな悦楽をもたらしてくれる。

はしたないとは思いつつも、どうしても止められなかった。それどころかより一層気持ちよくなりたくて、明日香は自ら秘核を強く押し潰すように指先に力を込めた。

その瞬間、胸元の果実を弄《もてあそ》ぶ誠司の指先が軽く爪を立てていく。

「ッ!?」

電撃が走ったかのような衝撃に、明日香は声にならない声を上げた。背筋をじわじわ這い上がってくる絶頂の予感に、明日香は激しくかぶりを振る。

肉体はもう限界だった。びくびくと小刻みに肩を震わせ、呼吸は乱れ、心臓が激しく脈打つ。

あと少し、ほんのわずかな何かがあれば達してしまう——

「だめだよ明日香。まだイッちゃだめ」

耳の奥へ、脳髄へ、染み渡っていく言葉。それはまるで麻薬のようだった。明日香を追い詰めていたものすべてを一瞬にして消し去り、思考能力を奪っていく。

ただただ、身体の奥に蓄積された凝りを早く解放してほしい。それだけしか考えられず、明日香は切なげに眉根を寄せる。

「おねがい……も、イカせて……！」

身体が火照って仕方がない。首を捻《ひね》って背後を見遣《みや》り、涙ながらに誠司に縋《すが》りついて懇願した。

誠司は妖しく微笑んで明日香のおとがいを捕らえていく。

「我慢できない？」

誠司は耳朶《じだ》を食みながら、愉しげに吐息を吹き込んでくる。明日香は必死になって首をこくこくと振った。早く、今すぐにでもどうにかしてほしい。

明日香の髪を優しく撫でた誠司は、ふと額にキスを落とした。

「ねぇ明日香。どうされたいか言ってみて？」

鼻先が触れ合う距離で囁かれ、明日香はびくりと肩を揺らした。誠司は頬に口づけを落とし、そしてゆっくりと唇を食《は》んでいく。

「あ……、ん、ふ……ぅ」

啄《ついば》むような触れ合いから徐々に深いものに変わっていき、お互いの舌を絡め合う。溶けてしまいそうなほどの甘美な感覚に、明日香はうっとりと目を閉じた。

誠司の口づけは執拗で、激しかった。まるで自分のものだとでもいうかのように執拗に口腔を犯していく。

上顎をざらついた舌でなぞられれば、ぞくぞくとした感覚が駆け抜けていった。

——ああ……

頭がおかしくなるくらい、気持ちいい——

誠司の舌の動きに合わせるように、明日香もまた拙《つたな》い動きでそれに絡みついていく。お互いの唾液を交換しあい、貪《むさぼ》るように求め合った。

酸素を求めて唇が離れると、二人の間を銀糸が伝う。明日香はすっかり蕩《とろ》けた瞳で誠司を見上げた。

「どうされたいの？　明日香」

誠司は明日香の首筋に顔を埋め、囁いた。熱い吐息がかかり、明日香はまたぞくりと肌を粟立たせる。

甘く掠《かす》れた声とともに首筋をじっとりと舐め上げられれば、それだけで下腹の奥がずくんと強く疼《うず》いた。身体の芯が溶けそうなほどの熱に侵され、明日香は荒い息を吐き出す。

誠司の熱いてのひらがくびれを滑り、優しく撫でていく。たったそれだけのことでも明日香は感じ入り、全身を震わせる。

彼から与えられる快楽に溺れ、我を忘れて乱れてしまう自分が怖いと思う反面、それでも誠司を求めずにはいられない。

もっと欲しい。

もっともっと、誠司から与えられる快楽に身を任せてしまいたい。

「あ……、わたし、を、めちゃくちゃに、して、ください……っ」

途切れ途切れの声でなんとか言葉を紡いだ明日香は、ぎゅっと目を瞑《つむ》った。全身を支配する切なさに耐えきれずに身をよじると、誠司の膝の上で秘部が擦《こす》れてしまう。

「っ、あっ……！」

予期せぬ刺激に、明日香は甲高い悲鳴を上げて喉を仰け反らせた。けれど誠司の腕によって拘束されているため、逃れることはできない。むしろさらに深く、腰を押し付ける形になってしまう。

誠司は笑みを深めると、明日香の耳元に顔を寄せた。

「可愛いよ、明日香」

ちゅ、と軽いリップ音を立てながら、額やまぶたに何度も優しいキスを落とされる。そのまま誠司は、明日香の背後から膝裏に腕を差し込み脚を大きく割り開いた。

「あ……」

明日香は恥じらうように目を伏せる。けれど内心では期待していた。誠司の次の行動に心をときめかせ、淫らにも熱い吐息を漏らしてしまう。

誠司の手が、太ももの内側をつうっとなぞる。ぞわぞわするその感覚に、明日香は身をよじった。けれど誠司は身じろぎさえ許さない。お腹に回された腕でさらに強く引き寄せられ、今度は敏感な場所のすぐそばまで、手が迫ってきた。

焦らすように、脚の付け根をくるくると円を描くように動くその手に、明日香は堪《たま》らず甘い声を上げる。

「ひゃぅ、ん……！」

思わず腰が揺れる。もっと直接的な刺激が欲しい。もっともっと触れてほしい。

恥ずかしさと欲求が混ざり合い、涙が滲《にじ》んだ。

「こっちもこんなになってるね」

誠司は意地悪く笑いながら、期待に熟れた秘所に指を這わせていく。

「あ、ああっ！」

「すごいびしょ濡れだ……」

蜜を纏《まと》わせた長い指先で張り詰めた陰核をきゅっと押し潰されると、電流にも似た衝撃が腰から脳天をめがけて駆け抜けていく。

「は、ぁ、あ、ああッ!!」

びくびくと下腹部が痙攣《けいれん》するように跳ね上がる。目の前にちかちかと光が散った。

それでも誠司の指先は止まることはなく、はち切れんばかりに充血した肉芽を、絶妙な力加減でぐにぐにと虐《いじ》め抜く。明日香はあまりの快感に背筋を仰け反らせた。

「ひっ、う！　ま、まってぇ、いっ、イッちゃ、イッちゃうからっ……！」

過ぎた快楽に恐怖を覚え、明日香は誠司の手首を掴んだ。けれど誠司はくすりと笑うだけで、手を止めようとはしない。それどころか、剥《む》き出しの神経をいっそう激しく責め立ててくる。

人差し指と中指で挟まれ、ぐりっとそこを強く捏《こ》ねられると、あまりの快感に眩暈《めまい》がし意識が飛びそうになる。

――ダメ、ダメ、ダメ……！

思考が真っ白になる。何も考えられない。もう、もう高みへのぼりきってしまう――

けれど、絶頂の寸前で誠司は指の動きを止めてしまった。突然止んだ刺激に、明日香は身体を震わせる。

「あ、あ……なん、で……」

「待ったよ？　明日香」

誠司は愉しげな声色で声を落とし、明日香の耳朶《じだ》を食《は》んだ。

確かに、明日香は『待ってほしい』と言った。けれどそれは、こんな風に寸止めされることを臨んだのではない。

加虐心に燃えるその表情を見れば一目瞭然だった。彼はきっとわかっていて、わざと言っているのだ。

「俺はちゃんと言われた通りにしただけだよ？」

「そ、んな……っ！」

明日香は思わず顔を歪めてしまう。身体の疼《うず》きは止まらない。むしろどんどんひどくなっている。

このまま放置されるなんて耐えられない。

「ほら……どうしてほしかったのかちゃんと言ってごらん？」

誠司は明日香の首元に顔を埋めると、耳元に直接囁いてくる。

甘い声音に、明日香はぶるりと肩を震わせた。身体中が熱くてたまらない。

理性など、もうほとんど残っていなかった。

「ねえ、教えて？」

こつんと額を合わせた誠司はひどく優しい声色で訊ねてくる。それでも、こちらを射抜くように見つめてくる漆黒の瞳は、強い獣欲に染まっていた。

その視線に射抜かれた瞬間――明日香の中で何かが弾けた。理性の糸が完全に切れた瞬間でもあった。

早く欲しい。羞恥で頭がどうにかなりそうだったが、それ以上に快楽への渇望が勝っていた。

「さわって……もっと……いっぱい、弄《いじ》ってくださぃ……！」

「よくできました」

誠司は満足げな笑みを浮かべると、再びそこへと指を伸ばした。裂け目に沿うようになぞり、人差し指を秘裂に差し込んだ。ぐぷ、と水音が響き渡る。

「あっ、ッ――！」

びくん、と身体が跳ね上がり、視界がチカチカと瞬いた。下腹に溜まっていた疼《うず》きが一気に解放されたかのような衝撃に、全身が戦慄《わなな》いていく。

視界が真っ白に染まり、意識が弾ける。呼吸さえもままならないほど強烈な快感に、明日香は誠司の胸に背中を預けたまま喉を仰け反らせびくびくと身体を震わせた。

「指一本でイッちゃったの？」

愉悦混じりの誠司の声色に、明日香はぎゅっと唇を噛み締める。身体の奥からこみ上げてくる羞恥心はあったものの、それよりも今は身体を満たす快楽の方が大きかった。

「ふふ、可愛いよ明日香。本当に可愛い……」

絶頂を迎えたばかりで痙攣《けいれん》する媚肉を掻き分けつつ、蜜壺からあふれ出した恥蜜を掻き混ぜるように指を動かしながら、彼は淫靡な笑顔を向けた。

「ぁ……んっ！」

浅い場所の内壁をぐるりとなぞられると、それだけで快楽の波に襲われる。じわりと下腹部に疼《うず》きが広がり、もっと深い快楽を求めてしまう。

「あっ、あ、ん……っ！」

誠司の指先の動きに合わせて、明日香は腰を動かしていた。最も感じる部分を彼の指に押し付け、自ら擦《こす》り付ける。じゅぷ、ぐちゃ、という淫猥な水音と自身の嬌声が鼓膜を犯していく。

もっと欲しい。

もっともっと、この快楽を味わいたい。

「腰、動いてるけど」

「やっ、言わな……っ！　あぁっ！」

蜜腔を押し広げるように指の関節を曲げられると、甘い痺れが走り抜けた。背筋に電流が流れるような快感に、明日香は背を仰け反らせる。

花壁を刺激する指は二本に増えており、それがばらばらと動かされていく。最奥まで到達した指先で内壁を広げるように掻き回されると、自然と締め付けてしまい、よりいっそう誠司を感じてしまう。誠司は明日香の反応を楽しむように、執拗に弱い部分ばかりを攻め立ててくる。

「やぁっ！　んぁ……っ、ぁ、あんっ！」

「嫌じゃないだろう？　こんなにきゅうきゅう俺の指を美味そうにしゃぶってるのに」

「そ、んなこと、言わない……で、あぁんっ!!」

否定しようとすれば、指の動きを激しくされる。行き止まりの奥深くを貫かれ、ぐりぐりと刺激される。

同時に親指で充血した肉莢《にくさや》を捏《こ》ねられれば、強烈な絶頂の予感に身体が強張《こわば》り脚ががくがくと震えてしまう。

明日香は誠司の腕に爪を立て、押し寄せる快感の波に耐えた。

「だめ……っ、イく……っ、またイっちゃう……ッ！」

「いいよ、何度でも気持ちよくなって……」

誠司はとどめとばかりに、明日香の一番感じる浅瀬のざらついた箇所を勢いよく擦《こす》り上げた。

「ひ、うぅっ、んんん〜〜〜ッ！」

その瞬間、目の前が真っ白になり、明日香は絶叫とともに果てた。頭も身体もどろどろに溶けてしまったのではないかと錯覚するほどの凄まじい快楽に、意識さえも持っていかれそうになる。

誠司の腕で支えられているからよかったものの、その支えがなければくずおれてしまっていただろう。

明日香が達したことを確認した誠司はゆっくりと指を引き抜いた。支えを失った明日香はそのまままずるずるとベッドへ倒れ込んでしまう。

誠司は自分のバスローブに手をかけると、そのままボクサーパンツも一緒に脱ぎ、床に放り投げる。明日香は荒い呼吸を繰り返しながら、無意識のうちにその様子を見つめていた。

引き締まった胸板に割れた腹筋。太く長い雄槍は天を仰ぎ、先端からは透明な雫《しずく》が滴《したた》っている。

その光景に、ごくり、と喉が鳴る。

理性なんて、とうに吹き飛んでいた。

身体が、心が、疼《うず》いて仕方がない。

早く一つになって繋がりたい。

もっともっと、誠司を感じたい——

明日香は潤んだ瞳で誠司を求めるように見上げた。もう我慢の限界だった。

恥ずかしさと快感が入り混じった感覚に全身が甘く痺れてどうしようもなかった。早くこの熱を解放してほしいという欲求が脳内を支配する。理性はもはや決壊していて、明日香の脳裏にはたった一つのことしか浮かばない。

「せい……じ、く……」

舌足らずな口調で名前を呼ぶと、誠司はくすりと笑みを浮かべた。

「参ったな……そういう可愛い反応をされたら、余計に意地悪したくなるだろ？」

誠司はするりと太ももを優しく撫でた。それだけのことで明日香は甘い吐息を漏らしてしまう。

その様子を見遣《みや》った誠司は満足げに微笑むと、明日香の上に覆い被さった。

熱を帯びた吐息が肌をくすぐっていく。それにさえ感じ入ってしまうほど、明日香は敏感になっていた。

今すぐにでも欲しい、そんな欲望に支配され、唇を震わせながらもなんとか耐え忍んでいた。

「ん……っ」

耳元に口づけを落とされ、ぴくりと肩が跳ねる。そのまま首筋を舐められ、軽く歯を立てられた。

「ひゃう……っ」

ぞくりとした甘い刺激が駆け抜ける。と同時に、秘所に熱い剛直が宛てがわれていく。汗で額に貼り付いた明日香の前髪を払いのけていく誠司が、ゆっくりと身体を起こした。

「あ……」

期待に胸が高鳴っていく。明日香はこくりと唾を飲み込むと、静かに目を閉じた。

「明日香。俺、今、ゴム着けてないから」

「え……」

告げられた言葉に、思わず目を瞠《みは》る。一瞬、思考回路が停止してしまった。

避妊具を着けていないということの意味くらいわかる。つまり、それは――

想像した瞬間、明日香の身体はぶわっと火照りを増した。心臓が激しく脈打っている。

誠司はシーツに投げ出された明日香の左手に自らの手を重ね、そっと薬指の付け根をなぞっていく。

「明日香が、嫌なら……ちゃんと着ける」

冷静で、それでいてなんとも言えない物悲しさを孕んで吐き出された声に、明日香はふるりと身体を震わせた。誠司に求められているのだという事実が、明日香の思考を蕩《とろ》けさせていく。

「……だいじょうぶ……」

繋がれた手を握り返し、明日香は小さく呟いた。緊張で手がかすかに震えているのは否めないものの、不思議と怖さはなかった。

心の底からの想いを再認識すると、途端に抑えきれない感情が次々とあふれ出していく。もう自分を抑えることはできなかった。

明日香は右手を伸ばすと、彼の頬に触れた。

「このまま……して」

「……わかった」

誠司は明日香の頭を優しく撫でると、その額へと口づけた。淫涙と先走りが混じり合ったものがぐちゅりと淫猥な音を立て、興奮を煽っていく。

「俺の人生の全部を……明日香にあげる」

誠司は明日香の腰を掴むと、グッと腰を進めてきた。熱くて硬い肉槌が、明日香の中へ押し入ってくる。

「ん……ふ、ぁ……っ、ああ……っ！」

圧倒的な質量の塊に圧迫されて苦しいはずなのに、それ以上の幸福感に満たされていた。

明日香は眉を寄せ、身をよじらせた。指とは比べものにならないほどの充溢感に、息が詰まる。

「あ……っ、あぁ……っ！」

指では届かなかった奥深くまで貫かれ、明日香は甲高い嬌声を上げた。行き止まりを突かれた瞬間、全身に痺れるような快感が走る。

「明日香……っ、すごい締め付けてくるよ……っ？」

「やぁ……っ、言っちゃ……っ、あぁんっ！」

誠司は妖艶な笑みを浮かべると、ゆっくり腰を引き、再び最奥を穿《うが》っていく。

「明日香のことを孕ませるかもしれないって思うと、ものすごく……興奮するね」

「っ、やっ……！」

ずぷっ、と結合部から粘着質な水音が響く。蜜壁が掻き分けられ、奥深くまで到達した鋒《ほこさき》でぐりゅっと最奥を押し潰される。わざとらしいほどの遅い律動のせいで、かえってお腹の奥が甘く疼《うず》き出す。高まる官能に翻弄され、髪を掻きむしりたい感覚に襲われる。

「あ、んんっ！　あっ……！」

隘路《あいろ》全体を摩擦される感覚に、視界が眩《まばゆ》い閃光に包まれていく。待ち望んでいた悦楽がようやく得られた充足感に、明日香の唇からは歓喜の声が漏れ続けていた。

もっと深く誠司を感じたくて自然と腰が揺らめいていく。もっと激しく犯してほしい。もっとめちゃくちゃにされてしまいたい。

隧道《ずいどう》を埋め尽くす肉棒が容赦なく胎内を擦《こす》り上げ、最奥にめり込んでくる。緩慢だった律動は次第に貫かれるようなそれに変わっていき、明日香の身体に強烈な快楽が広がっていく。

ぐちゃ、ぱちん、という肉と粘膜の擦《こす》れ合う卑しい音とお互いの乱れた呼吸が寝室に響き渡る。快楽によって頭の中がどろどろに溶け、まともなことを考えることもできなくなっていく。

気持ちいい。気持ちよくて堪《たま》らない。

もっと奥を突いてほしい。もっともっと滅茶苦茶にしてほしい。

そう懇願してしまいそうになる自分をどうにか抑え込みながら快楽に身を預けていると、ずんとより一層強い勢いで最奥を穿《うが》たれ、明日香は悲鳴のような啼《な》き声を上げた。

「あぁっ！　おくっ、あたってぇ……っ！」

強烈な快楽から逃れようと腰を引くが、誠司はそれを許さなかった。大きなてのひらでがっしりと腰を押さえつけられ、逃げることもできない。

「逃がさないよ？」

誠司は明日香の耳を食《は》むと、舌先で形をなぞるようにゆっくりと舐めた。そのまま吐息を吹きかけながら耳元で囁いていく。

「ほら、ここ……好きだよね？」

硬く反り返った肉杭で臍《へそ》側のざらついた部分をじっとりと押し上げられ、明日香はたまらず喉を仰け反らせてしまう。

「ひぅっ、そこぉっ！　だめっ、だめだめだめっ!!」

「ふふ……可愛い」

「やぁ……っ！　だめっ、あぁっ！」

ただひたすら快楽だけを追い求め、喘ぐことしかできない。身体の隅々まで誠司に満たされている。そのことがたまらなく幸せに思えた。

この瞬間が永遠に続けばいいと思うくらい幸せな時間なのに、それでもなお、足りないと感じてしまう自分がひどく淫らで浅ましく思える。

「せ、じくっ……あ、だめぇ……！」

もっと誠司を感じたい。もっともっと激しく穢《けが》してほしい。自分の中にある雌の本能がそう叫んでいる。

明日香は次々とこみ上げてくる欲望のままに誠司を求めた。

「ダメじゃなくて、いい、でしょ？」

誠司は愉しげに口の端に笑みを浮かべると、再び抽挿《ちゅうそう》を開始した。淫壷を往復する剛直に、意識が飛びそうになるほどの熱が思考を支配する。

脳髄が焼き切れそうなほどの甘い痺れに、全身が小刻みに痙攣《けいれん》していた。

「っあ、っ！　いいっ、きもちいぃ……ッ！」

明日香は淫らに腰を揺らしながら叫ぶように喘いだ。何度も腰を打ち付けられ、行き止まりを淫柱で貫かれると頭の中で火花が散るかのような錯覚を覚える。

最奥を穿《うが》たれたかと思えば引き抜かれていき、先端が入り口近くを責め立てると今度はまた最奥を叩かれて——絶え間ない刺激に明日香は気が狂ってしまいそうだった。そんなに奥まで入らない、と言いたいのに、自らの嬌声と荒い呼吸に邪魔されて言葉にならない。

けれど、それさえも今の明日香にとっては甘美な毒だった。

気持ちよくてたまらないはずなのに、身体の奥底から湧き上がる疼《うず》きは収まることを知らず、さらなる快感を求めようとしてしまう。

もっと誠司を感じていたい。ずっと一緒にいたい。もっと繋がりたい。

誠司に対する想いがとめどなくあふれ出し、胸が苦しくなる。

「んんっ……あ、あぁ……やっ……」

生理的な涙を流しながら誠司の首に腕を回してキスをねだると、すぐに唇が重ねられる。それと同時に花峰の怒張が大きくなったのを感じて身体が歓喜に打ち震えた。

「明日香……」

耳元で名前を呼ばれるだけで心の底から幸せだと感じる。

もっと、名前を呼んでほしい。誠司の声を聞いていたい。

もっと誠司の体温を肌で感じていたい。

もっと誠司と交わりたい。

誠司のすべてを自分のものにしたい。

「あぁっ……」

もう何も考えられなかった。ただ目の前にいる誠司のことだけを考えて、明日香は必死に彼に縋《すが》りつく。

「せい、じ……っ……く、ああっ……！」

名前を呼べば愛しさが増すばかりで、明日香は無意識のうちに深壺を締め付けていた。するとそれに答えるかのように痴肉の奥で楔《くさび》が脈打つ。下腹が熱く、甘く蠢動《しゅんどう》し、それさえも心地よくてたまらない。身体の奥底から沸々と湧き出る快感の波に襲われていく。

「あ……あっ……！」

もう絶頂がすぐそこまで迫っていた。身体の芯からこみ上げる熱い衝動に、手足が震え出す。一番感じやすいところを責め立てられ、視界がチカチカと点滅し眩《まぶ》しい光が弾ける。喉の痙攣《けいれん》が止まらず、快楽を逃がすようにシーツを掴んでぎゅうと握り締めた。

「イキそう？」

問いかけられても返事をする余裕はなく、明日香はこくこくと首を縦に振る。誠司はその反応に満足げに口角を上げると、明日香の背中に手を回して、明日香の肉体を掻き抱いていく。

「俺も、だよ……っ」

身体が熱くてたまらない。切羽詰まった声音で囁かれると、明日香はぞくりと身体を震わせた。耳元にかかる吐息が妙に色っぽく感じられ、鼓動が速くなっていく。最奥を穿《うが》つものを食い締めて、無我夢中で誠司を求めた。

「せ、じくんっ……いっしょ、に……っ」

「うんっ……！」

密着度が増したことで、お互いの肌の熱を感じる。汗で湿った身体同士が吸い付くように重なり合う。

まるで一つの存在になったような錯覚を覚え、たまらない幸福感に包まれていく。

早く誠司の熱を受け止めたい。その一心で明日香は誠司を抱き返すと、両足を彼の腰に絡めていった。

激しい律動にベッドがぎしぎしと軋《きし》んだ音を響かせる。お互いの荒くなった息遣いだけが寝室に響き渡り、聴覚からも官能を高めていった。

「ひぅっ……あっ、ああ……っ！」

限界が近づき、明日香は背中を弓なりに反らせた。ぎちぎちに埋め尽くされた結合部からは大量の蜜液が滴《したた》り落ち、淫猥な旋律を奏でていく。

秘宮はひくひくと痙攣《けいれん》を始め、誠司の肉棒をきゅうと甘く包み込んでいる。

もうすぐ訪れるであろう絶頂の予感に身体の芯まで蕩《とろ》かされていく。

誠司もまた限界だったのか、明日香の最奥をぐりっと突き上げると、耳元で小さく声を漏らした。

「明日香……っ、愛してるっ……」

「あっ、わたしっ、わたしもっ……！」

熱に浮かされたように囁かれる愛の告白に応えるように、明日香は誠司を強く抱き締めた。誠司もそれに応えるように力強く抱き締め返してくれる。痛みを覚えるほどの腕の力とぬくもりが愛しくてたまらない。

最後のとどめとばかりに深く貫かれた瞬間、誠司の剛直が膨張したかと思うと、身体の一番深い場所から熱い奔流が勢いよく押し寄せ、今までで一番大きな波に飲まれていく。

「あっ、ふぁっ、――――っ！」

「……っ、くっ……！」

淫肉が強く収縮を繰り返し、精を求めて絡みついていく。視界には火花が散り、明日香は無意識に誠司の背中に爪を立てた。

熱い飛沫が叩きつけられる感覚さえ気持ちよくて、思考が真っ白に染まっていった。

どくどくと脈打ちながら注ぎ込まれるそれは、途方もない多幸感を与えてくれた。のぼり切った後に急降下する感覚が全身を支配して、震えが止まらない。

「はぁ……あ……」

誠司は明日香の上に覆い被さったまま、眉根を寄せて乱れた呼吸を整えている。明日香は力の入らない腕を懸命に動かして、誠司の髪にそっと触れた。

「……大丈夫？」

「ん……」

気遣わしげに訊ねてくる誠司に、明日香は小さく声を返す。まだ呼吸も整わず、頭がぼんやりとしているものの、不思議と辛くはなかった。

誠司はほっとした表情を浮かべると、そのまま頬に軽く唇を落としてきた。

「もう少しこのままでいたいな……」

ぽつりと言葉を落とす誠司にシーツの上で乱れた髪を指先でくるくると弄《もてあそ》ばれ、明日香はされるがままに身を委《ゆだ》ねた。

それでも、まだ身体が敏感になっているらしく、少し触れられただけでもびくりと反応してしまいそうになる。

「……私も……同じこと思ってた」

「本当？」

誠司は嬉しそうに顔を綻《ほころ》ばせると、明日香の頭を優しく撫で始めた。その手に甘えるようにすり寄ると、彼はさらに笑みを深めていく。

その表情に、明日香の胸がキュンと疼《うず》いた。

——あ……

この顔だ。桃子の披露宴で偶然邂逅《かいこう》したときと同じ、優しい笑顔。

いつだって誠司は、明日香のことを想ってくれる。そんな彼がたまらなく好きで、愛しくて仕方がない。

しばらく見つめ合っていると、どちらからともなく唇を寄せ合った。

舌を絡め合い、唾液を交換し合う濃厚な口づけを交わしたあと、誠司はゆっくりと唇を離す。名残惜しげに糸を引く銀糸がぷつりと切れた刹那、胎内に埋め込まれたままの剛直がどくりと質量を増した。

「え……」

明日香が戸惑うように声を上げると、誠司は悪戯《いたずら》っぽい表情を浮かべて口を開いた。

「ごめん、明日香が可愛すぎてまた勃《た》っちゃった。もう一回しよ？」

先ほどよりも硬度が増した彼のものが、再び蜜孔を押し広げていく。誠司が腰を引くと、ずるりと引き抜かれる感触に思わず声が漏れてしまう。

「あ……っ⁉」

「今度は後ろからしよう？」

誠司は明日香を抱き起こし、つぅとくびれをなぞっていく。それだけで背筋がぞくぞくとして身体が震えてしまう。

「やっ、だめぇ……っ！」

「そんな声出して……期待してる？」

からかうような声音で囁かれて、下腹の奥がきゅんと疼《うず》いた。屹立《きつりつ》が引き抜かれた蜜孔がひくひくと物欲しげに痙攣《けいれん》しているのが自分でもわかる。

「明日香……ほら、見て」

誠司に促されるように視線を落とすと、再び膨張を始めた灼熱の楔《くさび》は白濁に塗れており、明日香の狭隘《きょうあい》からもどろりと粘ついた液体があふれ出していた。

「あ……」

あまりの淫靡さに明日香は思わず目を逸らしてしまう。誠司は獣のように瞳をぎらつかせながら、ペロリと唇を舐めた。

「やらしい眺め……エロすぎ。ごめん、今度こそ手加減できないかも」

「えっ……ふ、ぁんっ！」

結局、明日香が誠司の猛攻から解放されたのは、月が沈み、太陽が顔を覗かせ始めた頃のことだった——

エピローグ

残暑というには肌寒く、初秋というには暖かい中途半端な気温の中、明日香と誠司は二人並んで静かな砂利道を歩いていた。

時折吹く風が髪を揺らして、明日香は軽く身震いをする。

――ちょっと寒いかも……

昼と夜の境界を曖昧にしていく茜色の太陽は眩《まばゆ》く降り注いでいるものの、吹き付ける風の冷気までは防いでくれない。

明日香はグレーの薄手のカーディガンの襟を合わせると、傍らを歩く誠司を見上げた。今日は土曜日で休日だというのにもかかわらず、かっちりとしたスーツに身を包んでいる。

「誠司くん……本当にその格好で……？」

「うん。だって、お墓参りに行くんだから」

誠司は明日香の言葉に至極真面目な表情を浮かべると、こくりと首肯《しゅこう》した。

昨晩――といっても、ほぼ今朝のこと。誠司が求めるまま深く交わったのちに二人でもつれ合うようにして眠りについたあと、目覚めたのはお昼過ぎの時間帯で、それからシャワーを浴びて、遅い朝食兼昼食を食べて、着替えて……と、準備をしているうちにあっと言う間に夕方になってしまった。

『突然だけど、俺、お墓参りに行きたいんだよね。明日香の両親の』

誠司が作ってくれた朝食兼昼食を食べている最中にそう告げたときの彼の真剣な表情を、明日香は一生忘れないだろうと思う。

明日香の両親の墓は、誠司の自宅から車で一時間ほどの場所にある。都心からは離れているものの、自然豊かな場所だ。

――それにしても……

まさか、誠司がこんなにも畏まった服装で来るとは思わなかった。お墓参り、ということなので、それなりにきちんとした服装をするのだろうと思っていたが、それでもせいぜいシャツにパンツといったラフなものを想定していたからだ。

それがどうだろう。ブラックのジャケットに深い青のネクタイをして、腕には純白のトルコキキョウの墓花を抱えている。

まるで――結婚の挨拶に行くような正装をしていたのだ。昨晩プロポーズを受けたので、実際にそういう意味もあるのかもしれない。

――お父さまとお母さま……きっと天国で驚いてるよね……

明日香は誠司の手をきゅっと握ると、緊張した面持ちで彼の顔を見つめた。しばらく砂利道を歩いて明日香が立ち止まったのは、一つの墓石の前。

『麦沢家之墓』と刻まれたそこは、秋のお彼岸の時期だからか、色鮮やかな菊の墓花に彩られていた。

誠司は手に持っていた線香を数本まとめて束にし、マッチで点火した。吹き付ける秋の風に乗ってふわりと漂っていく、やわらかなラベンダーの香り。

「……俺と明日香を出会わせてくれた、青埜のガーデンパーティーを思い出してもらえるようにと思って」

誠司は火をつけた線香を明日香に差し出した。明日香はそれをそっと受け取ると、小さく首を縦に振る。

「そう……だね」

あの日、あの場所で誠司に出会わなければ。

自分は今こうして、幸せな時間を過ごせていなかった。

——誠司くんのことが……大好き。

心の中で呟くと、じわりと胸の奥が温かくなる気がした。

その場に腰を落とし、線香を供えて手を合わせ、目を閉じる。隣の誠司も同じように黙祷を捧げているようだった。

——私、結婚するの。大好きな人と……

しん、と静まり返った霊園。遠くの方から、かすかに子どもたちの声が聞こえてくる。きゃっきゃっと楽しげに笑う女の子たちの高い声が、どこか懐かしくて心地よいと感じるのはなぜなのだろう。

まぶたを上げれば、誠司も同じタイミングでふっと顔を上げた。目が合うと、どちらからともなく微笑み合って、明日香は誠司の手を取った。

「きっと……びっくり、したよね。お父さまもお母さまも」

明日香が墓前の両親に語りかけるように言葉を紡げば、握られた手の力がきゅっと強くなった。

「彰一さん、有紀子さん。急なことで、驚かせて申し訳ありませんでした。僕は……明日香さんのことを心から愛していて……お嬢さんと結婚させていただきたいと、思っています」

墓前で深々と頭を下げた誠司に、明日香は思わず息を呑んだ。その横顔は少しだけ強張《こわば》っていたけれど、真剣そのものだった。

「絶対に……明日香を幸せにします。ですので、お嬢さんと僕の未来を、ずっと見守っていただけたらと思います」

頭を垂れたまま紡がれていく、まっすぐで偽りのない誠司の言葉を受けて、目頭がじんと熱くなった。涙をこぼさないよう唇を噛み締め、必死に耐える。

――泣かない。ここで泣いてしまったら……なんだかみっともないから。

誠司の前ではいつも笑顔でいたい。これからの人生でも、たくさんの素敵な思い出を彼と共有したい。

頭を下げ続けていた誠司がゆっくりと身体を起こす。そして隣にいる明日香を見つめ、優しく目を細めた。その瞳は少し潤んでいるように思えた。

持参した墓花と供物を供え、誠司はもう一度深く頭を下げていく。

「……行こう」

「うん」

明日香は誠司の差し出す手を握り返すと、ゆっくりと立ち上がった。

「これからも……よろしくお願いします」

誠司は最後にもう一度祈るように言葉を述べると、明日香とともにゆっくりと踵《きびす》を返す。明日香は誠司の腕にぴたりとくっつくように寄り添った。

――私、すごく幸せよ。お父さま、お母さま……

そんな想いを込めてぎゅうと誠司の腕に抱きつけば、誠司は優しく目を細める。

「次は檀原さんのところだな。来週と再来週の土曜日、俺の予定って空いてたよね？」

「あ……そうですね、空いていたはずです」

脳裏に誠司のスケジュールを思い浮かべて返答すると、誠司はふいに眉根を顰《ひそ》めた。その表情の変化の真意がわからず、明日香はきょとんと目を瞬かせる。

「今はプライベートだってば。敬語禁止」

「あ……ごめん……」

誠司のスケジュールを訊ねられれば、どうしても仕事スイッチが入ってしまう。けれど、言われてみれば確かに今はしっかりプライベートな時間だ。

反射的に謝れば、誠司は苦笑して肩を竦《すく》めてみせ、明日香の左手を取って薬指の婚約指輪に口づけを落とした。そしてそのまま視線を上げると、悪戯《いたずら》っぽい表情を浮かべてみせる。

「帰ったらお仕置きね」

「……！」

含みのある声色に不穏な響きを感じ取り、明日香は思わず頬を引き攣《つ》らせてしまう。そんな明日香の表情に誠司は心底楽しそうに吹き出してから、明日香の手を引いて歩き始めた。

明日香の歩幅に合わせてゆっくり歩いてくれる誠司の横顔をちらりと見上げれば、どことなく上機嫌に見える。きっと自分も同じような表情をしているのだろうと、明日香は思う。

誠司と一緒なら、どこへ行っても楽しい。

今思えば、彼と再会したあの春の夜からずっと変わらないことなのではないか、とも思う。

「誠司くんのご両親にも……早くご挨拶に行かないとね」

明日香はぽつりと呟いて、頭上を見上げた。茜色の空は、気が付けば群青色に染まっていっている。

「誠司くんのお父さんとお母さんって、どんな人なの？　ちっちゃい頃に会ってるのかもしれないけど、よく覚えてなくて」

腕を絡めたまま明日香が問いかけると、誠司はわずかに驚いたように軽く目を瞠《みは》った。

「この前、父さんには会ってるよね？」

「えっ？」

思わぬ言葉にぱちくりと瞬きをすれば、誠司はくすりと笑って明日香を見つめていく。

「父さんが六月末くらいにノレーブに面談に行ったでしょ？」

誠司の言葉に、明日香は記憶の欠片を手繰り寄せていく。確かに、賞与の個別説明で、五十嵐との面談の場に神楽興産の社長が同席していた。

彼の面差しにどこか既視感を抱いていたけれど――それが誠司の父親だったのであれば、納得もいく。

「……あの方がお父さんだったのね……」

「そう。まぁ、俺はよく母親似って小さい頃から言われることが多かったし、気付かなくても仕方ないか。一宮の披露宴のあとから明日香の経歴を調べていてね。英文科を卒業してるのを知ったから、ノレーブを買収するついでに明日香を分社に引き抜きたいって話をしたんだ。当時、神楽興産関係の最終決定権は父さんにあったから、あの面談は父さんに行ってもらったんだけどさ」

さらさらと澱みなく言葉を紡いでいく誠司の話を噛み砕いて飲み込んでいくうちに、明日香はふと何かに引っ掛かりを覚えた。それは本当に小さな違和感だったものの、思考を巡らせていくうちに徐々にその姿が露《あら》わになっていく。

星雲国際ロジスティクスに移籍した初日の面談のとき。彼は明日香の履歴書を眺め、英語力を活かせるようにと、明日香の人事采配をあれやこれや思案していたように思っていた。

けれど、先ほどの誠司の話によれば――明日香が英文科卒でＴＯＥＩＣ高得点スコアを持っていることは、あの面談よりもずっと前から知っていたのだ。

「……じゃぁ……八月の面談のときって……誠司くん、演技してた……の？」

否定してほしい、と願いながら投げかけた問いは、悪びれもなくあっさりと満面の笑みで肯定を示されてしまう。

「言ったでしょ。明日香をどうしても手に入れたかった、って」

誠司は明日香が英語が得意だということを知っていた上で、あたかもあの瞬間に履歴書を見て初めて知ったと振る舞いつつ――明日香を秘書兼通訳に抜擢したふりをしたのだ。

――一体……どういう思考回路だと、こんな先回りなことができるの……？

目の前の上司兼婚約者は、どこまでも抜け目なく頭が回る人なのだと改めて実感し、明日香は思わずくらりと眩暈《めまい》を覚えてしまう。

明日香の心情などお見通しと言わんばかりに目を細めた誠司は、ゆるりと口の端をつりあげた。

「俺は明日香なしじゃ生きられなくなった『明日香症候群《シンドローム》』に罹患《りかん》してるんだよ。だから――明日香。責任、取ってよね？」

優しさの裏に強引さと底知れない執着心を隠し持つ目の前の敏腕社長は、どうしても初恋を最後の恋にしたかったらしい。

――あぁ……私、とんでもない人を好きになってしまったんだ。

斜め上すぎる強烈な愛の告白を受け、そんな後悔にも似た感情が明日香の脳裏を過《よぎ》る。

けれど――そんな逡巡も、ほんの一瞬のことで。

「明日香」

甘く優しく名前を呼んでくれるその声と、絡めた指から伝わる誠司の温もりに身を委《ゆだ》ね、明日香はそっとまぶたを閉じる。

「愛してるよ」

誠司の唇がそっと明日香のまぶたに落とされ、そして離れていく。その感触がやけに心地よくて、明日香は思わず目を細めて微笑んだ。

「私も……愛してる」

誠司の腕に絡めた指先にそっと力を込めながら、明日香は小さく囁いた。

茜色の空が群青色に染まりゆく中――二人でゆっくりと歩き出すと、まるで祝福するかのように、秋の風が優しく吹き抜けていった。

～大人のための恋愛小説レーベル～

ETERNITY
エタニティブックス

元同級生は策士な紳士⁉
執着心重めのエリート外科医に体を狙われて、身籠り結婚しそうです

エタニティブックス・赤

沖田弥子《おきたやこ》

装丁イラスト／松雄

派遣先との契約が終わり、この先の働き方について悩む二十九歳の香《か》織《おり》。そんな時、ひょんなことから高校の同級生である慶《けい》と再会した。昔から見た目も頭も良くてモテていた彼は、外科医になり、今は個人クリニックを開業しているという。ハイスペックな彼との格差を感じ、極力関わらないことを決めたのに、彼は事あるごとに香織の前に現れるようになって……？

※エタニティブックスは大人の女性のための恋愛小説レーベルです。ロゴマークの色で性描写の有無を判断することができます（赤・一定以上の性描写あり、ロゼ・性描写あり、白・性描写なし）。

詳しくは公式サイトにてご確認ください。
https://eternity.alphapolis.co.jp/

~大人のための恋愛小説レーベル~

ETERNITY
エタニティブックス

スパダリCEOとの偽装恋愛!?
お見合い代行のお相手は、我が社のハイスペCEOでした。

エタニティブックス・赤

濘《ねい》 -NEI-

装丁イラスト／倉吉サム

複雑な過去を持つ沙矢《さや》。女優の夢を捨て働く彼女だが、芝居を諦めきれずある副業をしていた。それは人材レンタル業で誰かになりきる仕事。そんなある日、お見合い代行を引き受けたところ、現れたお相手はなんと本業の会社のCEO！　焦る沙矢に彼は、結婚話を避けるため派手に遊んでいるように見せたいという依頼をもちかけ、沙矢は恋人役として五人の女性を演じることに……!?

※エタニティブックスは大人の女性のための恋愛小説レーベルです。ロゴマークの色で性描写の有無を判断することができます（赤・一定以上の性描写あり、ロゼ・性描写あり、白・性描写なし）。

詳しくは公式サイトにてご確認ください。
https://eternity.alphapolis.co.jp/

～大人のための恋愛小説レーベル～

ETERNITY エタニティブックス

予想外のとろ甘新婚生活!?

契約妻は御曹司に溺愛フラグを立てられました

ETERNITY エタニティブックス Rouge

エタニティブックス・赤

綾瀬麻結《あやせまゆ》

装丁イラスト／南国ばなな

役員秘書を務める萌衣《もえ》は、才色兼備と賞賛されるものの、実は恋愛がよく分からないというコンプレックス持ち。ある日突然、取引先の御曹司・玖生《くりゅう》に契約結婚を持ち掛けられた彼女は、この先機会がないかもしれないと思い、その申し出を受けることにした。待っていたのは、想像以上に快適な新婚生活！　だけど、ある出来事をきっかけに玖生に夫婦の夜の営みを求められて……!?

※エタニティブックスは大人の女性のための恋愛小説レーベルです。ロゴマークの色で性描写の有無を判断することができます（赤・一定以上の性描写あり、ロゼ・性描写あり、白・性描写なし）。

詳しくは公式サイトにてご確認ください。
https://eternity.alphapolis.co.jp/

この作品に対する皆様のご意見・ご感想をお待ちしております。

おハガキ・お手紙は以下の宛先にお送りください。

【宛先】

〒150-6019 東京都渋谷区恵比寿4-20-3 恵比寿ｶﾞｰﾃﾞﾝﾌﾟﾚｲｽﾀﾜｰ 19F
（株）アルファポリス　書籍感想係

メールフォームでのご意見・ご感想は右のＱＲコードから、
あるいは以下のワードで検索をかけてください。

アルファポリス　書籍の感想　検索

ご感想はこちらから

本書は、「アルファポリス」（https://www.alphapolis.co.jp/）に掲載されていたものを、
改稿、加筆、改題のうえ、書籍化したものです。

腹黒《はらぐろ》御曹司《おんぞうし》の独占欲《どくせんよく》から逃《に》げられません
～極上《ごくじょう》の一夜《いちや》は溺愛《できあい》のはじまり～

春宮ともみ（はるみや ともみ）

2024年 5月 31日初版発行

編集－木村 文・大木 瞳
編集長－倉持真理
発行者－梶本雄介
発行所－株式会社アルファポリス
〒150-6019 東京都渋谷区恵比寿4-20-3 恵比寿ｶﾞｰﾃﾞﾝﾌﾟﾚｲｽﾀﾜｰ19F
TEL 03-6277-1601（営業） 03-6277-1602（編集）
URL https://www.alphapolis.co.jp/
発売元－株式会社星雲社（共同出版社・流通責任出版社）
〒112-0005 東京都文京区水道1-3-30
TEL 03-3868-3275
装丁イラスト－森原八鹿
装丁デザイン－AFTERGLOW
（レーベルフォーマットデザイン―ansyyqdesign）
印刷－中央精版印刷株式会社

価格はカバーに表示されてあります。

落丁乱丁の場合はアルファポリスまでご連絡ください。

送料は小社負担でお取り替えします。


ISBN978-4-434-33900-4 C0093